岩 波 文 庫

32-405-4

ヴィルヘルム・マイスターの修業時代

（下）

ゲ ー テ 作
山 崎 章 甫 訳

岩 波 書 店

Johann Wolfgang Goethe

WILHELM MEISTERS LEHRJAHRE

1796

目次

ヴィルヘルム・マイスターの修業時代（下）

第七巻

第一章

春は真っ盛りであった。終日空を覆っていた時ならぬ雷雨が轟然《ごうぜん》と山を包んだ。雨が平地の方に去ると、太陽がまたきらめき、灰色の空に見事な虹が現れた。ヴィルヘルムは馬を進ませながら、悲しい思いで虹を眺め、一人つぶやいた。「ああ、人生のもっとも美しい色は、暗い背景にしか現れないのであろうか。われわれが恍惚《こうこつ》となるはずの時に、雨滴《うてき》が落ちてこなければならないのか。われわれが無感動に眺める時は、晴れた日も曇り日も変りはない。われわれが心に抱く生まれもった愛が、いつまでも対象を見出さないはずはないというひそかな希望ほど、われわれを動かすものはない。いかなる善行の話を聞いても、調和のとれたいかなる対象を見ても、われわれは動かされる。そういう時われわれは、異郷に一人いるのではなく、われわれのうちなるもっともよきものが焦がれている故里《ふるさと》が近いことを感じるのだ」

そのあいだに徒歩の男が追いつき、道連れになった。その男は早い足並で馬とならんで歩きながら、なにげない話のあとヴィルヘルムに、「思い違いでなければ、どこかでお会いしたような気がしますが」と言った。

「私も覚えていますよ。ご一緒に楽しく舟遊びをしました」とヴィルヘルムは答えた。

――「そうです。そのとおりです」と男は言った。

ヴィルヘルムはその男をしげしげと見、しばらく口をつぐんでいたあとで、「あなたにどんな変化があったのか知りませんが、あのとき私はあなたをルター派の田舎牧師と思ったのに、いまはカトリックの神父のように見えますね」と言った。

「今日はあなたの思い違いではありません」と、その男は帽子をとり、剃髪《ていはつ》した頭を見せながら言った。「あなたの仲間はどこへ行かれましたか。ずっと一緒だったのではないのですか」

「必要以上に長くね。と言いますのは、残念ながら、あの連中と過ごした時をふり返りますと、果てしない空《くう》を見るような気がするからです。あとに残ったものはなにもありません」

「それは違いますね。われわれの出合うことはすべて跡を残します。すべてが気づかぬうちに、われわれの形成に役立っているのです。しかしそれについて説明しようとするのは危険です。そんなことをすれば、われわれは、思い上がって投げやりになるか、あるいは、打ちひしがれて無気力になるかです。いずれにしても結局害になるだけです。いちばんいいのは、つねに、目の前にあるもっとも手近なことをすることです。そしていまは」と、彼は微笑を浮かべながら言った。「宿へ急ぐことですな」

ロターリオ＊さんの領地まではあとどのくらいでしょうか、とヴィルヘルムはたずねた。その男は、山の向こうですよと答え、「多分そこでまたお会いするでしょうな。私は近くでまだ用事がありますので。それじゃあ、ごきげんよろしゅう」と言って、山越えの近道であるらしい急な小道を登って行った。

「そうだ、彼の言うとおりだ」と、ヴィルヘルムは馬を進めながらつぶやいた。「いちばん手近なことを考えるべきなんだ。そして、いまおれにとっていちばん手近なことは、あの悲しいつとめを果たすことなんだ。残酷な友人に恥をかかせてやる文句をまだ完全に覚えているか試してみよう」

こう言って、あの苦心の作を述べ始めた。一語も忘れてはいなかった。記憶がよみがえってくるにつれて、情熱と勇気が高まった。アウレーリエの苦しみと死が、いきいきと目に浮かんだ。

「アウレーリエの霊よ！　私の周りに漂ってくれ。そして、できるものなら、君が安らぎ、なごめられているしるしを見せてくれ」と彼は叫んだ。

こう言い、こう考えながら、彼は山頂にたどり着いた。向う側の山腹に風変りな建物が見え、すぐそれがロターリオの屋敷だとわかった。二、三の塔と破風《はふ》のある不規則な古い館《やかた》が最初の建物らしかった。しかし、その近くや少し離れた所にある新しい建物はさらに不規則で、回廊や屋根のある渡り廊下で母屋につながれていた。外面的な均斉も建築上の外観もすべて、内部を快適にするために犠牲にされているように見えた。塁壁や濠《ほり》もなく、庭園や大きな並木道もなかった。野菜畑や果樹園が、建物のすぐそばまで迫っており、建物と建物のあいだの空き地さえ、小さな畑になっていた。少し離れた所に小さな明るい村があり、果樹園も畑も、最良の状態にあるように見えた。

自分の情熱的なもの思いに沈み、見たものをあまり気にとめることもなく、馬を旅館につなぐと、ヴィルヘルムは、いくらかためらいながら、館へ急いだ。

年とった従僕が戸口で彼を迎え、ひどく丁重に、今日主人に会うのはむずかしいだろう、たくさん手紙を書かなければならないし、用務上の客もすでに何人かお断りしているると言った。ヴィルヘルムがさらに強く頼んだので、ついに老人も折れ、取りつがざるをえなくなった。帰ってくると、ヴィルヘルムを古風な広間に案内し、主人はまだしばらく来られないかもしれないので、辛抱してお待ち願いたいと言った。ヴィルヘルムは落ち着かぬままに、歩きまわり、壁に掛けられている騎士や婦人の古い肖像画にときおり目をやった。彼は例の文句の初めの方を繰り返し、これらの甲冑《かっちゅう》や飾《かざ》り襟《えり》を前にしてそれを述べるのは、一段と効果があると思った。衣《きぬ》ずれのような音が聞こえるたびに、威厳のある態度で相手を迎え、まず手紙を手渡してから、非難の刃《やいば》をふりおろそうと身構えた。

何度も当てがはずれ、いまいましく、ほんとうに腹の立ち始めたころ、ようやく脇のドアから、長靴をはき、地味なフロックコートを着た、端麗な容姿の男が入ってきた。そして、「なにかいい知らせをお持ちくださいましたか。お待たせしてすみませんでした」と、親しげな調子でヴィルヘルムに言った。

こう言いながら彼は、手にした手紙をたたんだ。ヴィルヘルムは多少戸惑《とまど》いながらアウレーリエの手紙を渡し、「私の友人の最後の言葉をお渡しします。あなたもきっと感動されるでしょう」と言った。

ロターリオは手紙を受け取るとすぐに部屋にとってかえし、なお二、三の手紙の封をし、上書きをしてから、アウレーリエの手紙を開き、読み始めた。ドアがあいていたので、その様子がヴィルヘルムにはよく見えた。彼は二、三度繰り返して読んだようであった。ヴィルヘルムは、あのようになにげなく迎えられたあとでは、激情的な口上を述べるのは、場違いな感じがしないでもなかったが、意を決して、敷居ぎわに歩みより、例の文句を述べようとした。そのとき、小部屋の、壁布をはったドアがあいて、神父が入ってきた。

「世にも不思議な急便を受け取ったところなんです」と、ロターリオは神父に言い、ついでヴィルヘルムの方を向いて、「失礼ですが、いまあなたとお話しする気になれないのです。今夜はここにお泊りください。神父《アベ》さん、この方に不自由がないように、面倒を見てくれませんか」と言った。

こう言って彼はヴィルヘルムに頭を下げた。神父は彼の手をとったので、ヴィルヘルムは仕方なくあとについて行った。

二人は無言のまま奇妙な廊下をいくつも通りぬけ、ひどく気持のいい部屋へ入った。

神父は彼を部屋へ通すと、なんの挨拶もなく出て行った。まもなく元気のいい若者が現れ、ヴィルヘルムのお世話役だと名乗って、夕食を運んできた。そして給仕をしながら、朝食はどうだとか、昼と夜の食事はこうだとか、仕事や娯楽はどのようなものだとかと、この家の仕来りについてさまざまなことを話し、とくにロターリオのことをなにかとほめそやした。

気持のいい若者であったけれども、ヴィルヘルムは彼を早くひきとらせようとした。彼は一人になりたかった。こういうことになって、気がふさぎ、滅入《めい》っていたからである。企てたことがうまく行かず、託された任務も半ばしか果たせなかったことを悔やんだ。明日の朝はしくじったことを取り返そうと思った。しかしすぐ彼は、ロターリオを前にすると、まったく違った気持になるのに気がついた。いまいる家がひどく奇妙なものに思えた。自分の置かれている状況に戸惑った。着替えようと思って旅行鞄をあけた。夜着とともに、ミニョンが入れておいた亡霊のヴェールが出てきた。それを見ると、悲しい気分がさらに高まった。「逃げよ、若者、逃げよ」と彼は叫んだ。「この不思議な言葉はなにを意味するのだ。なにから逃げるのだ。どこへ逃げるのだ。亡霊は『汝自身に帰れ』と言ってくれた方がはるかによかったのだ」彼は、額に入れて壁にかけてあるイギリスの銅版画に目をやった。それらをなにげなく眺めていたが、そのうち、座礁した舟を描いた一枚に目をとめた。父親と美しい娘たちが、襲いくる波を前に死を待っていた。娘の一人はあの女騎士《アマツオーネ》に似ているように思えた。彼は言い難い同情にとらえられた。耐え難いほど胸の思いを晴らしたい気持にかられた。涙が溢れ出た。眠りに打ち勝たれるまで、気は安まらなかった。

明け方、奇妙な夢が現れた。少年の頃たびたび訪れた庭園にいた。見慣れた並木道や、生垣や、花壇を楽しく眺めていた。マリアーネが近づき、彼は愛情をこめて彼女と話をした。過去の不幸な出来事など思い出しもしなかった。すぐそのあと父が、普段着を着て、滅多《めった》に見たこともない優しい顔つきをして近づき、息子に離れ屋から椅子を二つとってくるように言った。そしてマリアーネの手をとって、東屋《あずまや》へ連れて行った。

ヴィルヘルムは急いで離れ屋へ行ったが、そこにはなにもなく、反対側の窓ぎわにアウレーリエが立っているだけであった。話しかけようとして近づいたが、彼女は顔をそむけたままで、すぐ横にいるのに、顔を見ることができなかった。窓から外を見ると、見たことのない庭園に多くの人が集まっていて、顔見知りの人も何人かいた。メリーナ夫人が木の下に坐って、手にした薔薇《ばら》の花をもてあそんでいた。その横にラエルテスが立って、手から手へ移しながら金《かね》を数えていた。ミニョンとフェーリクスが草の上に寝ころがっていた。ミニョンは仰向《あおむ》けに、フェーリクスはうつ伏せに寝ていた。フィリーネが現れ、子供たちの上で手を鳴らした。ミニョンは身動きもしなかったが、フェーリクスはとび起きて逃げ出した。フィリーネが追いかけているうちは、フェーリクスは笑いながら駆けていたが、竪琴弾きが大股でゆっくりと追いかけ始めると、フェーリクスは恐ろしげな叫び声をあげ、池の方へ一散に駆けて行った。ヴィルヘルムはあわててあとを追ったが間《ま》に合わず、フェーリクスは池に落ちた。ヴィルヘルムは根が生えたように立っていた。池の向う側に美しい女騎士《アマツオーネ》が現れ、フェーリクスに右手を差し伸べ、岸にそって歩いて行った。フェーリクスはその手をめざして真っ直ぐに池のなかを進み、彼女の歩く方へあとを追った。ついに彼女の手が届き、池から救い上げた。そのあいだにヴィルヘルムは近づいていた。フェーリクスは全身炎に包まれ、火の滴《しずく》がしたたっていた。ヴィルヘルムは気が気でなかったが、女騎士《アマツオーネ》は素早く頭の白いヴェールを取り、フェーリクスを覆った。たちまち火が消えた。ヴェールを上げると二人の少年が現れ、いたずらっぽくふざけ回った。ヴィルヘルムは女騎士《アマツオーネ》の手をとり、庭園のなかを歩いた。遠くに父とマリアーネが並木道を散歩しているのが見えた。高い木の並木道は庭園をとりまいているようだった。ヴィルヘルムは二人の方に道をとり、女騎士《アマツォーネ》とともに庭園を横切って行った。突然ブロンドのフリードリヒが二人の行く手をふさぎ、大声で笑ったり、ふざけたりして二人を引き止めた。それでも二人は進もうとした。フリードリヒは道をゆずり、遠くの二人の方へ駆けて行った。父とマリアーネは逃げようとするらしかった。フリードリヒはますます足を早めた。ヴィルヘルムには、二人が飛ぶように並木道を駆けているように思えた。父を案じ、マリアーネがいとしくて、二人を助けに行こうと思ったが、女騎士《アマツォーネ》の手が引き止めた。彼にはそれがひどくうれしかった。こんなふうに気持が入り交《ま》じって、目を覚ました。部屋はすでに明るい光に満ちていた。

第二章

青年がヴィルヘルムを朝食に迎えにきた。広間にはすでに神父《アベ》がいた。ロタ―リオは出かけたということであった。神父《アベ》はあまり口をきかず、考えこんでいるようだった。彼はアウレーリエの死についてたずね、ヴィルヘルムの話を熱心に聞いていた。「ああ、一人の教養ある人間が出来上がるまでには、自然と人工がいかに多くの作業をしなければばならないかを、いきいきと、ありありと知っている人は、また、自らも、同胞の形成にできるかぎりの力を貸している人は、不埒《ふらち》にも人間がしばしば自ら命を絶ち、自分の罪であるなしにかかわらず、あんなにもしばしば、命を絶たれる羽目《はめ》におちいるのを見ると、絶望したくなります」と彼は言った。「そのことを考えると、私には、生命そのものが偶然の贈物のように思え、この贈物を必要以上に尊重しない人は皆ほめてやりたいような気がします」

彼が話し終えるか終えないうちに、激しい勢いでドアがあき、若い婦人がおどりこんできた。止めようとする老人の召使をおしのけ、神父《アベ》のところへ走り寄って腕をつかんだ。泣きじゃくっているので、ほとんど言葉にもならないほどであった。「あの人はどこ？ どこへやったの？ ひどい裏切りだわ。言って。なにが起こったか知ってるわよ。追いかけて行くわ。さあ、どこにいるの？」

「まあ、落ち着きなさい」と神父《アベ》は平静をよそおって言った。「あなたの部屋へ行きましょう。なにもかも話してあげましょう。落ち着かなきゃあ話もできないじゃありませんか」そして連れて行こうとして手を差し出した。「わたしの部屋になんかもどりません。わたしを長いあいだとじこめておいたあんな部屋なんかいや」と彼女は叫んだ。

「わたし、みんなわかってる。大佐が決闘を申し込んで、あの人、相手をしに馬で出かけたんです。ひょっとしたら、いまにも。――二、三発銃の音がしたわ。馬車の用意をさせて。あなたも一緒に行って。でなきゃあ、家じゅう、村じゅう聞こえるほどわめいてやる」

泣きじゃくりながら彼女は窓辺へかけ寄った。神父《アベ》はひきとめ、なだめようとした。馬車の音が聞こえ、彼女は窓をひきあけた。「死んだんだ。みんなでおろしてる」と彼女は叫んだ。――「ご自分でおりてこられます。ほら、生きておられます」と神父《アベ》が言った。――「負傷したんだ。そうでなきゃあ馬で帰ってくるはずよ。みんなで支えてる。ひどい怪我《けが》なんだわ」彼女はドアからとび出し、階段を駆けおりた。神父《アベ》は急いであとを追い、ヴィルヘルムもそれにつづいた。彼は、美しい婦人が上がってくる恋人を迎えるのを見た。

ロターリオはつき添っている人にもたれていた。ヴィルヘルムは直ちに、それが以前目をかけてくれたヤルノであることに気づいた。ロターリオはおろおろしている婦人にやさしく声をかけ、彼女に支えられて階段を上がってきた。ヴィルヘルムに目礼《もくれい》し、自分の部屋へ連れて行かれた。

まもなくヤルノが出てきて、ヴィルヘルムの所へ歩み寄った。「前世の因縁《いんねん》かね、君はどこでも役者と芝居に出くわすんだね。ぼくらはいま、あまり面白からぬ一幕を演じてるところだ」

「こんな奇妙な時にまたお会いできてうれしく思います。すっかり驚いていたんですが、あなたにお会いして落ち着きました。危険なんですか。男爵の傷は重いんですか」——「大したことはあるまい」とヤルノは言った。

しばらくして若い外科医が部屋から出てきた。「どんな具合ですか」とヤルノがたずねた。——「非常に危険です」と医者は答え、いくつかの道具を革鞄にしまった。ヴィルヘルムは鞄からたれているバンドに目をとめ、それに見覚えがあるような気がした。鞄と不釣合なあざやかな色合い、変な形の金色と銀色の奇妙な模様、どこから見てもそれは、この世に二つとないバンドであった。ヴィルヘルムは、目の前にあるこの鞄が、あの森のなかで彼に包帯をしてくれた老外科医の診療鞄に違いないと思った。長い時を経《へ》て、女騎士《アマツォーネ》の跡がまた見出せるという希望が、炎のように全身をつらぬいた。

「あなたはどこでこの鞄を手に入れたのですか」とヴィルヘルムは叫んだ。「あなたの前は誰のものだったんですか。お願いです、教えてください」——「競売で買ったんです」と医者は答えた。「誰のものだったか、そんなことは知りませんよ」と言って行ってしまった。「あの若い男は、本当のことなんか一言《ひとこと》だって言やしないよ」とヤルノが言った。——「それじゃあ、あの鞄は競売で買ったんじゃないんですか」「嘘にきまってるさ。ロタ－リオが危険だというのと同じだよ」とヤルノが言った。

ヴィルヘルムがもの思いにふけりながら立っていると、ヤルノが、あれ以来どうしていたのかとたずねた。ヴィルヘルムが出合ったことのあらましを述べ、最後に、アウレーリエの死と、託されてきた用向きの話をすると、ヤルノは、「こいつは不思議だ、実に不思議だ*」と叫んだ。

神父《アベ》が部屋から出てきて、ヤルノを手招きし、自分に代ってロタ－リオについていてくれるように頼んでから、ヴィルヘルムに向かってこう言った。「男爵があなたに、ここに留まって、数日私たちの仲間に加わって、こういう際《さい》でもあり、男爵の話し相手になって欲しいと願っておられます。なにかお家《うち》の方にお伝えすることがおありなら、手紙をすぐに届けさせましょう。あなたが目にされたこの奇妙な出来事をご理解いただくために、少しお話ししておきましょう。なに、別に秘密でもなんでもないのです。男爵はある婦人と昵懇《じっこん》になられましたが、この婦人が、男爵を恋仇《こいがたき》から奪い取った勝利感をあまり派手に楽しもうとしたものですから、たいそうな評判になってしまったのです。残念ながら男爵はしばらくすると、その婦人に前ほど興味をおぼえなくなり、避けるようになりました。しかしその婦人は気性の激しい人でしたから、静かに運命に耐えるということはできませんでした。ある舞踏会の席で公然と袖《そで》を分かつことになりましたが、その婦人はそれをひどい侮辱と感じ、復讐してもらいたいと思いました。彼女に肩入れしてくれる騎士は見つかりませんでしたが、そのうち、ずっと前に別れた彼女の良人《おっと》が、そのことを知り、彼女に力を貸そうということになって、男爵に挑戦し傷を負《お》わせたのです。聞くところによると、大佐の方がもっとひどい傷を負ったそうです」

このとき以来ヴィルヘルムはこの館で、家族の一員のように扱われることになった。

第三章

病人はこれまでにも何度か朗読してもらっていたが、ヴィルヘルムはこのささやかな奉仕を喜んで引き受けた。リューディエは片時もベッドを離れず、負傷者の介護にかかりきり、ほかのことは一切《いっさい》目に入らぬという様子であった。しかしロターリオも今日は気が散るらしく、朗読もやめて欲しいと言った。

「人間てものは、なんて下《くだ》らんことに時間を浪費するものかということを、今日はしみじみ感じているのです」と彼は言った。「ぼくは実にいろんなことを企《くわだ》て、いろんなことを考えぬいてきました。しかしいざ実行となると、最善の計画でもためらってしまうのです。ぼくは自分の領地で行おうと思っている改革に関するいくつかの提案を調べてみました。弾《たま》が急所をはずれたのを喜んでいるのも、まずはそのためだと言ってもいいのです」

リューディエは涙さえ浮かべて、やさしく彼を見つめ、彼女も彼の友人たちも、彼の生の喜びを分ち合ってはいけないのか、と問いたげであった。ヤルノは、「あなたの考えておられる改革は、実行に移す決心を固めるまえに、まずあらゆる面から検討してみなければなりませんね」と言った。

「いつまでも考えているのは、一般に、問題の要点が見えていない証拠だし、急ぎすぎる実行は、要点がまるでわかっていない証拠だ」とロタ―リオは言った。「領地を経営して行くために、多くの面で、農民の夫役《ぶやく》がなくてはすまぬことも、ある種の権利はぜひとも守らなければならないことも、ぼくはよく心得ている。しかし、特権のなかには、たしかに有利ではあるが、なくては困るというほどではないものもあり、したがってその一部を農民にゆずってもいいということもわかっている。なくてすますということは、必ずしも損をするということではない。ぼくは自分の領地を父よりもずっとうまく利用していないだろうか。収入ももっとふやせないだろうか。しかしこの増大する利益を、自分だけで楽しんでいいものだろうか。ぼくと一緒に、ぼくのために働いてくれる人たちにも、前進する時代によってもたらされる拡大された知識がわれわれにあたえてくれる利益を、分《ぶん》に応じてあたえなくていいものだろうか」

「人間というのはそうしたものです」とヤルノは言った。「そういう性分《しょうぶん》を指摘されても、私は別に恥ずかしいとは思いませんね。人間は誰でもすべてをとりこんで、勝手気儘《きまま》に使いたがるんです。自分で使った金《かね》でなけりゃ、使ったような気がしませんからね」

「そのとおりだね」とロターリオが言った。「利益をこんなに好き勝手に使わなけりゃあ、持ち出す資本はもっと少なくてすむはずだ」

「あなたがいまこの改革を実行なさるのは、少なくともいまは損になりますから、おすすめできません。お忘れにならないようにお願いしますが、あなたにはまだ借金があって、支払いに困っておられる。借金の片《かた》がつくまで、あなたの計画をお延《の》ばしになるようにおすすめしたいですね」

「それまでは、ぼくの計画が、ぼくのこれまでの人生と活動の成果を無にしようがすまいが、すべて運まかせ天まかせというわけかね」とロターリオは言った。「ねえ、君。すべてを理念にかけ、ほとんど、あるいはまったく、対象に目を向けないのが、教養ある人間の最大の欠点なんだ。なんのために借金をしたか。なんのために叔父と仲たがいをし、妹や弟を長いあいだ放っぱらかしておいたか。一つの理念のためだったんだ。アメリカでぼくは活動できると思った。海の向こうでぼくは、役に立つ必要な人間になれると思った。行為は、幾千の危険にとりまかれていてこそ、意味があり、価値があると思った。いまはものを見る目が変わった。身近なものこそ価値があり、貴重なのだと思うようになった」

「海の向こうから頂いた手紙をよく覚えていますよ」とヤルノは言った。「『ぼくは帰る。ぼくの家、ぼくの果樹園、ぼくの家族のなかにこそ、アメリカはある』と書いておられました」

「そうなんだ。いまでも同じことを言っている。しかし同時に、ここでは向こうにいた時ほど働いていないことを恥じている。同じように繰り返される日々を過ごして行くには、理性さえあれば足りる。われわれの目は理性にばかり向けられて、平凡な日々にも起こる異常なものは見えなくなっているのだ。そして異常なものに気づいても、幾千もの口実を設けて、それを認めまいとするのだ。理性的な人間なんてものは、ご当人には結構なものだが、全体にとっては下《くだ》らないものなんだ」

「理性を悪く言うのはよしましょう。そして、異常なことが起こったって、たいてい馬鹿げたことばかりだということを認めましょう」とヤルノは言った。

「そりゃそうだが、馬鹿げたことになるのは、異常なことを度はずれに行うからなんだよ。例えばぼくの義弟は、自分の財産を、売れるかぎりのものはみんな同胞教会に寄進して、それが、自分の魂の救済に役立つと思っているんだ。自分の収入のほんの一部でも犠牲にすれば、多くの人が幸福になり、自分のためにも、彼らのためにも、地上に天国を作ることができるはずなんだがね。われわれの犠牲が役に立つことは滅多《めった》にない。われわれは手放すものをすぐにあきらめてしまう。決心を固めて行うのではなく、絶望して、持っているものを捨てるのだ。率直に言うと、この数日しょっちゅう伯爵のことを考えている。そしてぼくは、伯爵が不安な妄想にかられてやったことを、確信をもってやろうと決心したのだ。回復を待ってはいられない。ここに書類がある。もう整理するだけでいいのだ。領主裁判長に頼んでくれ給え。この人も手伝ってくれるだろう。問題がどこにあるかは、君はぼくに劣らずよく知っている。治ろうと死のうと、これだけはやりとげる。そして、ヘルンフートはここにある、と叫んでやるのだ」

リューディエは、ロターリオが死を口にすると、ベッドの前にくずおれ、彼の手をとって激しく泣きだした。外科医が入ってきた。ヤルノはヴィルヘルムに書類を渡し、むりやりリューディエを連れ出した。

広間で二人きりになるとヴィルヘルムは、「いったい全体、伯爵がどうとかというのはなんの話なんですか」と言った。「同胞教会に入ろうという伯爵ってどの伯爵なんですか」

「君のよく知ってる伯爵さ」とヤルノは言った。「伯爵を信心の手に追いやった幽霊は君だよ。君は、あのかわいい奥さんを、旦那さまについて行くしかないという気にさせた悪党だ」

「それじゃあ、あの人はロターリオさんの妹なんですか」とヴィルヘルムは叫んだ。

「そうだよ」

「で、ロターリオさんは、――知ってるんですか」

「なにもかも」

「ああ、ぼくを逃がしてください。どうしてあの人の前に出られましょう。なにを言われるか」

「誰も他人に石を投げてはならない。他人を辱《はずかし》めるために、長広舌を仕立ててはならない。鏡の前で喋ろうっていうんなら別だがね」

「それもご存知なんですか」

「ほかにもいろいろとね」とヤルノは微笑《ほほえ》みながら言った。「しかし今度は前のように簡単に逃《のが》しはしないよ。募兵のことならもう心配ご無用。ぼくはもう軍人じゃないんだ。軍人の時だって、君にあんな猜疑《さいぎ》心を吹きこまなくてもよかったんだ。君と別れて以来、なにもかも変わったね。ぼくの唯一の友人であり恩人である侯爵が亡くなられてからは、ぼくは世間と縁を切り、世俗のことからは一切《いっさい》手を引いたんだ。理性にかなったことは喜んで推進し、無趣味なものを見ると黙ってはいなかった。いつでも、騒々しい男だとか、口の悪い奴だとか言われたものだ。愚衆がなにより恐れるのは理性ある人間なんだ。なにが恐ろしいかがわかれば、愚昧さこそ恐れなければならないんだがね。しかし理性ある人間は目ざわりだから片づけなくてはならない。愚昧さはすぐ滅びるから待っていればいいというわけだ。しかしそんなことはどうでもいい。ぼくは生きなければならん。ぼくのこれからの計画をお聞かせしよう。よかったら手伝ってくれ給え。それより、君の方はどうなっているんだね。君もずいぶん変わったように見えるが。ジプシーどもと一緒になって、一花《ひとはな》咲かせようという君の気まぐれはどうなったね」

「まったくひどい目にあいました」とヴィルヘルムは叫んだ。「ぼくの過去や、これから先のことを考えさせないでください。人はいろいろと芝居のことを言いますが、自分でやったことのない人には、想像もつかない世界なんです。連中は自分のことはまるで知らない。なんの思慮もなく芝居をやっている。そのくせ要求だけはきりがない。人はそういうことをまったく知らないんです。誰もがスターになりたがり、しかも自分だけがスターでいたいんです。ほかの者をみんな蹴落そうと思い、みんなと一緒にやってさえろくなことができないってことがわからないのです。誰もが特別の天才だと思い上がり、そのくせ十年一日のことしかできないのです。それでいて新しいもの求めてしょっちゅう騒いでいる。連中のいがみ合いの激しさときたら！　彼らを結びつけているのは、細《こま》かしい利己心、偏狭きわまるエゴイズムです。助け合いなんて論外です。ひそかな奸計《かんけい》と浅ましい陰口で、不信の念はいつまでたっても消えません。厚かましく生きなければ、馬鹿にされるだけです。誰もが絶対の尊敬を求め、少しでもけなされると腹を立てます。しかし、こんなことはみんなご当人がいちばんよく知っているんです。それでいて反対のことばかりやっているのです。いつもがつがつしていて、誰も信用しない。理性と、いい趣味ほどこわいものはなくて、めいめいの我儘《わがまま》勝手という特権だけはぜひとも守りたい、という恰好ですね」

ヴィルヘルムがひと息ついて、くりごとをつづけようとしたとき、ヤルノが大笑いを始めて彼をさえぎった。「かわいそうな俳優諸君！」彼は安楽椅子に倒れこんで、笑いつづけながら叫んだ。「善良にして哀れなる俳優諸君！」と、いくらか笑いがおさまるとまた彼はつづけた。「いいかね、君、君の言ってることは役者だけじゃなくて、世間全体に当てはまるんだぜ。なんなら君に、あらゆる階層から、君の辛辣《しんらつ》な批評にふさわしい人物や行状を、いくらでも提供するよ。こういう結構な性質が、芝居の世界だけのものだと思っているんだったら、失礼ながら、もう一度大笑いせずにはいられないね」

ヴィルヘルムは危うく取り乱すところであった。ヤルノの時ならぬ大笑いを腹にすえかねていたからである。「こういう欠点が世間一般のものだと仰しゃるのは、あなたの人間嫌いの現れですね」と彼は言った。

「こういう現象が、芝居世界だけのものだと思ってるなら、それは、君の世間知らずの証拠だね。自己欺瞞や、気に入られたいという欲望から出る役者の欠点は、ぼくはみんな認めてやる。自分にも他人にも、ひとかどのものに見えなかったら、役者はおしまいだからね。ひとかどのものに見えるということ、これが役者の使命なんだ。役者は一瞬の喝采を尊重しなければならない。ほかに報酬はないからだ。役者は光り輝くことを求めなければならない。そのために役者は生きてるんだからね」

「今度は私に苦笑ぐらいさせてもらいたいですね。あなたがこんなに公平で、寛大だとは思いもしませんでした」

「いや、これは、神かけて、心底《しんそこ》から、考えに考えて、真剣に言ってることなんだ。人間のあらゆる欠点を、ぼくは、役者には許す。役者の欠点を、人間にはけっして許さない。これについて、ぼくの嘆きの歌をうたわせないでくれ。ぼくの嘆きの歌は、君のよりきびしく響くだろうからね」

外科医が部屋から出てきて、病人はどうかという質問に、ひどく愛想よく、「とてもいい具合です。まもなく全快なさいますでしょう」と言って、たちまち広間から出て行った。そしてヴィルヘルムは、もう一度、もっとしつこく鞄のことをたずねようと思って、すでに喉《のど》もとまで出かかっていた質問を口にする暇もなかった。彼は、女騎士《アマツォーネ》のことを知りたいと願うあまりに、ヤルノに信頼を寄せ、事情を打ち明けて援助を乞うた。「君はなんでも知ってるんだから、そんなことぐらい知ってそうなもんだがなあ」とヤルノは言った。

ヤルノはちょっと考えてから、若い友人にこう言った。「まあ、落ち着いて、あまり気づかれんようにするんだな。あの美人の手がかりはきっと見つかるよ。いまはロターリオの容態《ようだい》の方が気がかりだ。危険なようだね。外科医の愛想のよさや、慰めからしてそう思える。リューディエを追っぱらっておけばよかった。あの娘《こ》はいまなんの役にも立ちゃしない。しかしどうすればいいのかなあ。今晩あの老人の医師がくると思う。そのあとでもっとよく相談しよう」

第四章

医者がきた。それはわれわれがすでに知っている、そして、あの興味ある手記を読ませてくれた、親切な、小柄な老医師であった。彼は早速ロターリオを診察したが、その容態に満足している様子はまったく見られなかった。そのあとヤルノと長いあいだ話していたが、しかし、夕食の席に着いたとき、二人ともなにも表《おもて》に出さなかった。

ヴィルヘルムは心をこめて医師に挨拶し、その後の竪琴弾きの様子をたずねた。——「あの不幸な老人を治せる希望はまだあります」と医師は答えた。——「あの老人はあなたのような不如意な風変りな生活をしている人には、厄介なお荷物だったでしょうね」とヤルノは言った。「その後どうなったか、聞かせてもらえませんか」

二人でヤルノの好奇心を満足させたあとで、医師はつぎのように語った。「あんな奇妙な心理状態の人間はこれまで見たこともありません。あの老人は、長年のあいだ、自分の外にあるものにはまったく関心をもったことがないのです。それどころか気にとめたことさえないのです。ただただ自分の内部に目を向け、底知れぬ深淵のように思えるうつろな、空虚な自分を見つめているのです。彼がこうした悲しい状態を話したとき、私は心をうたれました。『私には前にも後ろにも果てのない暗闇《くらやみ》しか見えません。そしてその暗闇のなかで、私は恐ろしい孤独のうちにいるのです』と彼は言いました。『私には自分の罪の感情しかありません。しかしそれも、不思議な恰好をした、遠い亡霊のように、後ろ姿しか見えないないのです。高いところも、低いところも、前も、後ろもないのです。どんな言葉でも、いつも変わらないこの状態を言い現すことはできません。こうしていつまでも変わらないのが苦しくなって、ときどき私は〈永遠だ！　永遠だ！〉と大声で叫びます。この奇妙なわけのわからない言葉でさえ、私の心の暗闇に較べれば、明るく、明瞭なのです。この闇のなかでは、神の一筋の光もさしません。私は自分を哀れんで泣きます。友情と愛ほど怖いものはありません。この二つだけが、私をとりまいている現象が本当であって欲しいという願いを呼び起こすからです。この二つの亡霊も、私をおびやかし、そして、生きるのは恐ろしいことですが、しかし自分がこうして生きているという貴重な意識を、結局は奪い取るために、深淵から立ち現れたものにすぎないのです』

うちとけた時に老人は、こういうふうにして自分の心を軽くするのですが、あなた方にも聞いていただきたいものです。私は二、三度聞いて非常に感動しました。一つの時が過ぎ去ったのだと一瞬認めさすようなものがこみ上げてくると、驚いたような様子を見せますが、すぐにまた、物事の変化など幻想にすぎないのだとして、投げ捨てます。ある晩、自分の白髪について歌をうたいました。周りにいた者はみな泣きました」

「それを聞かせてください」とヴィルヘルムが叫んだ。

「それにしても、彼が自分の罪だと言っているものについてなにもわかっていないのですか」とヤルノが言った。「彼の奇妙な服装のいわれ、火事の時の振舞い、子供にたいする狂暴ぶり、あれらもわかってはいないのですか」

「彼の運命を詳しく知るには、推測によるしかありません。直接聞くのはわれわれの主義に反します。どうやら彼がカトリックの教育を受けたらしいことに気づいたので、告解をさせれば気が安らぐのではないかと思ったのですが、神父に近づけようとすると、奇妙なことに、彼はいつも逃げてしまうのです。しかし、彼のことを知りたいというあなた方の願いを、無下《むげ》にするわけには行きませんので、せめてわれわれの推測ぐらいは申し上げておきましょう。彼は若い時を聖職者として過ごしたのです。彼が長衣《ちょうい》と髯《ひげ》を捨てようとしないのはそのためでしょう。生涯の大部分、彼は愛の喜びを知りませんでした。晩年になって初めて、ごく近親の女性と誤《あやま》ちを犯したか、その女性が不幸な子を産んで死んだかして、それが彼の頭をすっかり狂わせたのです。

彼のいちばんの妄想は、自分の行くところにつねに不幸をもたらすというのと、近いうちに無邪気な少年によって殺されると考えていることです。初めはミニョンを恐れていましたが、ミニヨンが女の子だとわかってからは、フェーリクスを恐れています。彼の人生は惨めきわまるものであるのに、彼は生を限りなく愛していますので、そのためにフェーリクスを嫌っているらしいのです」

「彼が治ると考えておられますか」とヴィルヘルムがたずねた。

「少しずつよくなっています。少なくともあともどりはしていません」と医師は答えた。「きまった仕事をつづけています。新聞を読む習慣をつけさせたのですが、いまでは毎日たいへん熱心に新聞を待っています」

「彼の歌が知りたいですね」とヤルノが言った。

「いくつかお見せできます。牧師の長男はいつも父の説教を筆記しているものですから、老人に気づかれないように何節かずつ書きとめ、だんだんそれを寄せ集めて、いくつかの歌が出来ています」

翌朝ヤルノがヴィルヘルムのところへやってきて、こう言った。「君にちょっと手を貸してもらいたいんだ。リューディエをしばらく遠ざけたいのでね。彼女の激しい、どちらかと言うと、厄介な愛と情熱が、男爵の回復の邪魔になるんだ。男爵の傷は、恵まれた体質のおかげで危険なものではないんだが、それでも安静と落ち着きが必要なんだ。

君も見たとおり、リューディエは、嵐のような気づかいと、途方もない心配と、涸《か》れることのない涙で、男爵を悩ましているんだ」――一息いれて、微笑を浮かべながら彼はつづけた。「要するに、彼女をしばらく館《やかた》から離れさせてもらいたいと、医者ははっきり言ってるんだ。彼女には、ごく親しい友人が近くにきていて、彼女に会いたがり、一刻も早くきて欲しいと待っている、と言いくるめてある。ここから二時間ほどのところに住んでいる領主裁判長のところへ行くことを承知させたんだ。この人には話がつけてあって、テレーゼ嬢はいましがた出かけられたと言って、心《しん》から気の毒がってくれることになっている。そして、まだ追いつけるとまことしやかに言ってくれるはずだ。リューディエはあとを追うだろう。そしてうまく行ったら、村から村へ引き回されることになる。最後に、彼女が引き返すと言い張ったら、逆らってはいけない。夜を利用するんだ。御者は利口な男だが、もう一度うち合せしておこう。君は彼女と一緒に馬車に乗り、話し相手をつとめ、この冒険を指揮してもらいたい」

「奇妙な、いかがわしい役目ですね」とヴィルヘルムは言った。「誠実な愛を傷つけるのに手を貸すのは気乗りがしませんね。こういう具合に人をだますのは生まれて初めてです。いいことだ、役に立つことだと言って、人をだまし始めたら、果てしがなくなるといつも信じていましたから」

「子供をしつけるには、こうやるしかないんだよ」

「子供の場合はそれでもいいかもしれません。子供を心から愛して、はっきり見通しのついている場合はね。しかし大人の場合は、かならずしも相手をいたわろうという気持が働いているとは限りませんから、危険なことになりかねませんね。しかし」と彼はちょっと考えてからつづけた。「だからと言って、この役目を断るとは思わないでください。あなたの聡明《そうめい》さにたいして私の抱いている尊敬の念からしても、私があなたの立派な友人にたいしてもっている愛着の念からしても、どんな手段を使ってでも、あの方の回復を早めたいという強い願いからしても、私は喜んで自分を忘れます。友人のために命をかけるだけでは足りません。必要とあれば、友人のために信念をも曲げなければなりません。われわれの最高の情熱、最善の願いも、友人のために犠牲にする責任があります。リューディエさんの涙や絶望によって、どんな苦しみに耐えなければならないか、もう目に見えていますが、この役目をお引き受けしましょう」

「その代り報酬も悪くはないよ」とヤルノが言った。「君はテレーゼ嬢に会える。あんな女性は滅多《めった》にいるものじゃあないからな。男が百人寄ってもかなやしない。あの人こそ本当の女騎士《アマツォーネ》と呼びたいね。男か女かわからないような服を着てうろついてるかわいいふたなりなんか問題にもならん」

ヴィルヘルムは驚いた。テレーゼこそあの女騎士《アマツォーネ》ではなかろうかと思った。もっと詳しく教えてくれと頼んだが、ヤルノは話を打ち切って行ってしまったので、なおさらその思いはつのった。

彼が尊敬し憧れている人に近くまた会えるかもしれないという新たな希望は、不思議な感動を呼び起こした。そうして彼には、自分にあたえられた役目が、明らかな摂理の働きのように思えた。哀れな娘をあざむいて、誠実な激しい愛から引き離そうとしているのだという考えは、一羽の鳥の影が明るい大地をかすめる一瞬のかげりにすぎないように思えた。

馬車は玄関前で待っていた。リューディエは一瞬乗りこむのをためらい、「旦那さまにもう一度よろしくお伝えしてね」と召使の老人に言った。「日が暮れるまでには帰ってきますから」馬車が動きだしてから、もう一度ふり返ったとき、彼女の目には涙が溢れていた。それからヴィルヘルムの方を向き、気を取り直してこう言った。「あなたはテレーゼさんにお会いになったら、とても素敵な人だとお思いになるわ。あの人がこの辺りへ来るなんて変だわね。あなたもご存知のように、あの人と男爵は激しく愛し合っていたんですもの。遠いのに、ロターリオさんはたびたびあの人を訪ねてきました。わたしはテレーゼさんのそばにいましたけど、二人はお互いのためにだけ生きているように見えました。それが突然こわれたのです。理由は誰にもわかりませんでした。ロターリオさんはわたしを知っていました。わたしは、テレーゼさんが羨《うらや》ましくてたまらなかったことも、ロターリオさんにたいするわたしの愛情を隠そうとしなかったことも、ロターリオさんが突然テレーゼさんの代りにわたしを選んだとき、わたしがロターリオさんをこばまなかったことも、否定しません。テレーゼさんのわたしに対する態度は、それ以上は望めないほどのものでした。わたしがテレーゼさんの大事な恋人を奪ったように見えたはずなのに。だけどわたしはこの恋のために、どれほど泣き、苦しんだことでしょう。初めのうちは、どこか別の所で、ときどき、こっそり会うだけでした。そういう暮しに長くは耐えられませんでした。一緒にいる時だけ、わたしは仕合せでした。本当に仕合せでした。あの人と離れていると、涙の乾く時はなく、胸の安らぐ時はありませんでした。何日も訪ねてこないことがありました。わたしは絶望し、ここへ押しかけて、あの人を驚かせました。あの人はやさしく迎えてくれました。今度の不幸な出来事が起こらなかったら、わたしは天国にいるように仕合せでした。あの人が危険な目にあって床《とこ》につくようになってから、わたしがどんなに辛い思いをしたかは、言わないことにします。いまでも、一日だけにしたって、あの人のそばを離れることができるなんて、わたしはきびしく自分を咎《とが》めています」

ヴィルヘルムがもっと詳しくテレーゼのことをたずねようと思っているとき、領主裁判長の家の前に着いた。裁判長は馬車のところへきて、テレーゼさんはもう出発されました、と心《しん》から気の毒そうに言った。彼は皆に朝食をすすめたが、同時に、テレーゼさんの馬車は隣の村で追いつけるだろうとも言った。彼らはあとを追うことにし、御者はすぐに馬を駆った。すでにいくつかの村を通りすぎたが、誰にも出会わなかった。リューディエは引き返そうと言い張ったが、御者は聞こえないふりをして、走らせつづけた。とうとうリューディエはやっきになって引き返すことを求めたので、ヴィルヘルムは御者に呼びかけ、しめし合わせてあった合図を送った。御者は、「同じ道を帰ることはありません。ずっと気持のいい近道を知っております」と答えた。そう言って彼は脇へそれ、森を通り、広い牧草地を通り抜けて行った。しかし見覚えのある風景が一向に見えてこないので、ついに御者は、運悪く道を間違えました。しかし向こうに村が見えるので、もうじきまた道が見つかるでしょう、と白状した。夜になった。御者は巧みにことを運び、至る所で道をたずねたが、答を待ってはいなかった。こうして彼らは一晩じゅう走りつづけた。リューディエは一睡もしなかった。月光のなかに、彼女は至る所に同じようなものを見、それらはまたすぐに消え失《う》せた。夜が明けると、彼女には、辺りの景色に見覚えがあるように思え、それだけにいっそう不思議な気がした。馬車はしゃれた作りの小さな別荘の前にとまり、一人の婦人が戸口から出てきて、馬車の扉をあけた。リューディエはじっと彼女を見、辺りを見、また彼女を見、気を失ってヴィルヘルムの腕に倒れこんだ。

第五章

ヴィルヘルムは屋根裏部屋に通された。家は新しく、できるだけこぢんまりと作られていたが、すべてが清潔で、整然と片づけられていた。ヴィルヘルムとリューディエを馬車まで迎えにきたテレーゼは、彼の探している女騎士《アマツォーネ》ではなく、まったくの別人であった。あまり大きくはないがすらりとした体つきの人で、きびきびした身動きで、その明るくて青い大きな目は、どんな動きも見のがさないように思えた。

テレーゼが彼の部屋へ入ってきて、なにか要《い》るものがあるかとたずねた。「ごめんなさいね」と彼女は言った。「嫌なペンキの臭《にお》いのするこんな部屋にお泊めして。この小さな家はまだ出来たばかりで、お客さま用のこの部屋も、お使いいただくのはあなたが初めてなんですの。もっと楽しい用事で来ていただければよかったのにと思いますわ。かわいそうなリューディエは、何日かはわたしたちに嫌な思いをさせるでしょう。それにまだ我慢していただくことがありますの。折悪《あ》しく女中がやめたばかりですし、下男も手をくじいてしまいました。なにもかも自分でしなければなりません。でもその気になれば、うまくいくものですわ。召使ほど手の焼けるものはありません。誰のためにも、自分のためにだって働く気がないんですもの」

彼女はそのほかさまざまなことについて、いろんな話をした。総じて話し好きのようであった。ヴィルヘルムはリューディエのことをたずね、あの気立てのいい娘に会って、詫《わ》びを言うことはできないだろうかと聞いた。

「いまはそんなことをしたって役に立ちません」とテレーゼは言った。「時間が詫びてくれます。時間が慰めてくれます。詫びるにも、慰めるにも、言葉は役に立ちません。

リューディエはあなたに会いたくないと言っています。——『あの人をわたしの前に連れてこないで。わたしは人間が信じられなくなった。あんな誠実そうな顔をして、あんなうちとけた様子をして、こんなに人をだますなんて』わたしが部屋を出るとき、彼女はこう言いました。彼女はロターリオさんをすっかり許しているのです。ロターリオさんは彼女に手紙をよこして、『友人たちに説得されたのだ。友人たちに無理強《じ》いされたのだ』と言っています。リューディエはあなたをこの友人たちのなかにかぞえ、ほかの人と一緒に呪《のろ》っているのです」

「彼女がぼくを罵《ののし》るのは、ぼくには過分《かぶん》の名誉です。ぼくはあの素晴らしい人の友情を求めることなんかできませんし、今度のことだって、ぼくは無邪気な道具にすぎないのです。ぼくは自分のやったことをほめるつもりはありません。そうせずにはいられなかっただけなのです。これは、ぼくがこれまでに知った誰よりも尊敬する人の命にかかわることだったのです。テレーゼさん、あの人はなんという立派な人でしょう。あの人の周りにいる人たちは、なんという立派な人たちなんでしょう。あの人たちのなかでぼくは初めて、会話をすることができた、と言ってもいいのです。ぼくの言葉の本当の意味が、初めて、他人の口から、より正しく、より豊かに、より広いひろがりをもって、ぼくに返ってきたのです。ぼくがぼんやり感じていたことが明確になり、ぼくが考えていたことを目で見ることができました。口惜《くや》しいことにこの楽しみは、初めのうちは、いろんな気づかいや気まぐれのために、今度は、この不愉快な役目のために、中断されました。ぼくはあきらめてこの役目を引き受けました。自分の感情を犠牲にすることによって、この素晴らしい人たちの仲間に加えてもらうための入会金を払う責任があると思ったからなのです」

テレーゼはこれを聞きながら、親しみをこめた目でヴィルヘルムを見つめていた。「ああ、自分の確信をほかの人の口から聞くのはなんてうれしいことでしょう」と彼女は言った。「わたしたちは、ほかの人に完全に正しいと認めてもらえると、そのとき初めて、自分が正しいとわかるのです。わたしもロタ―リオさんについて、すっかりあなたと同じことを考えています。誰もがあの人を公正に見ているわけではありませんが、その代り、あの人をよく知っている人は皆あの人に夢中なんです。あの人のことを考えると、辛い気持がまじるのですけど、でも、毎日あの人のことを考えずにはいられないのです」こう言いながら、溜息《ためいき》が彼女の胸をふくらませ、右の目に美しい涙がきらめいた。「わたしが弱虫で、すぐ泣くと思わないでね。泣いているのは目だけなの。下のまぶたに小さないぼが出来て、うまくとってもらえたんだけど、その時から目が弱くなっちゃって、なにかあるとすぐ涙が出てきちゃうの。ほら、ここ。もう痕《あと》は見えないけど」

痕は見えなかったが、彼は目をのぞきこんだ。明るく、澄んで、魂の底まで見えるようだった。

「これで二人がお仲間だってことがわかったってわけね」と彼女は言った。「できるだけ早くお互いのことを知り合いましょうね。その人の歴史がその人の性格を作るんですもの。これまでわたしがどのように過ごしてきたかをお話ししますわ。あなたも教えてくださいね。そして、離れていても、いつまでも仲良しでいましょうね。山や川や町のことだけ考えるんだったら、この世は空《むな》しいわ。だけど、同じことを考え、黙っていても一緒に生きていてくれる人が、どこかにいてくれると思うと、そのとき初めて、この地球も人の住む楽園になるんですわ」

彼女は、すぐ散歩に迎えにくると約束して、急いで出て行った。彼女と一緒にいるのは非常に楽しかった。彼女とロターリオとの関係が知りたかった。呼ばれて行くと、彼女も部屋から出てくるところだった。

階段はせまくて急だったので、二人並んで下《お》りるわけにはいかなかった。「太っ腹なロターリオさんの言うとおりにしていたら、なにもかも、大きく広くなっていたでしょうにね」と彼女は言った。「でも、あの人にふさわしい女でいようと思ったら、あの人が自分にふさわしいと思ってくれているものを、守らなきゃなりませんものね。あら、管理人はどこかしら」と、彼女は階段を下りると言った。「管理人が要《い》るほど金持だと思わないでくださいね。わたしの自由地*のわずかな畑の世話ぐらい、自分で十分できますわ。わたしが隅から隅まで知っている立派な土地をお買いになった、新しいお隣りさんの管理人なんですわ。気のいいお年寄なんですけど、痛風で寝ていらっしゃいますの。使用人もこの地方は知らないものですから、見当のつくまでお手伝いしてますの」

二人は畑や牧草地やいくつかの果樹園をぶらぶらと歩いて行った。彼女は管理人に、あらゆることで指図し、どんな小さなことでも説明できた。彼女の知識、的確さ、どんなことでも方策を指示できる機敏さに、ヴィルヘルムは驚いてしまった。彼女は少しもためらうことなく、素早く要点をとらえ、たちまち問題を片づけた。管理人と別れるとき、「旦那さまによろしくね。できるだけ早くお訪ねしますわ。くれぐれもお大事にね」と彼女は言った。管理人が行ってしまうと、微笑を浮かべながら、「ところでわたし、近いうちにお金持になるかもしれませんわ。人のいいあのお隣さんがわたしに結婚を申し込む気がないでもないらしいの」と言った。

「痛風病みの老人が?」とヴィルヘルムは言った。「あなたのお年でそんな無茶な決心をなさるとは思いませんけど」——「もちろんしませんわ」とテレーゼは言った。「自分の持っているものを管理できてこそ裕福なんですわ。それができなければ、財産があったってわずらわしいだけですわ」

ヴィルヘルムは彼女の経営知識に驚いたことを告げた。——「なにか役に立つことが、心《しん》から好きで、早くから機会があたえられて、外部からかり立てられて、たゆまなく努力すれば、この世では、もっともっと沢山なことができますわ」とテレーゼは言った。「そして、どうしてわたしがこういうことをするようになったかをお知りになれば、不思議なように思えるわたしの才能にも、もう驚かれることはないと思いますわ」

家に帰ると彼女は小さな庭に彼を案内した。そこは、道もせまく、あらゆるものが一杯植えこまれて、向きを変えることもできないほどであった。中庭を通って帰るとき、彼は、丈《たけ》をそろえて切り、割られた薪《たきぎ》が、交差して積まれ、それらがまるで建物の一部で、いつまでもそこに置かれているように思えて、微笑せずにはいられなかった。桶《おけ》も樽《たる》もすべてきれいに洗われ、それぞれの場所に置かれていた。家は赤と白に塗られて、楽しげに見えた。均斉美は別として、必要と持続と快適さを求めて働く手仕事が生み出しうるすべてのものが、そこに集められているように思えた。食事は部屋に運ばれたので、彼には、さまざまなことを考えてみる時間は十分にあった。なかでも彼は、いままた、ロターリオと近い関係のある興味深い女性と知り合ったことを、しきりと考えた。

「あれほど立派な人が、すぐれた女性の魂をひきつけるのは当然のことだ」と彼はつぶやいた。「男らしさと品位とは、なんと広く影響をおよぼすものだろう。それにしても、ほかの男があまり貧乏くじを引かなくてもすむようにしてもらいたいものだ。そうだ、おまえの恐れていることを率直に認めるがいい。おまえがいつか、女性中の女性であるあの女騎士《アマツオーネ》に出会ったら、あらゆる希望と夢の代りに、結局は、あの人がロターリオの花嫁だったという、赤恥と屈辱を味わうことになるのではないか」

第六章

ヴィルヘルムが、いささか退屈しながら、落ち着かない午後を過ごしていると、夕方ごろドアが開いて、挨拶しながらかわいらしい若い猟師が入ってきて、「散歩にいらっしゃいません」と言った。その瞬間、美しい目でそれがテレーゼだとわかった。

「こんな仮装をしてごめんなさいね。口惜《くや》しいけど、いまではこれは仮装にすぎないんですもの。わたしが喜んでこのチョッキを着た頃のことをお話ししなければならないのですから、なんとかしてあの頃を思い出そうとしてるんですわ。さあ、行きましょう。狩や散歩のとき何度も休憩した所へ行けば、それも役に立つはずですわ」

二人は出かけた。そしてテレーゼは途中ヴィルヘルムに、「わたしにばかり話をさせて、あなたはわたしのことをよく知っていらっしゃるのに、わたしはあなたのことを少しも知らないのは不公平ですわ」と言った。「こうして歩いているあいだに、あなたのことを話してください。そうすれば、わたしの身の上や境遇のお話をする勇気が出てきますわ」――「残念ながらぼくがお話しできるのは、誤謬に誤謬、迷誤に迷誤、そのほかにはなにもないのです。そしていまおちいっている混乱をいちばん隠しておきたいのは、あなたなのです。あなたの視線、あなたをとりまいているすべてのもの、あなたの人柄全体、あなたの挙措《きょそ》、そのいずれもが、これまであなたが楽しく過ごしてこられたこと、美しい清らかな道をいつも確実に歩いてこられたこと、片時も無駄にせず、自分を咎《とが》めるようなことはなにもないということを示しているからです」

「わたしの身の上話をお聞きになっても、やはりそうお考えになるか、そのうちわかりますわ」テレーゼは笑いながら言った。二人は歩いて行った。そしてとりとめない話をかわしているうちにテレーゼは、「あなたは独身なの」とたずねた。――「そうだと思っていますが」と彼は言った。「しかし独身でいたいと思っているわけではありません」――「ほうら、ね。ということは、複雑な恋物語がおありで、お話しくださることがあるってことですわ」

こう言いながら二人は丘をのぼり、周りに陰を広げている大きな槲《かしわ》の木の下に坐った。

「このドイツの木の下で、一人のドイツ娘の身の上話をお聞かせしますわ。辛抱して聞いてくださいね。

わたしの父はこの地方の裕福な貴族でした。明朗で、明るく、活動的で、有能な人でした。やさしい父親で、誠実な友人で、すぐれた農場主でした。ただ一つの欠点は、父の値打のわからない一人の女性にたいして寛大すぎることでした。残念なことに、それがわたしの母なのです。母の人柄は父の真反対でした。せっかちで、移り気で、家庭にも、一人娘のわたしにも、愛情をもっていませんでした。浪費家でしたが、美人で、才気があり、才能も豊かなので、周りに集めた人たちにもてはやされていました。もちろんその集りは大きなものではないし、長つづきもしませんでした。集まってくるのはたいてい男性でした。女性は母のそばにいるのは楽しくないし、なにより母が、ほかの女性の美点に我慢できなかったからです。わたしは顔も体つきも考え方も父に似ていました。あひるのひながすぐ水を求めるように、わたしは幼い時から、台所や貯蔵室や納屋や、物置きの屋根裏などが、わたしのいちばん好きな場所でした。まだ遊び盛りの頃から、なんだか本能的に、家のなかを片づけたり、掃除することにばかり、目が向きました。父はそれを喜び、わたしの子供っぽい努力に、だんだんと、いちばんふさわしい仕事をあたえてくれました。それに反して、母はわたしを愛さず、片時もそれを隠しませんでした。

わたしは大きくなり、年とともに、わたしの活動範囲は広がり、わたしにたいする父の愛は深くなりました。二人で畑へ行ったり、勘定書きを調べるのを手伝ったりするとき、父の喜んでいるのがはっきり感じられました。父の目を見ると、自分の目を見るような気がしました。わたしが父に瓜《うり》二つだと言われるのも、目のせいなのです。しかし母の前では、父はそういうことを口にするのをはばかっていました。母がわたしをきびしく、不当に叱る時など、穏やかにわたしを弁護し、肩をもってくれましたが、それも、わたしを守るのではなくて、わたしのいい性質を弁護するだけのことでした。というわけで、父は、母のしたいことには一切《いっさい》反対を唱えませんでした。母は芝居にたいへんな情熱を注ぎ始め、劇団が作られました。男性は、母とともに舞台に立つあらゆる年齢と容姿の人にこと欠きませんでしたが、女性の方はたびたび頭数が足りませんでした。わたしと一緒に育てられたリューディエは、そのうちたいへんな美人になるだろうと言われたかわいい娘でしたが、ヒロインにつぐ役をやらされました。年とった侍女は母親や叔母をやらされました。主役の恋人や、あらゆる種類のヒロインや羊飼の娘は、いつも母がやりました。よく知っている人たちが、仮装して舞台に立ち、自分とは違う人のように見てもらおうとしているのが、どんなに滑稽だったか、とても口では言えません。わたしの目には母やリューディエや、また、本人は侯爵とか伯爵とか農夫に見てもらいたいのに、あれこれの男爵や秘書しか見えませんでした。ご当人はたいていその反対であることをわたしがよく知っているのに、どうして、仕合せだとか悲しいだとか、恋をしているだとかその気はないだとか、けちだとか気前がいいだとかと思わせようとなさるのか、わたしにはわかりませんでした。そのためわたしは、見物席にじっと坐っていることは滅多《めった》にありませんでした。しかしなにもしないわけにはいきませんので、いつも、蠟燭《ろうそく》の芯を切ったり、晩御飯の仕度をしたり、翌朝はみなさんまだ寝ていらっしゃるうちに、たいてい放りっぱなしになっている衣装を片づけたりしました。

こうした仕事は母には気に入っていたようですが、愛してはもらえませんでした。母はわたしを軽蔑していました。『父親と同じように母親にも、生まれた子が誰の子かわからなかったら、この子が自分の娘だとはとても思えないだろう』と、ひどいことを一度ならず言ったのを、いまでもよく覚えています。母の態度によって、わたしがしだいに母から離れていったことをわたしは否定しません。わたしは母のすることを、赤の他人のすることのように見ていました。そして鷹のような目で召使を見ることにも慣れました。ついでに申し上げますと、家政の根本は本当はそのことにあるのです。そうして、当然のことですが、母とその取巻きとの関係も見えてきました。母がすべての男たちを同じ目で見ていないこともよくわかりました。わたしはさらに目を鋭くして、まもなく、リューディエが母の腹心《ふくしん》で、彼女自身この機会に、早くから何度も演じてきた情熱をもっとよく知るようになっていることにも気がつきました。わたしは二人の密会をみんな知っていましたが、口をつぐんで、父にはなにも言いませんでした。父を悲しませるのを恐れたのです。しかしとうとう言わなければならなくなりました。母とリューディエとは、召使を買収しないではできないことがいろいろあったのです。召使たちはわたしに反抗したり、父の指図を無視したり、わたしの命令を実行しなかったりし始めました。そのために起きる無秩序がわたしには我慢できませんでした。わたしは父になにもかも打ち明けて訴えました。

父は落ち着いて聞いていましたが、最後に、微笑しながら、『私はみんな知っているんだよ。テレーゼ。騒ぎ立てないで我慢していなさい。私が我慢しているのもおまえのためなんだからな』と言いました。

わたしは落ち着いていられませんでした。我慢できませんでした。わたしは心のなかで父を恨みました。父はなんのためにせよ我慢なんかする必要はないと思ったからです。わたしはぜひとも秩序を守ろうと思いました。すべてを明らかにしてやろうと決心しました。

母は自分でも財産を持っていましたが、それでは足りないくらいに浪費しました。そのため、たびたび両親のあいだで悶着《もんちゃく》がありました。問題は長いあいだ片づきませんでしたが、そのうち、母の情事のために、一種の発展が生じました。

母のいちばん大事な恋人が、派手な裏切りをしました。母は、家もこの地方も境遇も嫌になりました。ほかの領地へ移ろうと言い出しましたが、そこは母には淋《さび》しすぎました。今度は町へ変わろうと言いましたが、そこも母には気に入りませんでした。父と母のあいだになにがあったのか知りませんが、とうとう父は、わたしにはわからない条件のもとで、母が南フランスへ行きたいという旅に同意しました。

こうしてわたしたちは自由になり、天国にいるように暮らしました。父はいまの状態を買い取るのに、かなりの金《かね》を使わなければなりませんでしたが、なにも損をしたわけではない、とわたしは思いました。役に立たない召使は皆お払い箱にしました。幸運にも恵まれて家の秩序も回復しました。わたしたちは二、三年仕合せに暮らしました。なにもかも思いどおりにいきました。しかし口惜《くや》しいことにこの楽しい状態も長くはつづきませんでした。思いもかけず、父が卒中におそわれ、右半身が麻痺して、満足に口もきけなくなったのです。父の求めるものはみな推測しなければなりませんでした。考えていることが言葉にならなかったのです。そのため、父が二人きりになりたがっている時には、わたしは何度もたいへん不安になりました。激しい身ぶりで、みんなに出て行って欲しいと合図しましたが、二人きりになっても、ちゃんとした言葉が出てこなかったのです。気持が高ぶって我慢しきれないようでした。その様子を見ていると、わたしは心の底から悲しくなりました。なにかとくにわたしに関係のあることを打ち明けたがっていることだけはたしかでした。それがわかりたいと心から願いました。いつもはなんでも目を見ればわかったのですが、今度はそれもできませんでした。もう父の目も語ってはくれませんでした。父はなにも欲しがってはいない、なにも望んではいない、わたしになにかを打ち明けたがっているのだ、ということだけははっきりしていましたが、口惜《くや》しいことにそれがわからないのです。発作がまた起こりました。そのあと身動きもできなくなり、まもなく死にました。

どうしてだかわかりませんが、わたしは、父はどこかに宝物を隠していて、それを自分の死後、母ではなくてわたしに譲ろうと思っていたのだと固く信じるようになりました。すでに父の生きているうちから探してみましたが、なにも見つかりませんでした。父が死ぬとすべてに封印がされました。わたしは母に手紙を書き、管理人として家に残りたいと頼みました。母は拒否しました。わたしは領地を明け渡さなければなりませんでした。父と母のあいだでとりきめられた遺書が出てきて、母がすべてを所有し享受することになり、わたしは、少なくとも母の生きているあいだは、母を頼るほかないことになりました。ようやくわたしは、父がなにを言いたかったのかわかったような気がしました。自分の死後もわたしを不当な目にあわせなければならないほど気の弱かった父を、わたしは気の毒に思いました。二、三の友人は、これでは廃嫡《はいちゃく》されたも同然だと主張し、遺言の異議申立てをすべきだと言いましたが、わたしはその決心がつきませんでした。父の思い出はあまりにも大事なものだったのです。わたしは、運命を信頼し、自分自身を信頼することにしました。

わたしは、大きな領地をいくつも持っておられる近所のご婦人と親しくしていましたが、この方がわたしを喜んで引き取ってくださいました。そして、わたしには容易なことでしたが、まもなくこの方の家政を宰領するようになりました。この方は非常に規則正しい生活をし、何事につけても秩序を好まれました。管理人や召使たちとのいさかいでも、わたしは忠実にこの方の手助けをしました。わたしはけちでもないし、意地悪でもありませんが、わたしたち女は、一般に、男の人よりも、浪費にたいして、ずっと厳格なのです。使いこみはどんなものでも、わたしたちには我慢できないのです。誰でも、許される範囲内でだけ楽しんでもらいたいのです。

こうしてわたしはまた水を得た魚のようになり、ひとり静かに父の死を悲しんでいました。わたしの保護者はわたしに満足しておられましたが、小さな出来事がわたしの安静を妨げました。リューディエが帰ってきたのです。わたしの母は、リューディエをすっかり堕落させた果てに、無慈悲にもリューディエをおっぽり出したのです。リューディエは母に仕込まれて、情事を自分の天職と思うようになっていました。彼女はなんにつけてもほどを守ることができませんでした。彼女が思いもかけずまた現れたとき、わたしの恩人は彼女も引き取りました。彼女はわたしの手助けをするつもりだったのですが、なにをやってもうまくいきませんでした。

そのころ、奥さまの親戚《しんせき》の方たちや、奥さまの将来の遺産相続人の方たちが、たびたび家にこられ、狩を楽しんでおられました。ロターリオさんもときどき一緒にこられました。わたしはすぐに、ロターリオさんがほかの方よりも図抜けておられることに気がつきました。しかし、なにもわたし自身にひきつけて考えたわけではありません。ロターリオさんは誰にたいしても丁寧でした。まもなくリューディエがあの人の注意をひいたようでした。わたしはいつもすることがあり、お仲間に加わることは滅多《めった》にありませんでした。あの人の前に出ると、いつもより口数が少なくなりました。いつもより、と言いますのは、わたしは以前から、正直なところ、活発な会話は人生の薬味《やくみ》だと考えていたからです。わたしは父と、起こったことについてなんでもよく話したものでした。人は話し合うことによって初めて、正しく考えることができるのです。ロターリオさんが旅行や出征について話をするとき、わたしは、これまでの誰の話よりも喜んで耳を傾けたものです。あの人には世界が、わたしが管理している地方と同じように、明快にくまなく見えていたのです。わたしが聞いたのは、冒険家の不思議な運命でもなく、わたしたちにその様子を話そうと約束している国の代りに、いつも自分のことばかり話す視野のせまい旅行者の、生半可《なまはんか》なほら話でもありませんでした。あの人は話をするのではなく、わたしたちをその場へ連れて行ってくれました。あんな純粋な喜びは滅多に味わえるものではありませんでした。

しかし、ある晩あの人が女性について話すのを聞いた時の満足は、口にもつくせないほどのものでした。会話はごく自然にそういう話になりました。近所のご婦人が何人かこられて、女性の教養についてありふれた話をしておられました。わたしたち女性は不当な目にあわされている、男の人たちは高級な文化をひとり占めにし、わたしたちに学問を認めようとしない、わたしたちをただの玩具《おもちゃ》の人形か家政婦にしようとしている、などというのでした。ロターリオさんはこれにたいしてほとんどなにも言いませんでした。しかし集りの人数がへると、彼もこれについて率直に意見を述べました。『女性を、女性の占めることのできる最高の地位につけようと思っている男性を悪く言うなんて、変な話ですね』と彼は言いました。『家の実権を握ることほど高い地位があるでしょうか。男性は外部のさまざまな人間関係で苦労し、財産をふやし、守らなければなりません。国政にまで参加し、さまざまな状況にふりまわされます。そして、支配しているつもりで、なにも支配してはいないのです。理性的であろうと思いながら、つねに策を弄《ろう》し、公明であろうと思いながら、隠しだてをし、誠実であろうと思いながら、人をだます。けっして到達できない目的のために、自分自身との調和という最高の目的をつねに放棄しなければなりません。ところが、思慮深い主婦は実際に家庭内を支配し、家族全体が存分に活動し、満足できるようにします。人間の最高の幸福は、われわれが正しいと思い、いいと思うことを実行すること、われわれの目的に達する手段を手中に握っていることではないでしょうか。われわれのもっとも身近な目標は、家庭内にしかないのです。絶えず繰り返される不可欠の必需品を、われわれが寝起きし、台所や地下室があり、われわれや家族のためのあらゆる種類の貯蔵品がつねにたくわえられている所以外のどこに、われわれは期待し求めればいいのでしょうか。この絶えず繰り返し求められる秩序を、たゆみなく、しっかりと守り通すためには、どれほど規則正しい活動が求められることでしょうか。いわば星のように規則正しく順行し、昼をも夜をも支配する能力、世帯道具を整え、植え、収穫し、貯蔵し分配し、つねに平静に、愛情をもって、適切にその軌道を歩みつづける能力、そうした能力は、男性にはまるでありません。女性はひとたび家の支配権を握ると、その支配権によってこそ、自分の愛する良人《おっと》を家の主《あるじ》とするのです。主婦はその注意力によってあらゆる知識を獲得し、その知識の働きをすべて利用することを心得ています。また主婦は誰にも依存せず、良人に真の自立を、家庭的、内面的自立をあたえるのです。良人の所有するものは確保され、良人の獲得したものは巧みに利用されます。こうして良人はその心を大きな対象に向けることができ、そして運がよければ、主婦にとって家庭でふさわしいのと同じことを、国家にたいして果たすことができるのです』

そう言ってから彼は、どんな女性が望ましいかを述べ始めました。わたしは顔が赤くなりました。彼が望ましいと言う女性はわたしにそっくりだったからです。わたしはひそかに勝利感を味わいました。あらゆる事情から見て、彼がわたし自身のことを考えているのではなく、彼はわたしのことを全然知らないということもわかっていましたので、余計にそうだったのです。わたしはこれまでの生涯で、わたしがたいへん尊敬している男性に、わたしという女でなく、わたしの心根《こころね》をほめられるというような、気持のいい喜びを感じたことは一度もありませんでした。わたしは心から報われたような気がし、大きな励ましになりました。

みなさんが行っておしまいになると、この家の奥さまは、微笑《ほほえ》みを浮かべながら、『男の人というのは、自分では実行しないようなことを、平気で考えたり口にしたりするわね。そうでなかったら、テレーゼさんなんか、とっくに、素敵な旦那さまが見つかってるはずよ』と仰しゃいました。わたしは冗談を言ってごまかし、それから、男の人たちは頭では家政婦のような女を求め、心と空想力は、それとは違う女に憧れているのです、わたしたちのような家政婦ふうの女は、かわいい、魅力的な女性とはとても太刀打《たちう》ちできません、と言いました。この言葉はリューディエに聞かせるために言ったのです。というのは、彼女は、ロターリオさんに強い印象を受けたことを隠しませんでしたし、ロターリオさんも、来るたびに、ますます彼女に注意を向けるように見えたからです。リューディエは貧しく、身分も低かったので、ロターリオさんと結婚することなんか考えられなかったのですが、彼女は、相手を魅惑し、自分も魅惑される喜びには勝てなかったのです。わたしは恋をしたことは一度もありませんし、その時も恋をしていたわけではありません。しかし、わたしという人間が、尊敬する男性にどのように見られているかを知ることは、とても楽しいことでしたが、それだけでは満足できなかったことも、否定しようとは思いません。わたしを知ってもらいたい、わたしに直接関心をもってもらいたいと思いました。そのあとなにが起こるかなどはっきり考えることもなく、こうした願いが生まれたのです。

わたしが恩人のためにした最大の功績は、奥さまの領地の素晴らしい森林の整備につとめたことでした。この貴重な所有地は、時を経《へ》、状況の変化にしたがって、その大きな価値がますます増えるはずなのですが、つねに旧態依然とした放漫経営がつづけられ、計画も秩序もなく、盗伐も横領も絶えませんでした。多くの山が荒れ放題でした。若木がそろって育っているのは、ずいぶん前に伐採した所だけでした。わたしは腕ききの山番と一緒に、すべてを巡回し、測量、伐採、種まき、植えつけをさせ、まもなくすべてが軌道に乗りました。楽に馬に乗れるように、徒歩で行ってもひっかからないように、男の服を作らせていました。わたしはいろんな所へ出かけ、至る所で煙たがられました。

わたしは、若い人たちの仲間が、ロターリオさんも加わって、また狩をしようとしているということを、耳にしました。わたしは生まれて初めて、輝きたいと思いました。あるいは率直に言いますと、あの素晴らしい人の目に、あるがままの自分を見てもらいたいと思いました。わたしは男の服を着、銃を背にして、うちの猟師と出かけ、領地の境界のところで一同を待ちうけることにしました。一同がきましたが、ロターリオさんはすぐにはわたしがわかりませんでした。恩人の甥《おい》の一人が、わたしを腕ききの山番だと言って彼に紹介し、わたしの若さをからかったり、冗談半分にわたしをほめたりしているうちに、ロターリオさんもやっとわたしだとわかりました。甥ごさんは、申合せでもしてあったように、わたしの目論見《もくろみ》に加勢してくださいました。彼は伯母の領地のために、ということはつまり自分のために、わたしがなにをしたかを詳しく物語り、感謝したのでした。

ロターリオさんは注意深く聞いていましたが、そのうちわたしに話しかけ、領地やこの地方のいろんな事情についてたずねました。わたしは自分の知識を披露できるのをうれしく思いました。わたしは立派に試験に合格しました。わたしは改善のためのいくつかの提案を持ち出して検討してもらいました。彼は賛成してくれ、それに似た例をいくつか挙げ、わたしの論拠にまとまりをあたえて、それを補強してくれました。わたしの満足はしだいに大きくなりました。しかし幸いなことに、わたしは知られたいと思っただけで、愛されたいと思ったのではありませんでした。幸いなことに、と言いますのは、そのあと家に帰って、彼がリューディエに示す注意に、ひそかな愛情がまじっていることに、いつもよりはっきり気づいたからです。わたしは目的は果たしましたが、ちっとも落ち着きませんでした。彼はその日以来わたしに、心からの尊敬と非常な信頼を示してくれました。集りの席では、いつもわたしに話しかけ、わたしの意見を求めました。とくに家事の問題では、わたしがなんでも知っているとでもいうように、わたしを信頼してくれているように見えました。彼が関心を示してくれるので、わたしはたいへん元気づけられました。一般的な国の経済や財政が話題にのぼる時でも、彼はわたしを対話に引き入れました。そのためわたしは、彼がこない時に、この地方や、国全体の知識をふやそうとつとめました。それは容易なことでした。と言いますのは、わたしが小さな範囲でよく知っていることが、規模を大きくして繰り返されているだけのことだったからです。

この頃から彼は、前よりも頻繁《ひんぱん》にわたしたちのところへ来るようになりました。あらゆることが話題にのぼったと言ってもいいくらいですが、結局はたいていいつも経済の話になりました。といっても、本来の意味の経済ではありません。人間が、その力と時間と金《かね》を首尾一貫して使えば、一見とるにたりない手段ででも、いかに途方もなく大きな効果があげられるかというようなことが、さかんに話し合われたのでした。

わたしは、彼にひかれる気持に逆らいませんでした。そして口惜《くや》しいことに、あまりにも早く、わたしの愛が、どんなに激しく、どんなに心底《しんそこ》からのもので、どんなに純粋で、ひたむきなものであるかを感じたのでした。早すぎたと言いますのは、彼がしげしげと訪ねてくるのは、リューディエが目当てで、わたしが目当てではないということが、ますますはっきりと見えてくるように思えたからです。少なくともリューディエはそのことを心底から確信して、わたしを相談相手にしました。そしてわたしは、そのためにかえっていくらか安心できました。彼女が自分にとってたいへん有利に解釈していることも、わたしから見るとまったくつまらないことでした。彼が真剣に、長つづきのする結びつきを考えているしるしなどまるで見られませんでした。それだけに、なんとしてでも彼のものになりたいというリューディエの一途《いちず》な思い入れが、いっそうはっきりと見えました。

そういう有様であったとき、その家の奥さまから、思いもかけない申し出を聞かされて、わたしはすっかり驚いてしまいました。『ロターリオさんがあなたに手を差し伸べ、生涯をともにしたいと願っています』と奥さまは仰しゃったのでした。奥さまはわたしの長所を数えあげ、ロターリオさんは、長いあいだ求めていた女性をわたしのうちに見出したと言っています、と仰しゃいましたが、わたしは心からうれしく、そのお話をうかがいました。

いまわたしには、最高の仕合せがあたえられたのでした。わたしがこんなにも尊敬している人がわたしを求めてくださったのです。この人のもとで、この人と一緒に、わたしの生まれもった素質と、修練によって得たわたしの才能を、完全に、自由に、広く、有益に働かせることができるのを、わたしは夢見ました。わたしという人間が、すべて、残りなく、無限に、広げられたような気がしました。わたしは同意しました。彼が訪ねてき、二人だけで話しました。彼は手を差し出し、目を見つめ、わたしを抱き、唇にキスをおしつけました。これが最初で、最後のキスでした。彼は現在の状況をすべて打ち明けました。アメリカへの出征にどれほど金《かね》が要《い》ったか、土地を担保にどれほど借金しているか、そのために大叔父といくらか仲たがいしていることや、この立派な大叔父が、もちろん大叔父流にではあるが、彼の面倒を見てやろうと考えていることや、思慮ある男には、家庭的な女性こそふさわしいのに、金持の女性を押しつけようとしていることや、妹を介して大叔父を説得してもらおうと考えていることなどを話してくれました。財産の状態や、彼の計画や、これからの見込みを述べ、わたしの助力を求めました。ただし、大叔父の同意が得られるまでは、この話は秘密にしておいて欲しいと言いました。

彼が部屋を出て行くとすぐにリューディエが入ってきて、彼が自分の話をしたのではないかとたずねました。わたしはそうではないと言い、経済の問題について話をして、彼女を退屈させました。彼女は落ち着かず、機嫌が悪くなりました。また入ってきたロターリオさんの態度も、彼女の不機嫌を直すことはできませんでした。

あら、日が暮れ始めました。でもこれは、ヴィルヘルムさん、あなたには仕合せでしたわ。さもないと、わたしが一人でお喋りする大好きな話を、こまごまと聞かされるところだったんですもの。先を急ぎましょう。呑気に構えていられない時期が近づいているのですから。

ロターリオさんは素敵な妹さんに紹介してくれ、妹さんはわたしを大叔父さんに巧みにとりなしてくれました。大叔父さんはわたしが気に入り、わたしたちの希望に同意してくださいました。わたしは仕合せな知らせをもって恩人のところへ帰りました。この話は家ではもう秘密ではなくなっていました。リューディエはそれを知っても、ありえないことを聞いたように思っていました。とうとうそれが疑えなくなったとき、突然彼女は姿を消しました。どこへ消え失《う》せたのか誰にもわかりませんでした。結婚の日が近づいていました。わたしはこれまで何度も彼の肖像が欲しいと頼んでいました。彼が帰ろうとしたとき、もう一度、その約束のことを言いました。彼は、『君こそ、ぼくの肖像がぴったり入る容れ物をくれるのを忘れているよ』と言いました。そのとおりでした。わたしは女友達に貰った、とても大事にしている贈物を持っていました。蓋《ふた》のガラスの裏に彼女の髪を貼りつけて名前が記してありましたが、内側の象牙はまだそのままになっていました。そこに彼女の肖像を描いてもらうことになっていたのですが、不幸にも彼女は死によって奪い去られたのです。まだ彼女の死を悲しんでいる時に、ロターリオさんの愛がわたしに仕合せをあたえてくれたのでした。そしてわたしは、彼女が贈物に残してくれた空白を、ロターリオさんの肖像で埋めようと思っていたのです。

わたしは急いで部屋にとって返し、宝石箱を持ってきて、ロターリオさんの前であけました。彼はなかを見てすぐに、女性の肖像の入ったロケットを見つけ、それを手にとってしげしげと眺めていましたが、『これは誰の肖像ですか』と、慌《あわただ》しげにたずねました。――『わたしの母ですわ』とわたしは言いました。――『たしかにこれは、フォン・サン・タルバン夫人という人の肖像だ、二、三年まえスイスで会った人だ』――『そうです、その人ですわ』とわたしは微笑《ほほえ》みながら言いました。『だからあなたは、そうと知らずに、あなたの姑《しゅうとめ》と知り合われたのです。サン・タルバンというのは、母が旅行中に使っているロマンチックな名前なのです。母はやはりその名前で、いまフランスにいます』

『ああ、おれはなんという不幸な男だ』と彼は叫んで、その肖像を箱に投げ入れ、手で眼を覆って、急いで部屋を出て行き、馬にとび乗りました。わたしはバルコニーへ走り出て、彼に呼びかけました。彼はふり返り、手を振って、急いで遠ざかって行きました。――それ以来会ったことがないのです」

太陽が沈んで行った。テレーゼはじっと真紅《しんく》の陽を見つめていた。美しい目には涙が溢れていた。

テレーゼはなにも言わずに、その手を、新しい友人の手の上に置いた。ヴィルヘルムはいたましい思いでそれに唇を当てた。テレーゼは涙をぬぐい、立ち上がった。そして、

「帰りましょう。みんなの晩御飯の支度をしなくちゃあ」と言った。

帰り道ではあまり話ははずまなかった。庭木戸から入って行くと、リューディエがベンチに坐っているのが見えた。彼女は立ち上がり、二人を避けて家へ入った。手に紙片を持ち、二人の女の子がそばにいた。「ほら、ね」とテレーゼは言った。「ロターリオさんの手紙をいつでも持ち歩いていますわ。あれが彼女のただ一つの慰めなんです。ロターリオさんは、よくなったらすぐに自分のそばで暮らせるようにすると約束し、それまではゆっくりわたしのところにいてくれと書いているのです。彼女はその言葉を当てにし、その手紙を慰めにしているのです。だけど彼女は、ロターリオさんのお友達たちには腹を立てています」

そうしているうちに、二人の子がやってきて、テレーゼに挨拶し、彼女がいないあいだに家で起こったことのすべてを報告した。「ごらんになったのも、わたしの仕事の一部なのです」とテレーゼは言った。「ロターリオさんの素敵な妹さんと手を組んで、何人かの子供を二人で育てていますの。わたしが育てるのは、将来の活発な働き者の主婦で、静かで繊細な才能を示している子は、妹さんが引き受けています。当然わたしたちは、この子たちがみなそれぞれに、良人《おっと》の仕合せと家政に心を配るような女に育って欲しいと願っています。わたしの素晴らしいお友達をお知りになったら、あなたにも新しい生活がひらけると思いますわ。あの人の美しさ、気だてのよさは、この世のすべての人の尊敬に価するのです」ヴィルヘルムは、その美しい伯爵夫人はすでに知っている、その人とのかりそめの関係はいつまでも彼を苦しめるだろう、と言う勇気はなかった。

テレーゼが話を打ち切り、用事で呼ばれて家へ入って行ったのは有難かった。一人になった。若くて美しい伯爵夫人が、早くも、慈善活動によって、自分の失った幸福の埋め合せをしなければならなくなっているというさっきの話が、彼にはひどく悲しかった。彼女は、愉快に人生を楽しむ代りに、他人の幸福を願って気をまぎらすほかはないのだと彼は思った。それに反して、あのような思いもかけない、悲しい変転を味わいながら、少しも自分を変えようとしないテレーゼは、なんという仕合せな人なのだろうと思った。「すべてに超然として、自分の運命に順応し、これまでの全生涯を投げ捨てる必要のない人は、なんという仕合せな人なのだろう」と彼は叫んだ。

テレーゼが彼の部屋にきて、邪魔をする許しを乞うた。「わたしの本はみんなここの戸棚に置いてありますの。しまってあるというより、捨てずに置いてあるだけのものですけど」と彼女は言った。「リューディエが宗教的な本が読みたいと言いますの。そのなかに二、三冊あるはずですけど。年じゅう世俗のことばかり考えている人は、困った時には宗教的になるらしいのね。そういう人は、善とか徳を、体が悪くなった時に、いやいや飲むお薬みたいに思ってるのよ。牧師さまだとか説教師を、さっさと追っぱらえるお医者ぐらいにしか思っていないのね。わたしは道徳ってものは養生みたいなものだと思っていますわ。養生は、生活のきまりにして、年じゅう目を放さないでいて初めて養生になるんですわ」

二人は本を探して、いわゆる修養書の類《たぐい》をいくつか見つけた。「こういう本に逃げこむことも、リューディエは母から学んだんです」とテレーゼは言った。「恋人が忠実でいるかぎりは、お芝居と小説が母の命でした。そして恋人に逃げられると、すぐさま、こういう本を頼りにするんです。神さまが本や物語のなかから話しかけてくれると信じられるなんて、わたしにはとてもわかりませんわ。世間とわたしたちの関係がどうなっているかは、世間が直接教えてくれますし、わたしたちが自分と他人にたいしてどんな責任を負っているかは、わたしたちの心が言ってくれます。それのできない人が、そういうことを本から知ろうたって、そんなことはできゃしません。本なんて、わたしたちの過《あやま》ちに上手に名前をつけてくれるだけなんですもの」

彼女はヴィルヘルムを一人にして出て行った。彼はその夜を、わずかな蔵書に目を通しながら過ごした。たしかに偶然によって集められた本ばかりであった。

テレーゼは、ヴィルヘルムが彼女のもとに留まっていた数日のあいだ、つねに変わるところがなかった。彼女は例の事件のつづきを、とぎれとぎれながら、たいへん詳しく彼に話した。彼女は日も時も場所も名前もよく覚えていた。われわれは、読者に知っておいてもらいたいことだけを、ここに簡単にまとめておくことにしよう。

ロタ－リオが突然別れて行った理由は、気の毒ながら、簡単に説明のつくことだった。彼は旅の途上テレーゼの母に出会って、その魅力にひかれ、彼女も冷たくは彼をあしらわなかった。こうして、この不幸な、慌《あわただ》しい行《ゆ》きずりの情事が、彼を、自然そのものが彼のために作ったかに見える女性との結びつきから遠ざけたのである。テレーゼは、仕事と義務の清らかな輪のなかに留まった。リューディエは近くに身をひそめていたことがわかった。リューディエは、どうやって知ったのかはわからないが、結婚がとりやめになったのを知って喜んだ。ロタ－リオに近づこうとつとめ、ロタ－リオも、愛情よりは絶望から、考えたすえというよりは不意をうたれて、意図してというよりは退屈しのぎに、彼女の願いをかなえてやったらしい。

テレーゼはそれを知っても平然としていた。彼女はロターリオにそれ以後なんの要求もしなかった。彼女は、彼が彼女の良人《おっと》となっていたとしても、家庭の秩序を乱さないかぎり、そうした関係に耐える勇気は、おそらく十分にもっていたであろう。少なくとも彼女は、家事をしっかりとまとめている主婦は、良人のちょっとした浮気はすべて大目に見てやり、良人がまた帰ってくることをつねに確信しているものだ、とたびたび言っていた。

まもなくテレーゼの母はその財産を滅茶滅茶にしてしまった。テレーゼもそのとばっちりを受けた。母からはなにも貰えなくなったからである。テレーゼの保護者である老婦人が亡くなり、テレーゼは小さな自由地と、かなりな額の資本を遺贈された。テレーゼはすぐその小さな土地に移った。ロターリオはもっといい土地を贈ろうと申し出、ヤルノが使者に立った。彼女はそれを断って、「わたしは小さな土地で、大きな土地をあの方と運営してゆく力のあることをお見せします。だけど万一、自分のためか他人のために、窮地におちいるようなことになったら、ためらうことなく、わたしの立派なお友達のところへ逃げて行きますから、それだけはお認めください」と言った。

有能な活動が、いつまでも人目にふれず、利用されずにいるものではない。彼女がその小さな土地に居《きょ》を構えるや否や、近隣の人たちが近づきを求め、助言を求めた。境を接する土地の例の新しい所有者は、彼の手を受け入れ、彼の財産の大部分の相続者になろうとするか否かは、もっぱら彼女しだいであることを、かなり露骨にほのめかした。彼女はすでにこの話をヴィルヘルムに打ち明けていて、時折、結婚と不釣合な結婚について、彼と冗談を言い合った。

「世間の人がもっと好んで話題にするのは、その人たちの考えで身分違いの結婚と呼べるような結婚の行われた時です」と彼女は言った。「だけど、不釣合な結婚は、普通の結婚よりずっと多いのではないでしょうか。と言いますのは、たいていの結婚が、残念なことに、すぐ、うまく行っていないように見えるからです。結婚による身分の混合は、一方が、他方の、生まれながらの、習慣になった、いわば必然的なものになった生活に、ついて行けない時にだけ、不釣合な結婚と呼べるのです。階級が違えば生活の仕方も違います。夫婦はそれを互いに分ち合うこともできないし、取り替えることもできません。そこに、この種の結婚はしない方がましだと言われる理由があるのです。しかし例外、それもたいへん仕合せな例外もあります。若い娘と老人との結婚はつねにうまく行かないと言われていますが、たいへんうまく行っている例もわたしは知っています。

パーティーに明け暮れ、体面ばかり気にしなければならないような結婚、それこそ、不釣合な結婚だと思います。それくらいなら、むしろわたしは、近所のしっかり者の小作人の息子と結婚します」

ヴィルヘルムはそろそろ引き上げようと考え、リューディエに別れの挨拶がしたいとテレーゼに頼んだ。腹を立てているリューディエもしぶしぶ承知した。ヴィルヘルムが二、三優しい言葉をかけると、リューディエは、「最初の苦しみはもう乗り越えました。ロターリオさんはわたしには永久に大切な人です。でも、あの人のお友達のことはよくわかっています。あの人があんな人たちに取り囲まれているなんて嫌なことですわ」と言った。「神父《アベ》は気まぐれで人を困らせたり、突き落したりするし、あのお医者さんはなんでもさっさと片づけたがる。ヤルノさんには情がない。そしてあなたは――そうね、あなたには芯がない。さっさとお帰りなさい。そうして、あの三人の道具に使われるといいんだわ。あなたにやらせる仕事はまだ沢山あるでしょうから。ずっと前から――そうよ、わたしにはよくわかってるんだわ――あの人たちにはわたしが邪魔だったのよ。どんな秘密かまだわからないけど、なにか秘密にしてるってことは知ってるわ。いろんな部屋に錠がおろしてあるのはなんのため？　それに変な廊下がいくつもあって。どうしてあの大きな塔には誰も行ってはいけないの？　なにかっていうと、わたしをわたしの部屋にとじこめるのはなんのため？　正直に言うと、初めは嫉妬でこういうことに気がついたんだわ。どこかに仕合せな恋仇《こいがたき》が隠されてるんじゃないかと思ったの。いまはもうそんなことは思っていませんわ。ロターリオさんはわたしを愛してる、わたしのことを誠実に考えてくれてるって、固く信じていますわ。同じように、あの人が、うわべだけの、にせのお友達にだまされてるってことを、固く信じていますわ。あなたがあの人のために役立とうと思ったら、そして、わたしにしたことを許してもらおうと思ったら、あの人を、ああいう人たちの手から救ってあげてください。でも、そんなこと、できっこないわね。あの人にこの手紙を渡して。このなかにも書いてあるけど、わたしがあの人を永久に愛してるって、あの人の言葉を信じてるって、伝えてちょうだい。ああ」と彼女は叫んで立ち上がり、テレーゼの首にすがって泣きだした。「あの人はわたしの敵に取り囲まれてる。そしてあの人たちは、わたしがあの人のためになにも犠牲にしたことがないなんて、説《と》きつけるんだわ。おお、あんな立派な人だって、あなたはどんな犠牲にも価する、いちいち礼を言う必要はないなんて言われて、喜んで聞くんだわ」

テレーゼとの別れはもっと明るいものだった。近いうちにまたお会いしたいものですね、と彼女は言った。「あなたはわたしのことをすっかりお知りになりました。あなたはわたしにばかりお喋りさせました。わたしが率直にお話ししたのですから、今度はあなたが話してくださる番ですわよ」

帰り道は時間がたっぷりあったので、この新しく知り合った明るい女性のことを、いきいきと思い浮かべながら考え、彼女に感じた深い信頼の気持を思った。ミニヨンとフェーリクスのことを考え、あんな人の手元で育てられたならば、あの子たちはどんなにか仕合せになれるだろうと思った。ついで自分のことを考え、あんな明るい人のそばで暮らせたら、どんなにうれしいことだろうと思った。館《やかた》に近づいたとき、多くの廊下や側翼のついた塔が、いつもより際立って目についた。つぎの機会に、ヤルノか神父《アベ》に問いただしてみようと思った。

第七章

館に帰ってみると、ロタ―リオはすっかりよくなりつつあるようだった。医者も神父《アベ》もいなくて、ヤルノだけが残っていた。しばらくすると、ロターリオはまた馬で外出できるようになった。一人のこともあれば、友人たちと一緒のこともあった。彼の話は真面目《まじめ》で楽しく、教えられるところも多く、爽《さわ》やかであった。自分ではつとめて隠そうとしていたが、しばしば繊細な感情が感じとれた。意に反してそれが表《おもて》に出ると、不愉快そうな様子を示した。

ある晩なども、食事のとき、上機嫌なように見えるのに、口をつぐんでいることがあった。

そのうちヤルノが、「今日はきっとなにか変わったことがあったんですね。それも愉快なことが」と言った。

「なんでもお見通しだね」とロターリオが言った。「そうなんだ。とても愉快なことがあってね。普段なら大したことには思わなかったろうが、今日はひどく感動したね。夕方、川向うの村を通って馬を走らせた。以前なんども通ったことのある道だ。今度の怪我《けが》で、思った以上に体力が落ちていたに違いない。気が弱くなっていて、また力がよみがえってきたのを感じて、生まれ変わったような気がしたね。すべてのものが、以前見たのと同じ光のなかに現れてきた。すべてが、長いあいだ感じたことのないほど、愛

らしく、優雅で、魅力的に思えた。体が弱っているせいだということはよくわかってい
たが、気持のいいものだった。ゆっくりと馬を進めた。甘い感情を呼び起こす病気をひ
とびとが好きになるのがよくわかった。なぜぼくが以前たびたびこの道を通ったか、君
は知ってるだろうね」

「私の記憶に間違いがなければ、小作人の娘とのあいだに生じたちょっとした恋愛事
件のためでした」とヤルノは答えた。

「大恋愛事件と言ってもいいくらいだね」とロターリオは言った。「ぼくたちは大いに
愛し合っていたし、真剣で、かなり長いあいだつづいたからね。今日は偶然、ぼくたち
の恋の初めの頃をいきいきと思い出させるいろんなことに出合ったんだ。少年たちが同
じように木をゆすって、黄金虫《こがねむし》をとっていたし、とねりこの茂り具合も、初めて彼女に
会った時とまったく同じだった。マルガレーテに最後に会ったのはずいぶん前のことだ。
彼女は遠い所へ嫁入ったからね。ところが、彼女が子供をつれて、二、三週間前に、父
親を訪ねてきたということを偶然耳にしたのだ」

「それじゃあ、今日の遠乗《とおの》りはまったくの偶然ではなかったわけですね」

「彼女に会いたいと思ったのは事実だ」とロターリオは言った。「家の近くにくると、

彼女の父親が戸口の前に腰かけているのが見え、一歳くらいの子がそばに立っていた。さらに近づくと、二階の窓に、一人の女性がちらっと顔をのぞかせた。戸口の方へくると、誰かが階段をかけおりるのが聞こえた。彼女に違いないと思った。正直な話、ぼくだとわかって、急いで迎えにきてくれるんだと自惚《うぬぼ》れていた。しかし彼女が戸口からとび出して、馬が近づいていた子供を抱えて家につれこんだとき、ぼくは実に恥ずかしい思いをした。嫌な感じだった。彼女が家にかけこむとき、首筋とあらわになった耳が、目に見えるほど赤くなっていたような気がして、ぼくの自惚れ心もいくらか慰められた。

馬をとめ、父親と話をしたが、そのあいだも、彼女がどこかに姿を見せはしまいかと、窓をうかがった。しかしそれらしい影はまったく見えなかった。たずねる気にもならず、ぼくは立ち去った。嫌な感じは驚いたためにいくらかなだめられていた。顔ははっきりとは見なかったものの、彼女はほとんどまったく変わっていなかった。十年といえば一昔だ。それなのに、前よりも若く見えた。同じようにすらりとして、足どりも軽やかだ。首筋は前よりもっと優美で、頬は同じようにすぐ愛らしく赤らむのだ。それでいて、六人の子の、おそらくはもっと多くの子の母なんだ。そうした様子は、ぼくを取り巻いている魔法の世界にぴったりだった。いっそう若返った気分で馬を進め、陽が沈み始めたので、いちばん近い森の所でやっと引き返すことにした。露がおりてきて、医者の注意を思い出し、まっすぐに帰る方が賢明だったんだろうが、また同じ道をとって、小作農場の方へ馬を向けた。一人の女性が、まばらな生垣をめぐらした庭のなかを、あちこちしているのが見えた。小道を通って生垣に近づき、会いたいと思っていた人のすぐ近くにきた。

夕陽がまぶしかったけれども、彼女が生垣のそばでなにかしているのが見えた。生垣は少しだけ彼女を覆っていた。昔の恋人に違いないと思った。彼女のそばにきて馬をとめたとき胸が騒いだ。かすかな風にそよぐ野ばらの高い小枝で、彼女の姿ははっきりとは見えなかった。ぼくは話しかけ、お元気ですかとたずねた。彼女は小声で、元気ですわ、と言った。そのとき、一人の子が生垣のかげで花をつんでいるのが見えたので、それを機に、ほかの子供さんたちはどこにいるんですかとたずねた。『あれはわたしの子ではありません。わたしはまだ若すぎますわ』と彼女は言った。その瞬間小枝のすきまから彼女の顔がはっきりと見えた。ぼくは驚きのあまり言う言葉も知らなかった。それはぼくの恋人でもあり、またそうでもなかった。十年まえに知っていたマルガレーテより少し若く、そして美しかった。『あなたはここの娘さんではないんですか』とぼくは戸惑いながらたずねた。『違います。あの人はわたしのいとこです』と彼女は言った。『だけどあなたたちは本当によく似ていますね』

『十年まえのあの人を知ってる人は、みなさんそう仰しゃいます』

ぼくはさらにいろんなことをたずねた。ぼくが思い違いしてたことはすぐにわかったけれど、この思い違いは気持のいいものだった。目の前にある昔の幸福のいきいきとした写し絵から目をそらすことができなかった。そのあいだに子供は、彼女から離れて、花を探すために池の方へ行っていた。彼女は別れの挨拶をして、急いでそのあとを追った。

しかしぼくには、昔の恋人がたしかに父の家にいることはわかっていた。馬を進めながら、子供を馬から守ろうとしたのは、マルガレーテだったのだろうか、いとこだったのだろうかと考えた。今日の出来事を何度も思い返してみたが、こんなに楽しい思いをさせてくれる出来事は滅多《めった》にあるものではないと思った。しかし、ぼくがまだ完全に健康を回復していないことは、よくわかっている。医者に頼んで、こうした気分の残りかすを取り除いてもらいたいと思っている」

楽しい恋物語の打明け話には、幽霊話に似たところがある。最初に一つ話が出ると、つぎつぎに別の話が出てくるものである。

三人は過去を振り返って、いろいろとこの種の話を思い出した。ロターリオがいちばん話す種《たね》が多かった。ヤルノの話にはみな独特な趣があった。ヴィルヘルムが話さねばならないことは、すでにわれわれは知っている。しかし彼は、伯爵夫人との話が出てくるのではないかとびくびくしていた。しかし誰もそんなことは思い出さず、遠回しにも話題にならなかった。

「本当の話」とロターリオが言った。「しばらくとりとめない時を過ごしたあとで、新しい対象にたいする愛に、心がまた開かれて行く時の気持ほど楽しいものはこの世にないね。しかし、テレーゼと結ばれる幸運に恵まれていたら、こういう仕合せは生涯あきらめていただろうね。ぼくたちはいつまでも青年ではいられない。いつまでも子供であってはならない。世間を知り、世間でなにをなすべきか、世間になにを期待できるかを知っている男にとっては、つねに良人《おっと》とともに働き、すべてを良人のために用意し、良人が放棄せざるをえないようなことを取り上げて働き、良人がまっすぐに進んで行けるように、その仕事を八方に広げてくれるような妻を見つけることほど、望ましいことはないのだ。ぼくはテレーゼとともにするどんな天国を夢見たことだろう。夢幻の幸福の天国ではない。地上の確実な生活の夢なのだ。幸福のなかの秩序。不幸のなかの勇気。きわめて些細《ささい》なことにもそそがれる配慮。もっとも大きなものをもとらえ、また放棄することのできる魂。ぼくたちが、あらゆる男性よりもはるかにすぐれていると思う歴史上の女性に、それが花開いているような素質を、ぼくはテレーゼのうちにはっきりと見ていたのだ。事柄にたいする明敏さ、あらゆる場合の敏活さ、個々のことにおける確実さ、それによって、全体のことなどついぞ考えないように見えながら、つねに全体がうまく運んで行くような確実さなのだ。君は多分」と、彼は微笑を浮かべながらヴィルヘルムの方に向いて言った。「テレーゼのために、アウレーリエを捨てたことを許してくれるだろうね。テレーゼとなら明るい生活が期待できるが、アウレーリエとは、仕合せな時など考えられなかったのだ」

「実を申しますと」とヴィルヘルムは答えた。「私はあなたにたいして非常にきびしい気持を抱いてこちらへ参ったのです。アウレーリエさんにたいするあなたの態度をきびしく咎《とが》めるつもりだったのです」

「なんと言われても仕方がない」とロタ―リオは言った。「ぼくは、アウレーリエにたいする友情を、愛の感情に替えてはいけなかったんだ。彼女は尊敬に価する人だが、尊敬の代りに愛情をもちこんではいけなかったんだ。彼女は愛情を呼び起こすことも維持することもできなかったんだ。彼女は恋をしている時でも愛らしくなかった。女性にとってこれは最大の不幸だ」

「そうかもしれません」とヴィルヘルムは答えた。「私たちは非難すべきことをつねに避けることができるとは限りませんし、私たちの心や行為が、奇妙な具合に、その自然な正しい方向からそらされるのも、つねに避けることができるとは限りません。しかし私たちは、ある種の義務からはけっして目をそらしてはならないのです。アウレーリエさんの亡骸《なきがら》を静かに憩わせるために、非難し合ったり、あの人を咎めたりしないで、いたわりをこめて、あの人の墓の上に花を撒《ま》こうではありませんか。不幸な母親の眠っている墓にかけておたずねしますが、どうしてあなたは子供をお引き取りにならないのですか。誰の心をも楽しませる息子さんをまったく見捨てておられるようですが。清らかで優しい心をお持ちなのに、どうしてあなたは、父親の心を完全に否定することができるのですか。これまであなたは、あんなかわいい坊やのことをかけらほどもお考えになったことがない。あの子の愛らしさは、いくらでも言うことがあるはずなのに」

「誰のことだね。なんの話かわからないが」とロターリオは答えた。

「あなたの息子、アウレーリエさんの息子のことですよ。あのかわいい子の仕合せには、優しい父親が引き取ってくれさえすれば、なんの欠けるところもないのです」

「君、そりゃあひどい思い違いだね」とロターリオが叫んだ。「アウレーリエに子供はいないし、ましてやぼくの子なぞ。子供のことなど聞いたこともないが、聞いていれば喜んで引き受けるよ。しかしこの場合、その子をアウレーリエの形見として、喜んで引き取って養育しよう。しかしアウレーリエは、その坊やが自分の子だとか、ぼくの子だとかって、なにか言ったのかね」

「あの人からはっきりした言葉を聞いた覚えはありません。そう思いこんで、私は片時もそれを疑ったことはありません」

「そのことならいくらか説明できるよ」とヤルノが口をはさんだ。「君が何度も見たはずの老婆が、あの子をアウレーリエさんの所へ連れてきたんだ。彼女は大喜びでその子を引き取り、自分の悲しみをその子をそばに置くことでまぎらそうと思ったのだ。実際またその子は、多くの楽しい時を彼女にあたえたんだ」

ヴィルヘルムはこれを聞いて、ひどく落ち着かない気持になった。善良なミニョンとかわいいフェーリクスとがいきいきと思い出された。彼は、二人の子がいま置かれている状態から救い出してやりたいという希望を打ち明けた。

「それは早速《さっそく》片づけよう」とロターリオが言った。「その奇妙な女の子はテレーゼにあずけよう。その子にとってテレーゼほどいい育て親はないからね。男の子は君が引き取ればいいと思う。女の手に余ることも、男が面倒を見れば、子供が自分で片をつけるものだよ」

「ぼくに言わせれば」とヤルノが言った。「君はさっさと芝居とは縁を切ることだね。君には役者の才能なんかまるでないからね」

ヴィルヘルムは驚き、われを忘れかけた。ヤルノの言葉は、彼の自惚《うぬぼ》れを少なからず傷つけたからである。「それを納得させてくださるなら、ご親切と言えましょうね」と、彼は強いて微笑を浮かべながら言った。「もっとも、好きな夢からゆり起こされるのですから、辛いご親切ですが」

「それはさておき、まず君は、子供たちを連れてきてはどうかね。あとはきっとうまく行くよ」とヤルノは言った。

「私もそのつもりです。あの少年の運命についてもっと詳しいことがぜひ知りたくて気が落ち着きませんし、不思議なほど私にまとわりついている女の子にも会いたいのです」

早速出発するがよいということで一致した。

翌日、出発の用意ができ、馬に鞍も置かれて、あとはロターリオに挨拶するだけになった。食事の時間になり、いつものように家の主人を待つことなく皆が席についた。彼はだいぶ遅れてやってき、皆のいる席についた。

「賭《か》けてもいいですが」とヤルノが言った。「今日あなたはまた、あなたの優しい心を試しに行かれましたね。昔の恋人にまた会いたいという気持に抵抗できなかったんですね」

「そうなんだよ」とロターリオは言った。

「どういう具合だったか聞かせていただけませんか。ぜひ知りたいものですね」

「正直なところ、昨日の出来事が意外と心残りだったもので、もう一度出かけて、本人に会ってみたいと思ったんだ。昨日の若返った姿でひどく楽しい幻想がかき立てられたからね。戸口の前で遊んでいる子供たちの邪魔にならないように、家から少し離れたところで馬を下《お》りて、馬を脇へ連れて行かせた。家へ入って行くと、偶然彼女が迎えに出てきた。迎えてくれたのは彼女自身だった。ひどく変わっていたけれど、彼女だということがわかった。頑丈になって、背も高くなったように思えた。優雅さは落ち着いた態度にも見えた。昔の快活さは静かな思慮に変わっていた。軽やかにのびのびと掲げられていた頭はやや沈んで、額には少しじわが見えた。

彼女はぼくを見ると目を伏せたが、顔を赤らめることもなく、心の動きも見せなかった。手を差し出すと、彼女も手を出した。主人のことをたずねると、来ていないということだった。子供たちのことをたずねると、ドアのところへ行って呼びよせた。みな出てきて彼女をとりまいた。子供を抱いている母親ほど素晴らしいものはないし、多くの子供にとりまかれている母親ほど尊いものはない。なにか言うために、子供たちの名をたずねた。なかへ入って父親を待つようにすすめられた。部屋へ入って見ると、なにもかもほとんど昔のままだった。そして不思議なことに、彼女に生き写しのあの美しいいとこが、昔ぼくの恋人が何度もそうしているのを見たのとそっくりの形で、糸車の前の椅子に坐っていた。母親にそっくりの小さな女の子があとについてきた。こうしてぼくは、せまい所に、花と実が、段をなして並んでいるオレンジ畑に置かれたように、過去と未来のあいだのひどく奇妙な現在のなかに立っていた。いとこは飲物をとりに出て行った。かつてあんなにも愛していた人に手を差し出して、『またお会いできて、ほんとうにうれしく思います』と言った。――『そう言っていただけるのは有難いですね。わたしもほんとうに、口にも言えないほどうれしく思います。生きてるあいだに、もう一度だけでもお会いしたいと何度思ったことでしょう。もうこれが最期《さいご》かと思う時には、そう思いました』と彼女は言った。落ち着いた声で、感動した様子もなく、昔ぼくをあれほど彼女にひきつけた、あの自然な調子でこう言った。いとこがもどってき、父親も帰ってきた。――ぼくがどんな気持でそこにいたか、どんな気持でそこを立ち去ったかは、君たちの想像にまかせよう」

第八章

ヴィルヘルムは、町へ帰る道すがら、彼が知り、あるいは耳にした立派な女性たちを思い浮かべた。喜びの少ない彼女らの不思議な運命を思って胸が痛んだ。「ああ、哀れなマリアーネよ」と彼は叫んだ。「これからまだ、おまえのどんなことを知らねばならないのだろう。そして、あなた、素晴らしい女騎士《アマツォーネ》よ、高貴なる守護神よ。私はあなたに多くの恩を受けた。私はいつもあなたに会いたいと願いながら、まだお会いできないのです。いつかお会いできても、もしやあなたは、悲しい境遇におられるのではないでしょうね」

町に着いたが、宿には知った人は誰もいなかった。舞台稽古をしているのだろうと思って劇場へ行ってみたが、物音ひとつせず、劇場に人気《ひとけ》はなかった。鎧戸《よろいど》があいていたので舞台へ行ってみた。アウレーリエの婆やが亜麻布を縫い合せて舞台衣装を作っていた。彼女の仕事をしている手元を照らすのに必要な程度の光しか差しこんでいなかった。フェーリクスとミニョンが彼女の横の床に坐っていた。二人で一冊の本を持ち、ミニョンが声をあげて読むと、フェーリクスは、文字を知っていて、自分も読めるように、一語一語繰り返していた。

子供たちはとび上がり、ヴィルヘルムに挨拶した。彼は二人をしっかりと抱き締め、婆やに近づいた。「この子をアウレーリエのところへ連れてきたのはおまえかね」と彼は真剣な顔つきでたずねた。婆やは仕事から目をあげ、顔を彼の方へ向けた。光をうけたその顔を見て彼は驚き、二、三歩あとずさりした。それはバルバラ婆やだった。

「マリアーネはどこにいる?」と彼は叫んだ。――「遠いところでございますよ」と婆やは答えた。

「で、フェーリクスは？」

「あまりにも優しく恋をした不幸な娘の子でございます。あなたのおかげで、わたしどもがどんなに苦労したか、お知りにならん方がよござんすよ。あなたにお渡しするこの宝が、わたしどもを不幸にしたのと同じくらい、あなたを仕合せにしてくれますように」

婆やは立ち上がって出て行こうとしたが、ヴィルヘルムはしっかりと彼女をつかまえた。「逃げようてんじゃありませんよ」と彼女は言った。「証拠の品を取りに行かせてくださいまし。それを見ればあなたは、喜びも悲しみもなさいましょう」こう言って彼女は出て行った。ヴィルヘルムは、不安な喜びをもって少年を見つめた。この子が自分の子だとはまだきめかねた。「この子はあなたの子よ」とミニョンが叫んだ。「この子はあなたの子よ」そう言って、フェーリクスをヴィルヘルムの膝に押しつけた。

婆やが帰ってきて、一通の手紙を彼に手渡した。「これがマリアーネの最後の言葉でございます」と彼女は言った。

「マリアーネは死んだのか」と彼は叫んだ。

「死にました」と婆やは言った。「いまさらどんなに愚痴《ぐち》をこぼしてみても仕方のないことでございます」

驚き混乱しながらヴィルヘルムは手紙を開いた。しかし、最初の言葉を読むか読まないうちに、激しい悲しみにおそわれて手紙を落とし、ベンチに倒れこんで、しばらく身動きもしなかった。ミニョンが介抱した。そのうちフェーリクスが手紙を拾い上げ、ミニョンを引っぱった。ミニョンはついに根負《こんま》けし、フェーリクスのそばに坐って、読んでやった。フェーリクスがいちいち繰り返すので、ヴィルヘルムは二度ずつ聞かされることになった。「この手紙がいつかあなたの手に届いたら、あなたの恋人をかわいそうだと思ってやってください。あなたの愛はわたしに死をもたらしました。この子が生まれたあと数日しかわたしは生きられませんが、この坊やはあなたの子です。そと見はどのように見えましょうとも、わたしはあなたに誠実を守って死にます。あなたと一緒にわたしは、わたしをこの世に結びつけていたすべてのものを失いました。子供は丈夫で、きっと育つと言われていますので、わたしは安心して死にます。バルバラ婆やに聞いてください。婆やも許してやってください。さようなら。わたしを忘れないで」

なんという悲しい手紙だろう！　しかし、いくらか謎めいたところがあるので、それが慰めにもなった。子供たちがつかえつかえ、どもりどもりして読み、いちいち繰り返すので、ますます胸にこたえた。

「これでおわかりでしょう」と、彼が気を取り直すのも待たずに婆やは言った。「あんな立派な娘をなくしたあとに、こんな素敵な子が残されたんですから、神さまにお礼を言わなければなりません。どんなにあの立派な娘が、最後まであなたに忠実だったか、どんなに不幸になったか、どんなになにもかも、あなたのために犠牲にしたか、それをお知りになったら、あなたの悲しみは、較べるものもなくなりましょう」

「悲しみと喜びの杯《さかずき》を一度に飲ませてくれ」とヴィルヘルムは叫んだ。「彼女が立派な娘であったことを、ぼくの尊敬と愛に価する娘であったことを確信させてくれ、いや、説得してくれ。かけがえのないものを失った悲しみを味わわせてくれ」

「いまは駄目でございますよ」と婆やは言った。「することがございますし、わたしどもが一緒にいるところを見られたくございません。フェーリクスがあなたさまの子だってことも、内緒《ないしょ》に願いますよ。これまで嘘をついてたってみなさまに叱られますからね。ミニョンは喋りゃしません。利口な子で、口が固うございますから」

「あたし、前から知ってたけど、言わなかった」とミニョンが言った。――「どうして知ったんだ」と婆やが叫んだ。――「どこから」とヴィルヘルムも言った。

「聖霊がそう言った」

「どんなふうに？　どこで？」

「アーチのところで、竪琴弾きのおじいさんがナイフを抜いたとき、『お父さんを呼んでおいで』って声が聞こえたの。そのとき、あなたのことだと思ったの」

「誰が言ったんだ？」

「知らない。心のなかで、頭のなかで聞こえたの。あたし、心配で、ふるえて、お祈りしたの。そしたら、聞こえて、すぐわかったの」

ヴィルヘルムは彼女を抱きしめ、フェーリクスを頼んで出て行った。去りぎわに初めて、旅に出た時よりも、彼女が、ずっと顔色が悪く、痩《や》せていることに気がついた。知っている者のうちで最初に出会ったのはメリーナ夫人であった。彼女はひどく愛想よく挨拶し、「おお、わたしたちのところが、なにもかも、あなたの期待どおりにいってるといいんですけど」と言った。

「ぼくの期待ですって？」とヴィルヘルムは言った。「ぼくは期待なんかしてませんよ。ぼくがいなくても、なにもかもうまく行ってると、正直に言ったらどうですか」

「どうしてあなたは行っちゃったの」

「世の中は自分がいなくてもやって行けるってことは、できるだけ早く知る方がいいからです。ぼくたちは、自分が重要な人物だと思っている。一緒に働いている仲間を自分一人で養ってると思っている。自分がいなければ、生きることも、食うことも、息することもできないと自惚《うぬぼ》れている。ところが、自分がいなくなって出来る穴は、ほとんど誰も気づきはしないし、たちまち埋められるのです。それどころか、穴を埋めた人の方が、上等だとは言わないまでも、気持のいい人であることが多いのです」

「友達の悲しみは勘定《かんじょう》に入れないの？」

「友人だってすぐ慣れて、『いまいる所で、できることをしよう。働いて、人に好かれて、現在を楽しく暮らそう』と言えるようになったら、結構なことじゃありませんか」

詳しく聞いてみると、ヴィルヘルムが想像していたとおりであることがわかった。オペラが始められ、すっかり観客の注目を集めていた。彼の役はラエルテスとホレイショー役者で埋められ、二人は、以前彼が受けていたよりもはるかに盛んな喝采を博していた。

ラエルテスが入ってきた。メリーナ夫人は、「この仕合せな人を見てごらんなさい。この人はもうじき資本家か、なんだか知らないけど、大変なものになるのよ」と言った。

ヴィルヘルムは彼を抱擁したが、彼の上着の生地《きじ》がたいへん上等なものであることがわかった。そのほかの着ているものも地味ではあるが、最上等な生地のものばかりだった。

「こりゃあいったいどういう訳だね」とヴィルヘルムは叫んだ。

「まあ、ぼつぼつ話すがね」とラエルテスが言った。「ぼくのほっつき歩きもどうやら金《かね》になりだしたんだ。大商会の主人が、ぼくのほっつき歩きと知識と顔の広さを利用して大儲《おおもう》けをしてね、そのお裾《すそわ》分けにあずかってるってわけさ。この際、女性の信頼も手に入るんなら、金《かね》惜しみはしないがね。実はその家《うち》にかわいい姪《めい》ごさんがいてね、ぼくさえその気になれば、そのうち大金持になれそうな気配なんだ」

「ご存知ないと思うけど」とメリーナ夫人が言った。「あなたがいないあいだに、ここでも結婚があったの。ゼルロさんがあの美人のエルミーレと正式に結婚したの。お父さんが内縁関係は認めないって言うものだから」

こうして彼らは、ヴィルヘルムがいないあいだに起こったさまざまなことについて話した。そして彼は、一座の気持の上からは、彼がとっくにお払い箱になっていることがよくわかった。

彼は、深夜になってからの奇妙な訪問を予告した婆やを、じりじりしながら待っていた。彼女は、皆が寝静まってからくると言い、若い娘が恋人のところへ忍んでくる時のような心構えでいてくれと頼んでいた。そのあいだに彼は、おそらく百回はマリアーネの手紙を読んでいた。愛する人の手によって書かれた誠実という言葉を読んでは、言い知れぬ喜びを感じ、死の予告を読んでは、ぞっとした。彼女は、死が近づいてくるのを恐れていないようであった。

真夜中を過ぎたころ、半ば開いたドアのところで物音がし、小籠を持って老婆が入ってきた。「わたしどもの苦労話をお聞かせしますが」と婆やは言った。「それを聞いても、あなたは平気でそこに坐っておられるに違いありません。心配そうにわたしを待っておられるのも、ご自分の好奇心を満たすためだけなのです。わたしどもの心が張り裂ける時も、あの時もいまも、冷たい利己心で身を包んでおられる。しかし、ごらんなさいまし。あの仕合せな夜も、こんなふうにわたしはシャンペンの瓶《びん》を出し、こんなふうに三つのグラスをテーブルに置きました。そうしてあなたは、罪のない子供の頃の話を始め、わたしどもをたぶらかし、眠りこませようとなさいましたが、今度はわたしが悲しい話をして、あなたの目を覚まし、眠らせないでさしあげますよ」

ヴィルヘルムは、婆やが本当に栓を飛ばし、三つのグラスを満たしたとき、なにを言えばいいのかわからなかった。

「お飲みなさいまし」と、婆やは一気に泡立つグラスを飲み干してから言った。「気が抜けぬうちにお飲みなさいまし。この三つ目のグラスは、不幸なマリアーネの思い出に、飲まないで泡立つままにしておきましょう。あの時あの娘《こ》が、あなたのために杯《さかずき》を上げたとき、あの娘の唇はなんて赤かったことでございましょう。ああ、それが、いまは永久に青ざめて、固くなっておるのです」

「魔女め！　鬼女《おにおんな》め！」とヴィルヘルムは叫んで、おどり上がり、こぶしでテーブルを叩いた。「悪霊にとりつかれたのか！　おれをなんだと思ってるんだ。マリアーネの死と苦しみを聞かせただけでは、おれを苦しめるに足りんと思っているのか。こんな地獄の手管《てくだ》を使って、おれの責め苦を増《ま》そうというのか。葬式の会食の時さえ、たらふく飲まずにいられない大酒ぐらいめ。それなら飲め。飲んでから喋れ。前からおれは、おまえが大嫌いだった。取持ち婆《ばば》あめ。おまえの面《つら》を見てると、マリアーネさえ罪がなかったとは思えなくなる」

「落ち着いてくださいませ、旦那さま」と婆やは言った。「わたしの落ち着きを乱さないでください。あなたはまだわたしどもにどっさり借りがあるんですよ。借り手にぼろくそに言われる覚えはありません。しかし、あなたの言われるとおりかもしれませんね。わたしがごく簡単に話しただけで、あなたには十分罰になりますからね。それじゃあ、あなたのものであるための、マリアーネの戦いと勝利をお聞かせしましょう」

「おれのものだと?」とヴィルヘルムは叫んだ。「どんな作り話を始めようっていうんだ」

「話の腰を折らないでくださいまし。聞いたうえで、信じようと、信じまいと、お好きなようになさいませ。いまとなっちゃあどうでもいいことなんですから。わたしどもを訪ねてきた最後の晩に、紙きれを見つけて、持って帰りはしませんでしたか」

「家《うち》へ帰ってから気がついたんだ。激しい愛にかられてひっつかんで、ポケットにねじこんだネッカチーフにくるまってたんだ」

「それにはなんと書いてありましたか」

「今夜は昨日より優しく迎えてもらいたいという、機嫌をそこねた恋人の頼みだ。おまえたちはそれをかなえてやった。おれはこの目で見たんだ。そいつが、夜明け前におまえたちの家から出てきたんだ」

「ご覧になったかもしれません。しかし、わたしどものところでなにがあったか、あの夜を、マリアーネがどんなに悲しんで、わたしがどんなに腹を立てて過ごしたかは、あなたはいま初めてお知りになるのです。正直に申し上げましょう。否定もしませんし、つくろいもいたしません。ノルベルクという人のものになるように説き伏せたのは、このわたしです。あの娘《こ》は言うことを聞いてくれました。まあ、いやいや言うことを聞いてくれたのでございます。あの人はお金持でしたし、あの娘に惚れこんでいる様子でしたから、長つづきするだろうと思ったのです。すぐそのあと、あの人は旅に出なければならなくなり、そうしてマリアーネはあなたを知ったのでございます。本当にわたしは、いろいろと我慢し、邪魔立てし、嫌な目にあわされました。何度もあの娘は言いました。『ああ、もう四週間、あんたがわたしの若さと清らかさを大事にしてくれていたら、わたしの愛にふさわしい人を見つけて、その人にふさわしい女でいられたのに。そして、いやいや売り渡したものを安心して、愛をこめて、捧《ささ》げることができたのに』あの娘はすっかり恋に溺《おぼ》れました。あなたが仕合せだったかどうか、そんなことはおたずねできません。わたしはあの娘の考えはなんでも思うようにできました。あの娘のちょっとした願いをかなえる手立てなら、いくらでも知っていますからね。しかし、あの娘の心はなんともなりませんでした。あの娘の心が嫌だと言いだしたら、なにをしてやろうが、なんと言い聞かそうが、けっして承知しませんでしたから。しかし、ひどい貧乏だけはあの娘は我慢できませんでした。そしてまもなく耐えられないほど金《かね》に困るようになりました。あの娘は幼い頃はなに不自由なく暮らしておりました。こみ入った事情があって、あの娘の家《うち》は財産をなくしたのです。かわいそうにあの娘はいろんな贅沢《ぜいたく》になれていて、その上、あの娘の小さな心には、なにか主義というようなものが刻みこまれておりまして、それが助けになるどころか、不安の種《たね》になったのです。世間のことはまるで知らないで、本当に無邪気な娘でした。金《かね》を払わなければ、なにも買えないってことさえ知らなかったのです。あの娘には、借金があることほど心配なことはありませんでした。いつも、貰うよりは、くれてやる方が好きだったからです。というわけで、こまごました借金が重なったのを払うために、仕方なく身を売ることになったのです」

「それでおまえは、なんとかしてやる手はなかったのか」とヴィルヘルムはどなりつけた。

「ありましたとも。腹をへらして、貧乏して、苦労して、すっからぴんで暮らすつもりならね。しかし、そんなことはまっぴらごめんでございますよ」

「いまいましい、見下げはてた取持ち婆あめ。それでおまえは、あの不幸な娘を犠牲にしたのか。飲むために、たらふく食うために、あの娘を売ったのか」

「ほどほどにして、どなりつけるのは、おやめなさい。どなりつけたけりゃあ、大きな、立派なお屋敷へ行ってごらんなさい。かわいらしい、天使のような娘のために、大金持でさえありゃあ、どんないやらしい男でも見つけてやろうと、せっせと骨折ってるお袋さんがどっさりいますよ。かわいそうな娘は、自分の身の行き先に、おろおろ、どきどき。世間知りの女友達が、結婚すれば、身も心も思いのままと教えてくれるまでは、身の置き所もない有様」

「黙れ！　他人の罪で自分の罪が消えると思うのか。ごたくを並べてないで、さっさと喋れ！」

「それじゃあ、あなたも、どなるのはやめて聞いてください。マリアーネは、わたしの言うことも聞かないで、あなたのものになりました。このことについちゃあ、わたしもつべこべ言われる筋はありません。ノルベルクさんが帰ってきて、大急ぎでマリアーネに会いにきました。あの子は冷たく無愛想に迎えて、キスも許さなかったんです。わたしは、あの娘の仕打ちを言いつくろうのに、あらんかぎりの手を使いました。聴罪司祭があの娘の良心を責めたてた、良心の声が聞こえているあいだは、あの子の良心を大事にしてやらなけりゃあならない、なんて言いくるめ、やっと帰ってもらうところまで漕ぎつけて、できるだけのことをしてみましょうと約束したんです。あの人は金持の野暮天《やぼてん》ですが、根は善良で、心《しん》からマリアーネを愛していたんです。我慢しようと約束してくれましたので、わたしも、あの人をあまり辛い目にあわさないように、いっそう熱心に手をつくしました。マリアーネに厳しい態度を見せ、あの娘を説得して、と言いますか、おしまいには、お暇を頂戴しますと脅して、むりやりあの人に手紙を書かせ、今夜きて欲しいと言わせたのです。ところがあなたがこられて、偶然、ネッカチーフにくるまれていたあの人の返事をかっさらって行ったのです。思いもよらずあなたがこられたもので、わたしの手はずがすっかり狂ってしまいました。あなたが行ってしまわれると、また騒ぎがもちあがりました。あの娘は、あなたに不実なことはできないと言い張り、やっきになって、身も世もないという有様なので、わたしもすっかりかわいそうになりました。とうとう、今夜のところは、ノルベルクさんをなだめ、なんとか口実を設けて帰ってもらうから、と約束し、床《とこ》につかせました。ところがあの娘はわたしが信頼できないとみえて、服を着たまま横になっていましたが、いつものように、興奮に疲れ、泣き疲れて、服を着たまま寝てしまいました。

ノルベルクさんがきましたが、わたしはあの人を引き止め、あの娘の良心の呵責《かしやく》やら、後悔やらを、できるかぎり恐ろしげにまくしたてました。あの人は一目だけでもあの娘に会いたいと言い出し、わたしは用意させるためにあの娘の部屋へ入って行きました。ところが、あの人がわたしのあとにくっついてきたものだから、二人が同時にあの娘のベッドの前に立つことになったのです。あの娘は目を覚ますと、怒ってとび起き、わたしどもの手をもぎ放しました。願いごとを繰り返したり、脅したりした挙句《あげく》、なにがなんでもゆずらないと誓ったのです。不用意に、本当の恋も二言《ふたこと》、三言《みこと》もらしましたが、かわいそうにノルベルクさんは、それを宗教的な意味にとったにちがいありません。とうとうあの人は部屋を出て行き、あの娘はとじこもりました。そのあとわたしは長いことあの人を引き止め、あの娘の状態について話をし、あの娘はいま妊娠している、かわいそうな娘をいたわってやらなければならない、と言いました。あの人は父親になれるのを誇らしく思い、男の子だとうれしいんだがと言っていました。あの人はあの娘の望むことをすべて受け入れ、あの娘を不安がらせたり、興奮させたりするのは体によくないから、いっそ、しばらく旅に出ようと約束しました。こういう気持であの人は朝早くわたしのところから帰って行ったのです。旦那さま、見張っておられたあなたが、最上の仕合せ者と思われた恋仇《こいがたき》の胸のうちをのぞいてご覧になっていたら、あなたの仕合せにとってこれ以上のものはなかったでしょうにね。ところがあなたは、あの人の姿を見て絶望されたのです」

「本当の話かね」

「本当でございますとも。あなたを絶望させてさしあげようと思っている話もね。そうですとも。つぎの日の朝のわたしどもの様子を、ありのままにお伝えできたら、あなたはきっと絶望なさいますでしょう。どんなに朗らかにあの娘は目を覚ましたことでしょう。どんなに優しくわたしを呼び入れたことでしょう。どんなにいきいきとわたしに感謝し、どんなに心をこめてわたしを抱いたことでしょう。『さあ、これで』と、あの娘は微笑を浮かべて鏡の前へ行きながら言いました。『わたしは自分と自分の姿を楽しむことができるんだわ。わたしはまた自分のものに、ただ一人の愛する人のものになったんですもの。自分に勝つのはなんてうれしいことなんでしょう。あの人の思うままになれるって、なんて仕合せな気持なんでしょう。感謝してるわ。わたしの身になって、あんたの知恵と分別をまたわたしのために役立ててくれたんですもの。わたしの味方になって、わたしがすっかり仕合せになれるように、知恵をかしてね』

わたしは逆らいませんでした。なるべく刺激しないようにして、あの娘の希望にそうようなことを言ってやりました。あの子は本当に優しくわたしを抱きしめました。あの娘がちょっとでも窓から離れる時は、わたしが見張らなければなりませんでした。あなたがきっと通るはずだ、一目でも見たいと言うのです。こうして一日じゅう落ち着かないで過ごしました。夜になって、いつもの時間に、あなたがきっとおいでになると待っていました。早くからわたしは階段のところで耳をすましていましたが、待ちくたびれて、またあの娘のところへ行きました。すると、驚いたことに、あの娘は士官服を着ていました。あの娘は信じられないほど朗らかで、魅力的に見えました。『今日は男の服を着る値打があるんじゃないかしら。勇敢に戦ったんですもの』とあの娘は言いました。『今日はあの人に最初の時のわたしをお見せしたいの。あの時と同じように優しく、あの時よりは自由に、あの人を抱きしめたいの。固い決心でわたしが自由になっていなかったあの頃より、いまわたしは、ずっとあの人のものじゃないかしら。だけど』と、あの娘は少し考えてから言いました。『まだわたしは、完全に勝ったわけじゃない。あの人にふさわしくなり、あの人のものだと固く信じられるためには、まず思い切ったことをしなくちゃいけない。なにもかも打ち明けて、わたしの身の上をすっかりお話しして、それでもわたしを愛してくださるか、お捨てになるかは、あの人にお任せしなくちゃいけない。あの人のためにも、わたしのためにも、その時の覚悟をしておこう。そして、あの人の気持がわたしを捨てることがおできになるなら、わたしはまた一人になって、罰のなかに慰めをみつけて、運命がわたしにあたえようとするすべてのものに耐えよう』

こんなことを考え、こんなことを望みながら、旦那さま、あのかわいい娘はあなたをお待ちしておったのでございますよ。あなたはいらっしゃいませんでした。ああ、あの娘の待っていた様子、あの子が希望していた様子は、とても口では言えません。おまえがまだ目に見えるよ。おまえが愛をこめて、激しい思いをこめて、男のことを、その男がどんなに残酷な男かをまだ知らないで話していた、おまえの様子がまだ見えるよ」

「えい、この婆《ばば》あめ」と、ヴィルヘルムはおどり上がり、婆やの手をつかんで叫んだ。「お芝居はもう沢山だ、前置きはもう沢山だ。おまえの冷たい、落ち着きはらった、満足げな様子で、おまえの腹はわかったよ。マリアーネを返してくれ。あれは生きてる。近くにいるんだ。そうでなけりゃあ、こんな夜遅くに、人の寝静まった時刻に訪ねてくるわけがない。こんな人をうれしがらせるような話をして、おれに心構えさせるのはなんのためだ。あれをどこへやった。どこへ隠した。あれに会わせてくれ、おれの腕に返してくれたら、おまえの言うことをなんでも信じるよ、なんでも信じると約束するよ。おれはあれの影をちらっと見たことがあるんだ。あれをもう一度この腕に抱かせてくれ。おれは彼女の前に跪《ひざまず》きたい。彼女に許しを乞いたい。彼女の戦いと、自分とおまえに打ち勝った勝利を祝ってやりたい。彼女のところへフェーリクスを連れて行ってやりたい。さあ、こい。どこへ隠した。彼女とおれとを、これ以上曖昧なままに放っておかないでくれ。おまえの目的は果たせたじゃないか。どこへ隠した。さあ、こい。この光で彼女を照らしてやりたい。彼女のかわいい顔をもう一度見たい」

彼は婆やを椅子から引き起こした。彼女は彼をじっと見つめていたが、涙が目から溢れ出てきた。恐ろしい悲しみにとらえられた。「お気の毒な。間違いですよ。まだそんなはかない希望をもつなんて」と彼女は叫んだ。——「そうですとも。隠しましたよ。地面の下にね。太陽の光も、なつかしい蠟燭《ろうそく》の灯も、もう二度と、あの娘のかわいい顔を照らしはしません。かわいいフェーリクスを、あの娘の墓へ連れてって、お父さんが言い分も聞かないで、地獄へ突き落したおまえのお母さんがここに眠ってるよ、と言っておやんなさい。あなたに会うのが待ちきれなくて、かわいい胸をときめかしてるとか、隣の部屋で、わたしの話が、いえ、作り話が終わるのを待っているとか、そんなことはもうないのです。暗い小部屋にとじこめられているのです。花婿もついては行けないし、恋人を迎えに出てくることもないのです」

彼女は椅子のそばの床に身を投げて、激しく泣き出した。ヴィルヘルムはいま初めて、マリアーネが死んだことを完全に納得し、悲しみに包まれた。婆やは身を起こし、「これ以上申し上げることはありません」と言って、包みをテーブルの上に投げ出した。「この手紙を読めば、自分の残酷さが恥ずかしくおなりでしょう。この手紙が涙なしで読めるものか、やってごらんなさい」彼女はしのび足に出て行った。その夜はヴィルヘルムは、その紙入れを開《あ》ける気になれなかった。その紙入れは彼自身がマリアーネに贈ったものだった。彼女が、彼から貰った手紙をすべて、そのなかに大切に納《しま》っておくことを彼は知っていた。つぎの日の朝ようやく意を決して紐《ひも》をといた。自分の手で書いた鉛筆書きの紙片がこぼれ落ちた。それらは、馴染《なじ》みの最初の日から、残酷な別れの最後の日までのあらゆる情景を呼び起こした。しかし、彼にあてて書かれた手紙の小さな束に目を通した時には、激しい悲しみを押えることができなかった。内容から察すると、それらはヴェルナーから送り返されたものであった。

「わたしの手紙は一通もあなたの手元にはとどきませんでした。わたしの願いはあなたにはとどきませんでした。あなたご自身が、こんな恐ろしいことを命じられたのでしょうか。もう一度会ってはいただけないのでしょうか。もう一度この手紙を出してみます。お願い。いらして、ああ、いらして。もう一度だけあなたを抱きしめることができたら、もうお引きとめはしません」

「以前あなたのそばに坐って、あなたの手をとって、あなたの目を見つめて、愛と信頼に胸をふくらませて、『愛する、愛する、いとしい人』と言いました。あなたがそれを喜んで聞いてくださるので、何度も繰り返さずにはいられませんでした。もう一度繰り返します。愛する、愛する、いとしい人。前のようにやさしくして。いらして。こんな惨めな状態のままわたしを駄目にしないで」

「あなたはわたしを悪い女だとお思いなのでしょう。そう、悪い女です。でも、あなたの思うような悪い女ではありません。いらして。あなたになにもかも知ってもらうのが、わたしのただ一つの慰めなの。そのあとはどうなってもいいの」

「わたしのためだけでなく、あなたのためにも、いらしてくださるようにお願いします。わたしから逃げながら、苦しんでいらっしゃるあなたの耐えられないような悲しみがよくわかります。わたしたちの別れの辛さが少なくなるように、いらしてください。あなたに底なしの不幸に突き落されたいまほど、わたしは、あなたにふさわしい女であったことは、一度もなかったかもしれません」

「聖なるすべてのものにかけて、人間の心を動かすことのできるすべてのものにかけてお願いします。これは一つの魂、一つの命、いえ二つの命にかかわることなのです。その一つの命はあなたにとって永久に大切なものであるに違いありません。あなたは疑い深くなっていらっしゃるので、お信じにならないかもしれませんが、わたしは、いまわのきわになっても申し上げます。おなかの子はあなたの子です。あなたを愛するようになってからは、誰にも手ささえさわらせたことはありません。ああ、あなたの愛、あなたの誠実さが、わたしの青春の伴侶《はんりよ》であってくれたらよかったのに」

「どうしても聞いてくださらないのですね。それではもうなにも申し上げません。でも、これらの手紙はとっておいてくださいね。屍衣《しい》がもうわたしの唇を覆い、あなたの後悔の声がわたしの耳に届かなくなっても、それらが、あなたに語りかけてくれるかもしれません。わたしは悪い女ではなかったとは言えませんけれど、わたしはあなたに対しては貞潔だったということが、わたしの悲しい生涯を通じて、最後の瞬間まで、わたしのただ一つの慰めであるでしょう」

ヴィルヘルムはそれ以上読むことができず、悲しみに身をゆだねた。しかし、ラエルテスが入ってきたとき、自分の感情を隠そうとつとめたので、さらに気が重かった。ラエルテスは、金貨の入った財布を取り出し、数えたり、計算したりしながら、ヴィルヘルムに、金持になりつつある時ほど素晴らしいものはこの世にないね、金持になれば、邪魔するものも、妨害するものもなに一つないからな、と言った。ヴィルヘルムは自分の夢を思い出し、微笑した。しかし同時に、あの夢のなかで、マリアーネが彼を見捨てて、亡くなった彼の父のあとを追い、最後に二人が、亡霊のように庭園の周りを漂ったのを思い出してぞっとした。

ラエルテスはヴィルヘルムを、その物思いからもぎ離し、コーヒー店へ連れて行った。店へ入ると、たちまち彼は、舞台の彼を見るのを楽しみにしていた数人の人に取り囲まれた。彼らは、彼に会ったのを喜ぶと同時に、彼が舞台を捨てるつもりのようだが、と残念がった。彼らははっきりした筋道の通った話しぶりで、彼の人柄や演技、才能の素晴らしさについて語り、彼らの希望を述べた。ついにヴィルヘルムは、感動しながらこう叫んだ。「もう二、三カ月まえに、こういう関心を聞かせてもらえたら、どんなに有難かったことでしょう。どんなに教えられ、励まされたことでしょう。わたしの気持がこんなに完全に舞台から離れることもけっしてなかったでしょう。そして、観客にこれほど絶望することもなかったでしょう」

「そうと決まったものではありませんよ」と中年の男が立ち上がりながら言った。「観客の数は多いのです。真の理解力をもった人、真の感性をそなえた人は、人の思うほど少なくはないのです。しかし芸術家は、自分の生み出したものに、無条件の喝采を求めてはいけません。無条件の喝采こそもっとも下《くだ》らないものですからね。ところが条件つきの喝采はみなさんお好きではないようです。私にはよくわかっていますが、人生においても芸術においても、なにかをし、なにかを生み出そうと思う人は、自分と相談しなければなりません。しかし、やりとげ、完成したら、注意して多くの人の声を聞かなくてはなりません。少し訓練すれば、こうした多くの声から、全体の判断をまとめ上げることができるものです。まとめ上げる骨折りをはぶいてくれるような人は、たいてい沈黙を守っているものですから」

「そういう人たちこそ、黙っていられては困るのです」とヴィルヘルムは言った。「よく耳にすることですが、立派な作品についてさえ沈黙している人にかぎって、自分が無視されるとぶつぶつ言うのです」

「それじゃあ今日はひとつざっくばらんに行こうじゃありませんか」と若い男が言った。「食事をつき合ってください。あなたや、時にはあの立派なアウレーリエさんに、借りになっているものを返したいんですよ」

ヴィルヘルムは招待を断って、メリーナ夫人のところへ行った。子供たちのことで話をし、自分の手元に引き取ろうと思ったのである。

彼は、婆やの秘密をうまく胸におさめておくことができなかった。かわいいフェーリクスを目にすると、つい、「おお、ぼくの坊や、かわいい坊や」と叫んでしまった。

フェーリクスを抱き上げ、胸に押しつけた。「お父さん、お土産《みやげ》はなに」とフェーリクスは言った。ミニョンは、秘密をもらしてはいけませんよとたしなめるような目つきで二人を見ていた。

「おや、まあ、珍しいことを」とメリーナ夫人は言った。子供たちは外へ出された。そして、婆やの秘密をさほど厳密に守らねばならぬとも思っていなかったヴィルヘルムは、事の次第を詳しく打ち明けた。メリーナ夫人は笑いながら彼を見つめていたが、「まあ、男の人ってなんてだまされやすいんでしょう」と言った。「道になにか落ちてさえいれば、すぐ背負《せお》いこまされるのね。その代り、なにも落ちてなければ、右も左も見やしない。前に気まぐれな愛のスタンプをおしたもののほかは気にもとめない」そう言って、彼女はそっと溜息をもらした。ヴィルヘルムに少しでも目があったならば、彼女のそぶりに、抑えきれない愛を認めずにはいられなかったであろう。

それから彼はメリーナ夫人と子供たちの話をし、フェーリクスは手元に置き、ミニョンは田舎に移すつもりだと言った。メリーナ夫人は、二人を同時に手放すのは嫌であったけれども、それはいい考えだ、ぜひとも必要なことだと言った。フェーリクスは彼女の手に負えなくなっているし、ミニョンには田舎の空気と新しい環境が必要なように思えたからである。善良なミニョンは病気がちで、よくなる気配はなかった。

「あの坊やが本当にあなたの子か疑わしいなんて、うかつなことを言いましたけど、思い違いをしないでくださいね」とメリーナ夫人は言った。「もちろんあの婆やは信用できません。だけど、役に立つと思えば平気で嘘を言う者でも、本当のことが役に立つと思えば、本当のことを言うことがあります。婆やは、フェーリクスがロターリオさんの息子だなんて、アウレーリエさんをだましました。わたしたち女は、母親を知らなくても、母親を心から憎んでいても、恋人の子供を心《しん》から愛するものなんですわ」そのとき、フェーリクスがとびこんできた。彼女は、普段見慣れない激しさで、フェーリクスを抱きしめた。

ヴィルヘルムは急いで家に帰り、婆やを迎えにやったが、暗くならないうちは行かないという返事だった。彼は無愛想に彼女を迎え、「嘘と作り話で言いくるめることほど下劣なことはない」と言った。「これまでおまえはそれで、さんざん悪いことをしてきた。おまえの言葉でおれの一生の幸福がきまるいまになっても、おまえが信じられなくて、あの子をこの手に抱く気になれないのだ。あの子が間違いなくおれのものだとわかれば、これ以上の仕合せはないのに。いまいましい畜生め。憎しみと軽蔑なしに、おまえを見ることはできないのだ」

「正直に言わしてもらうと、あなたの態度の方がよっぽど我慢できませんね」と婆やは言った。「よしんばあなたの子でないにしても、誰でも、自分のそばに置いておけるなら、いくら金《かね》を積んでもいいと思うほど、世にも美しくて、かわいい子じゃありませんか。あの子が、引き取る値打がないって言うんですか。わたしにしたって、あの子の面倒を見、苦労してきたんですから、これからの暮しのために、ちったあ食扶持《くいぶち》をいただいたっていいと思うんですがね。ああ、なに不自由ないあなたがた旦那衆は、真実だの、誠実だのって言っていられるんです。その日暮しの貧乏人は、いくら困ったたって、友達もなけりゃあ相談相手もなし、助けてくれる人もいない。身勝手な人たちのあいだを、かき分けかき分けした挙句《あげく》、そっと餓え死にでもするより仕方がないのです。——こういう話なら、あなたに聞く気がおありなら、聞くことがおできなら、いくらでもしてさしあげますよ。マリアーネの手紙はお読みになりましたか。あれはあの娘《こ》が、あの不幸な時に書いたんです。あなたにお会いしようとしましたが駄目でした。あの手紙をお渡しすることもできませんでした。あなたの無慈悲な妹婿さまが、あなたを見張っていらして、どんな手立ても知恵も役に立ちませんでした。おしまいには、わたしもマリアーネも牢屋にぶちこむとおどされて、希望はみんな捨てました。これはみんな、わたしが申し上げたことと、話が合うんじゃございませんか。ノルベルクさんの手紙をお読みになれば、わたしの話がみんな本当だってことはおわかりのはずですよ」

「どんな手紙だね」

「紙入れのなかにございませんでしたか」

「まだ全部は読んでいないんだ」

「紙入れをおよこしなさい。この手紙がなによりの証拠なのです。ノルベルクさんの不幸な紙切れが悲しい混乱のもとになったのでございますから、あの人の書いたもう一通の手紙が糸のもつれをといてくれるかもしれません。糸にまだ意味があればの話でございますがね」紙入れから婆やは一通の手紙を取り出した。ヴィルヘルムにはその嫌な筆跡に覚えがあった。彼は気を取り直してそれを読んだ。

「言ってくれ、マリアーネ、どうしてぼくをこんな目にあわすんだ。女神だってぼくをこんな惨めな恋人に変えることができるとは思えない。両手を広げて迎えてくれるどころか、君はとじこもってしまう。君の仕方を見ていると、本当に嫌われてるとしか思えないじゃないか。ぼくがバルバラ婆さんと、小部屋のトランクに腰を下《お》ろして、夜を過ごさなきゃならんなんてことがあっていいものかね。それでいて、愛する君は、ドア二枚しかへだてないところにいたんだ。これは馬鹿げてるとしか言いようがないよ。ぼくは、しばらく考える時間をあげよう、すぐ押しかけたりはしないと約束した。しかしぼくは、十五分、三十分とたつうちに、気が狂いそうになってくる。ぼくはできるかぎりの贈物をしたじゃないか。君はまだぼくの愛を疑うのかね。なにが欲しいのか言ってくれ。君にはなに一つ不自由させないつもりだ。君の頭にあんな下《くだ》らんことを吹きこんだ坊主なんか、唖か盲になるがいいんだ。君もひどい坊主に当たったものだね。若い者は大目に見てくれる坊主だって沢山いるのに。とにかく、こんなふうでは困る。二、三日うちに返事が貰いたい。まもなく旅に出るからだ。君がまた優しく気持よく迎えてくれないなら、もう訪ねないつもりだ」

こういう調子で、手紙はまだ長々とつづき、同じ点を堂々めぐりしながら、ヴィルヘルムがバルバラから聞いた話が本当であることを証明していたので、彼は辛い満足を感じた。二番目の手紙も、マリアーネがその後もゆずらなかったことをはっきり証明していた。ヴィルヘルムは、これらのいくつかの手紙から、不幸なマリアーネの死の時に至るまでの話を知って、深い悲しみにとらえられた。

婆やは野暮天のノルベルクをだんだんと飼い馴《な》らし、マリアーネの死も知らせ、フェーリクスが彼の息子であると信じこませた。彼は何度か彼女に金《かね》を送ってきたが、彼女はそれを自分の懐に取りこんでいた。巧みに丸めこんで、子供の養育の面倒はアウレーリエに押しつけていたからである。しかし残念ながら、この内緒の収入も長くはつづかなかった。ノルベルクは、すさんだ生活のために、財産の大部分を使い果たし、相次ぐ情事のために、言いくるめられた最初の息子にたいする気持も冷めたからである。

すべてがいかにも真実らしく聞こえ、見事に辻褄《つじつま》が合っていたけれども、ヴィルヘルムは、喜びにひたれるほどには信じられなかった。悪霊にあたえられた贈物を恐れていると いった具合であった。

「あなたの疑《うたぐ》り深さを治してくれるのは時間しかありませんね」と、彼の気持を察した婆やは言った。「あの子を他人の子だと思って、それだけにいっそう注意して見ていたら、あの子の才能や素質や能力にお気づきになるでしょう。そしてだんだんと、あの子がご自分に似ていることがわからなかったら、あなたの目は節穴《ふしあな》でございますよ。断言しておきますが、わたしが男だったら、誰にも、子供を押しつけたりはさせませんよ。しかし男というものは、こういうことには目がききませんから、そこが女のつけ目でございますよ」

こうしたやりとりのあとヴィルヘルムは婆やと、フェーリクスは自分が引き取る、婆やはミニョンをテレーゼのところへ連れて行き、そのあとは、いくらかずつ手当てを送ってやるから、どこでも好きなところで暮らすがいい、ということで話をつけた。

こうした変化の心構えをさせるために、ミニョンを呼んでこさせた。――「マイスターさん」とミニョンは言った。「あたしをそばに置いてください。その方がうれしいんです。辛いことがあるかもしれないけど」

彼は、おまえはもう大きくなったのだし、今後の教育のためになにかしなければならないのだ、と言って聞かせた。――「あたしはもう、愛したり悲しんだりするだけの教育はあります」と彼女は答えた。

彼は、彼女の健康について述べ、おまえは腕のある医者に絶えず注意してもらい、指導してもらう必要があるのだと言った。――「心配することがいっぱいあるのに、どうしてあたしのことをそんなに心配してくださるの」と彼女は言った。

彼は、おまえを連れて行くことはできない、おまえをある人たちのところへ連れて行くが、そこへはしょっちゅう訪ねて行くから、と、説得しようと大骨を折ったが、彼女はそれをまるで聞いていないようであった。「あたしをそばに置いてくれないのね。その方がいいかもしれないわ。あたしを竪琴弾きのおじいさんのところへ行かせてください。あのかわいそうな人は一人ぼっちなんですもの」と彼女は言った。

ヴィルヘルムは、老人が大事にされていることをわからせようとしたが、彼女は、「あたしはいつもおじいさんに会いたくてたまらないの」と言った。

「じいさんがまだぼくたちと一緒に暮らしてた頃は、そんなにじいさんが好きだとは思えなかったがね」とヴィルヘルムは言った。

「目を覚ましてる時は、おじいさんがこわかった。おじいさんの目は見ていられなかった。だけどおじいさんが寝ている時は、いつでもそばにいて、蠅《はえ》を追ったりして、いつまでも見ていたわ。こわい目にあった時はいつも助けてくれた。誰も知らないけど、あたしはおじいさんに恩があるの。道を知ってたら、とっくにおじいさんのところへ行ってるわ」

ヴィルヘルムは詳しく事情を説明し、おまえは分別のある子だから、今度も自分の願いを聞いて欲しいと言った。――「分別って残酷なのね。心の方がいいわ」と彼女は言った。「あなたの行けというところへ行きますわ。だけど、フェーリクスはあたしのとこへ置いといてね」

あれこれとやりとりを繰り返してはみたものの、彼女は依然として自分の考えをゆずらなかった。ついにヴィルヘルムは、二人の子を婆やにあずけ、二人を一緒にテレーゼ嬢のもとへやる決心をせざるをえなかった。かわいいフェーリクスを自分の息子として引き取ることを、依然として恐れていただけに、彼にはそれは容易なことであった。彼はフェーリクスを抱き上げ、部屋のなかを歩き回った。フェーリクスは鏡の前に抱き上げてもらいたがった。ヴィルヘルムは喜んで鏡の前へ抱いて行き、つい知らず、自分と子供との似たところを探った。そして、一瞬、本当に自分の子のような気がすると、ひしと胸に抱きしめた。しかしまた不意に、だまされているのかもしれないという考えにおそわれると、子供を下《お》ろし、勝手に歩かせた。「ああ、かけがえのないこの宝を手にして、あとになってまた奪い取られるようなことになったら、この世でおれほど不幸な者はないということになるだろう」と彼は叫んだ。

子供たちは旅立って行った。ヴィルヘルムは正式に劇団に別れの挨拶をしようと思ったが、気持の上では、すでに劇団から離れており、あとは立ち去るだけだと思っていた。マリアーネはもういない。二つの守護霊は旅立った。彼の思いは彼らのあとを追った。

美しい少年が、魅力あるおぼろな幻のように、空想力の前に漂った。彼がテレーゼに手をひかれて、畑や森をかけて行き、田園の空気のなかで、のびやかで明るいテレーゼのもとで育って行くのを見た。フェーリクスをテレーゼの仲間に加えようと考え始めて以来、彼女は、彼にとって前よりもはるかに大切なものになっていた。芝居を見ている時も、彼女を思って微笑《ほほえ》んだ。すっかり彼女のとりこになり、芝居はなんの幻想もあたえなかった。

ゼルロとメリーナは、彼が以前の地位をもうまったく望んでいないことがわかると、たちまちきわめて丁重な態度になった。観客の一部は彼の再登場を望んでいたが、それは彼には不可能なことだった。一座の者も、せいぜいメリーナ夫人一人をのぞいて、そんなことを望んでいるものは誰もいなかった。

いよいよメリーナ夫人にも別れを告げることになった。彼は感動していた。そして、「人間は将来のことを約束するような、思い上がったことをするものじゃありませんね。ごく些細《ささい》なことも守れないのですから。重要な計画なぞましてものことです」と言った。「ぼくたちが強盗におそわれ、病気になったり、負傷したりして、惨めな居酒屋に押しこまれていたあの不幸な夜に、あなた方みんなに約束したことを考えると恥ずかしくなります。あの時は不幸のために気が高ぶって、自分の善意をひどく立派なことのように思っていたのです。ところが、そのうちのなにも、まったくなに一つ実現していません。ぼくは負い目を負ったまま、あなた方のもとを去って行きます。せめてもの慰めは、みなさんがぼくの約束を実際以上に買いかぶりもせず、あれ以来誰も催促した人がいないことです」

「自分をそんなに咎《とが》めてはいけませんわ」とメリーナ夫人は言った。「あなたがわたしたちのためにしてくださったことを、誰も認めていなくても、わたしは見そこないはしません。あなたがいてくださらなかったら、わたしたちの状態はまったく違ったものになっていたでしょう。わたしたちの目論見《もくろみ》は、わたしたちの希望どおりに行ってるじゃありませんか。目論見ってものは、実行され、実現されると、まったく違ったものに見えるんですわ。そうしてわたしたちは、なにもしなかった、なにも到達できなかったって思うんです」

「あなたの親切な解釈を聞いても、ぼくの良心は安らぎません。相変らずぼくは、あなた方に負い目があると思うでしょう」

「負い目があると仰しゃるのなら、それはそうかもしれません。だけど、あなたが考えておられるような負い目ではありません。口でした約束を守らないと、わたしたちは恥ずかしいと思います。ああ、ヴィルヘルムさん。立派な人は、そこにいるだけで、いつも大変多くのことを約束するものなのです。その人がさそい出す信頼、その人が吹きこむ愛情、その人が呼び起こす希望は、計り知れないのです。その人は、知らないうちに負い目を負うことになり、負いつづけるのです。それじゃあ、お元気でね。わたしたちの外部の環境は、あなたの指導でとても立派になりました。だけど、わたしの心のなかには、あなたとお別れすることで穴があいて、これはそう簡単には埋まりそうもありませんわ」

町を出る前にヴィルヘルムは、ヴェルナーにあてて詳細な手紙を書いた。これまでにも何度か手紙のやりとりはあったが、どうしても意見が一致しないので、結局通信はとだえてしまっていたのである。いまはヴィルヘルムが歩み寄り、ヴェルナーの望むことをする気になっていたので、「芝居はやめることにする。そして、その人たちと交《まじ》わっていれば、あらゆる点で、純粋で確実な活動に導いてもらえるような人々と手を結ぶことにする」と書くことができた。また彼は、自分の財産について問い合わせたが、こんなに長いあいだ財産のことを気にかけていなかったのが、改めて奇妙なことに思えた。

彼は、こういうことが、自分の内面的な形成に重きをおく人にはありがちなことで、そういう人は外面的なことがらにはまったく無頓着なのだということを知らなかったのである。ヴィルヘルムもこの例にもれなかったのであるが、持続的に活動するためには、外的な補助手段が必要であることに、いま初めて気づいたようであった。彼は、最初の時とはまったく違う気持で旅をつづけた。ひらけてくる眺望は素晴らしく、途中でなにか楽しいことに出合いそうな気がした。

第九章

ロターリオの領地へ帰ると、大きな変化が起っていた。彼を迎えたヤルノは、大叔父が亡くなり、ロターリオは遺産を相続するために出かけたと伝え、「君は実にいい時に帰ってきた。ぼくと神父《アベ》を手伝ってくれ給え」と言った。「ぼくたちはロターリオさんに、近くの重要な土地の取引を任されたんだ。ずっと前から手はうってあったんだが、今度ちょうどいい時に金《かね》と信用状が手に入った。ただ一つ気がかりだったのは、よその商会も前からその土地に目をつけていたことなんだが、ぼくたちはその商会と手を組むことにさっさときめたんだ。そうしないと、やたらと値をつり上げられるからね。相手はなかなか利口な男らしい。ぼくたちはいま、計算と見積りをしているところだが、どちらも損をしないように、土地をどう分ければいいかも、経済的によく考えておかなければならない」ヴィルヘルムの前に書類が置かれ、皆が畑や牧草地や館《やかた》を注意深く調べた。ヤルノも神父《アベ》もこういうことには非常によく通じているようであったが、ヴィルヘルムは、テレーゼ嬢にも仲間に加わってもらいたいと思った。

彼らは数日をこれらの仕事で過ごした。ヴィルヘルムは、いろんな事件や、自分が父親であることを信じられないでいることなどを二人に話す暇はほとんどなかった。二人はまた、彼にとっては重要な問題を、なんでもないことのように、気軽に扱った。

彼は、ときどき二人が、食事や散歩の時のうちとけた会話を不意にやめたり、話を別の方にそらしたりして、それによって、彼には内緒の、二人だけで片づけなければならないいろんな問題があることを示しているのに気づいていた。彼はリューディエの言ったことを思い出した。そして、目の前にある館の片側に近づくことがつねに禁じられているだけに、いっそうそれが信じられた。いくつかの回廊や、とくに、外からはよく知っている古い塔への通路や入口は、これまで何度も調べてみたが見つからなかったのである。

ある夜ヤルノが彼にこう言った。「いまぼくたちは君を、安心してぼくたちの仲間と考えることができるようになったので、君にもっと詳しくぼくたちの秘密を教えないのは不当だということになるだろう。初めて世の中に出る人間が、自分の能力を高く評価したり、多くの美点を身につけようと考えたり、あらゆることをやってみようとつとめたりするのはいいことだ。しかしその人間形成がある段階に達したならば、もっと大きな集団に溶けこむことを学び、他人のために生き、義務的な活動のなかで自分を忘れることを学ぶのが、プラスになる。人間はそのとき初めて自己を知るのだ。というのは、行動というものは、本来、自己を他人と比較することだからだ。君の身近に小世界*があって、その小世界では君のことをどんなによく知っているかを、まもなく君は知るはずだ。明日の朝、日の出まえに、身仕度をして用意しておいてくれ給え」

ヤルノは約束の時間にやってきて、彼を連れて、館の知っている部屋や知らない部屋を、さらに、いくつかの回廊を通り抜け、ついに、頑丈に鉄がうちつけてある大きな古い扉の前に着いた。ヤルノがノックすると、扉は、人ひとりすべりこめるくらいに少し開いた。ヤルノはヴィルヘルムを押しこんだが、自分はあとに残った。彼が入ったのは暗くてせまい箱のような所であった。周りは真っ暗で、一歩ふみ出すと、もうなにかにぶつかった。聞き覚えのある声が、「入りなさい」と呼びかけた。そのとき彼は、自分のいる部屋の四方は壁かけが吊《つる》してあるだけで、それを通して弱い光が差しこんでいるのに初めて気がついた。「入りなさい」とまた声が聞こえた。彼は壁かけを上げてなかへ入った。

いま彼が立っている広間は、もとは礼拝堂であったらしいが、祭壇の代りに、二、三段高い所に大きな机が置かれ、緑のテーブルクロスが掛けてあった。引き寄せられた幕は、絵を覆っているようであった。両脇には見事な細工の戸棚があり、図書館でよく見かけるような針金格子がめぐらしてあった。しかしそこに並べられているのは、書物ではなく、おびただしい巻物であった。広間には誰もおらず、のぼり始めた太陽が、ステンドグラスを通してまともにヴィルヘルムの顔にあたり、親しげに挨拶を送ってきた。

「お坐りなさい」という声がしたが、それは祭壇から聞こえてくるようであった。ヴィルヘルムは、入口の仕切り幕のすぐ前にある小さな肘掛椅子に坐った。部屋にはほかに椅子がなく、すでに朝日はまぶしかったけれども、それで我慢するほかはなかった。しかも椅子は固定してあるので、目に手をかざすことしかできなかった。

かすかな音をたてて、祭壇を覆っている幕が開《あ》き、枠のなかに、なにもない暗い空間が現れた。そこに平服を着た男が出てきて、「私を覚えていませんか。あなたはいろいろ知りたいことがおありでしょうが、なかでも、あなたのお祖父《じい》さんの美術コレクションが、いまどこにあるか知りたいのではありませんか。あなたがたいへん好きだったあの絵のことはもう覚えていませんか。あの病める王子は、いまどこで悩んでいるのでしょう」――ヴィルヘルムはすぐその人が、あの忘れられない夜、宿屋で話し合った見知らぬ人であることがわかった。「私たちはいま、運命や性格について、前よりもよく一致できるのではないでしょうか」とその人は言った。

ヴィルヘルムが答えようとしたとき、幕がまたサッと閉《と》じられた。「変だな」と彼はつぶやいた。「偶然の出来事にも関連があるのだろうか。われわれが運命と呼んでいるものも偶然にすぎないのだろうか。お祖父さんのコレクションはどこにあるのだろう。こんな厳粛な時にどうしてそんな話を持ち出すのだろう」

それ以上考えている暇はなかった。幕がまた開き、一人の男が目の前に立っていた。それは、彼や陽気な仲間と舟遊びをした田舎牧師であることがすぐにわかった。神父《アベ》に似ていたが神父《アベ》ではなさそうだった。その人は、明るい顔に気品のある表情を浮かべて、こう語り始めた。「人間を教育する者の務めは、誤りを防ぐことではなく、迷える者を導くことにあります。いや、誤りを、なみなみとつがれた杯《さかずき》から思う存分味わわせることが、教師たる者の知恵なのです。誤りをちびちびと味わう者は、いつまでもそれを大事にし、それを稀《まれ》な幸運として喜ぶのです。しかし一息に飲む者は、気が違っているのでないかぎり、それが誤りであることに気づくに相違ないのです」幕がまた閉じ、ヴィルヘルムには考える暇ができた。「あの人の言う誤りとは、これまでずっとぼくにつきまとっていた誤りのことなのだ」と彼はつぶやいた。「まるで見当違いなところに人間形成を求め、その素質がまったくないのに、才能が得られると自惚《うぬぼ》れていたことなのだ」

前よりも勢いよく幕が開き、一人の士官が現れて、手短に、「信頼できる人たちと近づきにおなりなさい」と言った。幕がしまった。ヴィルヘルムは、思い惑うまでもなく、この士官が、伯爵の庭園で彼を抱擁し、ヤルノを募兵官と思いこませた士官であることがわかった。あの男がどうしてここにきているのだろう、あの男は何者なのだ。すべてがヴィルヘルムには謎であった。——「こんなに多くの人がおまえに関心をもち、おまえの生き方を知り、これからなにをすればいいのかを知っているのに、なぜもっときびしく、真剣に導いてくれなかったのだろう。なぜおまえの軽率さから引き離さないで、それを助長したのだろう」

「われらを咎《とが》めてはならない」と叫ぶ声が聞えた。「おまえは救われた。目標への途上にある。いずれの愚行も悔いてはならない。繰り返してはならない。これほどの幸運が人に恵まれることはないのだ」幕が開き、甲冑に身を固めたデンマークの老王がそこに立っていた。「わしはおまえの父の霊である」とその人物は言った。「おまえにたいするわしの願いは、わしの思った以上に満たされた。わしは安心して去って行く。けわしい所は回り道によってのみ登れる。平坦な所では、村から村へまっすぐに道が通じている。さらばじゃ。わしがおまえのために用意しておいたものを味わう時は、わしを思い出すがよい」

ヴィルヘルムはすっかり驚いてしまい、父の声を聞いているような気がした。しかしそれは父の声ではなかった。彼は、いま見たものと思い出のために、混乱の極におちいった。

長く考えている暇もなく、神父《アベ》が現れて、緑の机のうしろに立った。「こちらへおいでなさい」と、彼は驚いているヴィルヘルムに呼びかけた。彼は歩み寄り、階段をのぼった。テーブルクロスの上に小さな巻物が置かれていた。「これがあなたの修業証書です」と神父《アベ》が言った。「心にとめておきなさい。重要なことが書いてあります」ヴィルヘルムはそれを手に取り、開いて、読んだ。

修業証書

芸術は長く、人生は短い。判断は難《かた》く、機会は束《つか》の間《ま》である。行為は易しく、思考は難い。思考しながら行動するのは不快である。始まりはすべて楽しく、入口は期待の場である。少年は驚嘆し、印象は少年を決定する。少年は遊びつつ学び、真剣なるものは少年を驚かす。模倣は生得のものであるが、なにを模倣すべきかを知るのは容易ではない。適切なるものを見出すことは稀《まれ》であり、それが評価されることはさらに稀である。山頂はわれわれの心をひくが、そこに登る段階は心をひかない。われわれは山頂を仰ぎ見つつ、平地を歩むことを好む。芸術の一部は学びうるが、芸術家はすべてを必要とする。芸術を半ばしか知らぬ者はつねに迷い、多くを語る。芸術を完全に所有する者は行為するのみで、語ることは稀であるか、あるいはあとで語る。前者は秘密をもたず、力をもたない。彼らの説くところは、焼いたパンの如く口あたりがよく、一日の餓えを満たすに足りる。しかし小麦粉を蒔《ま》くことはできず、穀種《こくだね》を碾《ひ》いてはならない。言葉はよい。しかし言葉は最善のものではない。最善なものは言葉によっては明らかにならない。行為を生み出す精神が最高のものである。行為は精神によってのみ理解され、再現される。誰も、正しく行為している時は、おのれの為すことを知らない。しかし正しくないことは、われわれはつねに意識している。旗印をかかげることによってのみ行動する者は、衒学者《げんがく》か、偽善者か、あるいはいかさま師である。こうした者の数は多く、徒党を組むことを好む。彼らの饒舌《じょうぜつ》は修業中の者をひるませる。彼らの頑固な凡庸主義は、最善の者をも不安におとしいれる。真の芸術家の教えは核心を開示する。言葉の不足するところは、行為が語る。真の修業者は、既知のものから未知のものを展開することを学び、かくて、師に近づく。

「もういいでしょう」と神父《アベ》が言った。「あとは一人になってからお読みなさい。今度は、あの書棚を調べてごらんなさい」

ヴィルヘルムはそこへ行って、巻物の上書きを読んだ。驚いたことにそこには、ロターリオの修業時代、ヤルノの修業時代、彼自身の修業時代、また、彼の知らない多くの人の名を記した巻物があった。

「これらの巻物をちょっと見てもいいでしょうか」

「この部屋には、あなたが見ていけないものはもうなにもありません」

「質問をしてもよろしいでしょうか」

「どうぞ、ご遠慮なく。いまあなたの気にかかっていること、将来のことで気になることなり、なんでもはっきりお答えしましょう」

「それならおうかがいします。あなた方は、多くの秘密を見抜いておられる不思議な、賢明な方々ですが、フェーリクスが本当に私の息子であるか、教えていただけますか」

「それはいい質問です」と、神父《アベ》はうれしそうに手を打ち合わせながら叫んだ。「フェーリクスはあなたの息子です。われわれに秘められたもっとも聖なるものにかけて断言します。フェーリクスはあなたの息子です。そして、その心ばえからして、あの子の亡くなった母は、あなたにふさわしい人でした。あのかわいい子を、私たちの手からお受け取りなさい。うしろを見てごらんなさい。そして、仕合せにおなりなさい」

うしろでかすかな物音がして、ふり向くと、入口の幕のあいだから、子供の顔がいたずらっぽくのぞいているのが見えた。フェーリクスだった。フェーリクスは、見られると、ふざけてまた隠れた。「出ておいで」と神父《アベ》が呼んだ。少年はかけ出してきた。ヴィルヘルムは走り寄り、抱きとめて、胸に押しつけた。「そうだ、ぼくにはわかる。おまえはぼくの子だ」と彼は叫んだ。「友人たちのおかげで、なんという素晴らしい贈物をぼくは手に入れたんだろう。おまえはどこから来たんだ。ちょうどこの瞬間に」「たずねなくていいのです」と神父《アベ》は言った。「おめでとう、ヴィルヘルム君。あなたの修業時代は終わったのです。自然がそれを告げたのです」

第八巻

第一章

フェーリクスは庭にとび出して行った。ヴィルヘルムは喜びに溢れてあとを追った。朝の光のなかで、すべてのものが新しい魅力に輝いていた。ヴィルヘルムは晴れやかなひと時を楽しんだ。フェーリクスには、この広びろとした素晴らしい世界のすべてが目新しかった。少年が飽きもせず、つぎつぎにたずねるものに答えるだけの知識は父親には新しかった。結局、顔見知りになった庭番に、さまざまな植物の名前や用途を教えてもらわなければならなかった。ヴィルヘルムは新しい目で自然を見た。子供の好奇心と知識欲に教えられて、いま初めて、自分の周りにあるものに、いかに乏しい関心しかもっていなかったか、自分の知識がいかに貧弱なものであるかを感じた。彼の生涯でもっとも仕合せな日であるこの日に、初めて、彼の人間形成が始まるような気がした。教えを求められて、自分が学ぶ必要のあることを感じた。

ヤルノと神父《アベ》はしばらく顔を見せなかったが、ある晩一人の客を伴って現れた。ヴィルヘルムは客の方へ歩み寄り、わが目を疑うほど驚いた。それはヴェルナーであった。ヴェルナーも咄嗟《とっさ》にはそれがヴィルヘルムとはわからなかった。二人は心をこめて抱き合い、二人ともが、ずいぶん変わったなあ、と言い合った。ヴェルナーは、ヴィルヘルムが背が高くなり、逞《たくま》しくなり、姿勢がよくなった、人柄がよくなり、物腰が上品になった、などと言った。——そして、「昔の無邪気なところはなくなったようだがね」とつけ加えた。——「最初の驚きからさめれば、それもまた見えてくるさ」とヴィルヘルムは言った。

ヴェルナーも同じように好ましい印象をヴィルヘルムにあたえたとは到底《とうてい》言えなかった。この善良な男は、前進したというよりは後退したように見えた。前よりもずっと瘦せ、とがった顔はいっそう細くなり、鼻は長くなったように思えた。額も頭のてっぺんも禿げあがり、声は甲《かん》高く、とげとげしく、叫ぶような調子であった。くぼんだ胸、前かがみの肩、生気のない頰は、疑いもなく、彼が働き過ぎの憂鬱症患者であることを現していた。

ヴィルヘルムは遠慮して、この大きな変化をちょっと匂わすだけにしておいた。しかしヴェルナーは再会の喜びに夢中になって、「君は時間を無駄にして、金儲けの方はさっぱりだったとぼくは見てるんだが、それにしても、君は立派になったなあ。折角《せっかく》の幸運をしっかりものにして、またぞろ無駄にしないこったね。その男ぶりを生かして、金持のきれいな跡継ぎ娘でもものにするんだな」と言った。――「君はちっとも変わらないねえ。久しぶりに会ったというのに、もうぼくをなにかの商品か、金儲けの種《たね》になる投機の対象みたいに言うんだからなあ」とヴィルヘルムは笑いながら言った。

ヤルノと神父《アベ》は二人の再会を気にかける様子もなく、二人に過去のこと、現在のことを思うさま喋らせておいた。ヴェルナーはヴィルヘルムの周りをまわり、彼をあちらへ向けこちらへ向けするので、ヴィルヘルムは途方に暮れるほどであった。「いやあ、こんな目にあおうとは思わなかったなあ。しかしぼくの目に狂いはないんだ。君の目は深みを増し、額は広くなった。鼻は細くなり、口もとには愛嬌がある。なんてまあ立派になったもんだ。なにもかも釣合がとれ、ぴったりだ。怠け者がこんなに立派になるなんてねえ」と彼は言い、鏡に自分を写して見ながら、「それにひきかえ、おれときたら、まあ、なんてこった。この日頃しこたま儲けていなかったら、まるで形《かた》無しだね」と言った。

ヴェルナーはヴィルヘルムの先日の手紙を受け取っていなかった。ロターリオが共同で土地を買おうと思っていたよその商会というのは、ヴェルナーの商会だったのである。ヴェルナーがここへやってきたのは、その仕事のためであった。しかし彼は、その途上でヴィルヘルムに会おうなどとは思ってもいなかった。領主裁判長がやってきて、書類が提出された。ヴェルナーは提案に同意した。「お見受けしたところ、お二人はこの青年に好意をお持ちのようですが、われわれの取り分がへらないようにご配慮願いたいものですね。なにしろ、私の友人がこの土地を引き受けて、財産の一部をそれにふりむける気になるかどうかは、この男の一存にかかっておりますのでね」とヴェルナーは言った。ヤルノと神父《アベ》は、ご懸念《けねん》には及びませんと請け合った。商談がまとまると、早速ヴェルナーは、ロンブル＊を一番お相手願いたいと言い出した。神父《アベ》もヤルノも否応《いやおう》なく席についた。ヴェルナーはすっかり病みつきになって、ロンブルなしでは一晩も過ぎぬという有様であったのである。

二人の友人は食後二人だけになると、夢中になって、互いに伝えたいと思っているよもやまのことをたずね合った。ヴィルヘルムは得々《とくとく》として、いまの身の上や、すぐれたひとびとの仲間に加えてもらえた幸運を述べたてた。それにたいして、ヴェルナーは頭をふり、「自分の目で確かめないかぎり、なにごとも信用してはいけないんだね。君が自堕落な若い貴族と暮らしていて、女優をつぎつぎにとりもって、浪費させているだの、その貴族が親戚じゅうからつまはじきされているのは君のせいだなどと、ぼくに告げ口する金棒引《かなぼうひ》きは一人や二人じゃなかったからね」と言った。――「ぼくが芝居の世界で暮らしてきて、どんな陰口でも鼻で笑えるようになっていなかったら、そんなふうに誤解されたんじゃ、自分のためにも、立派な友人たちのためにも、腹を立てずにはいられないところだね。いったいそういう連中は、ほんの少しばかり、それも切れ切れにしか知らないくせに、どうしてぼくたちのすることにけちがつけられるんだろう。いいことも悪いことも、人目につかないところで起こるのが普通で、表《おもて》に出るのはたいていどうでもいいことばかりなんだから、そういう連中はなにも知りはしないんだ。そういう連中のために、一段高い舞台の上に、男優や女優を並べ、四方八方から照明をあてるとする。二、三時間もすれば芝居は終わる。ところが、その芝居をどう考えればいいのかわかる者はまずいないんだからね」とヴィルヘルムは言った。

ついでヴィルヘルムは、家族のこと、昔の友達のこと、故郷の町のことをたずねた。

ヴェルナーは非常な早口で、なにが変わったか、なにが変わらずにもとのままであるかを、こまごまと述べた。「うちの女たちは、満足して仕合せに暮らしているよ」とヴェルナーは言った。「金《かね》に不自由はしないしね。時間の半分はおめかしに、残りの半分はめかしたところを見せびらかすのに使ってるよ。それでいて所帯のやりくりもまずまずだね。子供たちは利口な若者になりそうだ。机に向かって書いたり計算したり、かけ回って値切ったり、古物を売ったりするのが、もう目に見えるようだ。できるだけ早く、どの子にも、自分の店を持たしてやるつもりだ。ところで、ぼくらの財産のことだが、その点は君にも喜んでもらいたい。土地のことが片づいたら、早速ぼくと一緒に帰ってくれ。見たところ君もいくらか分別がついて、まともな商売に乗り出せそうだからね。君の新しい友人たちは、君を正しい道へ連れもどしてくれたんだから、見上げた人たちだ。ぼくはまったく馬鹿だった。いまになってようやく、君がどんなに好きかわかったんだからね。君の元気そうな、立派な様子は、いくら見ても見飽きないくらいだ。いつか君が女房に送ってくれた肖像画とは大違いだ。あの肖像画じゃあ家《うち》でひと騒ぎあったんだ。開けた襟《えり》、はだけたと言ってもいいくらいの胸、大きな襟飾り、たらした髪、丸い帽子、短いチョッキ、だぶだぶの長ズボン、といった青年を、女房と娘はとても素敵だと言うし、ぼくは、こんな恰好は道化と紙一重だと言い張ったんだ。いま見る君は、どうしてどうして、立派なものだ。弁髪をやめたのはいただけないね。弁髪にし給え。そうしないと、旅行中ユダヤ人と間違えられて、通関税やら、護送税やらをとられるぞ」

そのあいだに、誰も気づかないうちに、フェーリクスが部屋に入ってきて、長椅子の上に横になって眠りこんでいた。「これはどういう子だね」とヴェルナーがたずねた。その時ヴィルヘルムは本当のことを言う勇気はなかったし、また、生まれつき疑《うたぐ》り深いこの男に、こみいった話をする気にもなれなかった。

やがて一同、土地を検分し、契約を結ぶために出かけた。ヴィルヘルムはフェーリクスを手元から離さず、この土地がまもなく自分のものになることを、この子のために心からうれしく思った。いまにも熟《う》れそうになっている桜ん坊や苺《いちご》を子供が欲しがるのを見ては、自分の少年時代を思い出し、家族のために楽しみを用意し、維持してやらねばならない父親のさまざまな義務を思った。植木畑や建物を非常な興味をもって眺めた。荒廃した建物を修復し、朽ち果てた建物を建て直すことを熱心に考えた。もはや彼は世界を渡り鳥のような目では見なかった。建物も、立ち去る前にすでにもろもろになってしまう、急場ごしらえの小屋とは考えなかった。彼が基礎を置こうと思っているすべてのものが、子供のために役立ち、彼が作り上げるすべてのものが、何代にもわたってつづいて欲しいと考えた。こう考えるだけで、すでに彼の修業時代は終わったのであり、父親の自覚と市民のあらゆる美徳を身につけていたのである。彼はそれを感じ、何物にも較べ難い喜びを感じた。「おお、道徳の厳しさなど無用なことだ」と彼は叫んだ。「自然は優しく、われわれのあるべきすべてのものに、われわれを作り上げてくれる。おお、まずわれわれを戸惑わせ、道を誤らせ、自然自身が求めるものよりもより多くのことをわれわれに求める市民社会の要求とは、なんと奇妙なものなのだ。真の教養に至るもっとも有効な手段を打ち壊し、途上の喜びをあたえないで、目的だけをさし示す教養など、みな呪《のろ》われるがいいのだ」

彼はすでに人生において多くのものを見てきたけれども、子供を観察することによって初めて、人間の本性《ほんせい》が明らかになるような気がした。彼は、劇場も世間も、投げられた賽子《さいころ》の寄せ集めにすぎず、それぞれの賽《さい》の表《おもて》には、一から六までの数がしるしてあるが、合わせれば結局同じ数になるのだと思っていた。しかし子供の場合は、それぞれが違う賽であって、六つの面には、その人間の本性にしたがって、異なる数字がはっきりと刻みこまれているのだと思った。

物を弁別したいというフェーリクスの願いは日ごとに大きくなった。物には名前があるということをひとたび知ると、あらゆる物の名前を知りたがった。彼は、父親はなんでも知っているものと信じこんで、質問によって父親を苦しめた。そしてヴィルヘルムは、これまでほとんど注意を向けたことのなかったさまざまな物を調べてみようという気になった。物の由来や終りを知りたいという生まれながらの衝動も、早くからフェーリクスに現れた。風はどこからくるのか、火はどこへ行くのか、と聞かれると、父親は自分の知識の足らなさをますます思い知らされた。人間の思考はどこまで広がりうるのか、人間はなにについて、自分にも他人にも、説明をあたえようと願いうるのか、彼はそれが知りたいと思った。生きものが虐待されるのを見た時の少年の激しい怒《いか》りを、すぐれた心情の現れとして父親は大いに喜んだ。二、三羽の鳩の首を切り落した台所女中に少年が殴りかかったことがあった。これを称《たた》える気持も、少年が情け容赦もなく蛙《かえる》を叩き殺したり、蝶の羽をむしったりするのを見て、たちまちまた打ち壊された。こうして少年のすることを見ていると、きわめて公正な人と思われていながら、なんの関心もなく他人の行為を眺めている、多くの人が思い出された。

少年が彼の人柄に美しい、真実の影響をあたえているという楽しい気持は、まもなくヴィルヘルムが、本当は、彼が少年を教育している以上に、少年が彼を教育していることに気づいたとき、たちまちにして消え失《う》せた。彼は子供のすることはなにも叱ろうとせず、子供が自分で選んだものでなければ、どんな方向も押しつけることができなかった。アウレーリエが直そうとしてたいそう骨折った、子供の行儀の悪さも、彼女の死後またもとに返ったようであった。相変らず、出入りしたドアはけっして閉《し》めず、皿の料理は食べ残した。鉢から直《じか》につまんだり、ついでもらったグラスはそのままにして、瓶《びん》から飲んだりするのを大目に見てもらえると、大喜びであった。本をかかえて隅の方に坐り、まだ字も読めず、覚えようともしないのに、「このむつかしい本を勉強しなくちゃあ」と真面目《まじめ》くさって言う時など、たとえようもなく愛らしかった。

ところでヴィルヘルムは、この子のために、これまでなにもしてやらなかったこと、いまもなにもしてやれないことを考えると、彼の幸福全体を否定するほどの不安におそわれた。「われわれ男というものは、自分以外の誰の面倒も見てやれないほど利己的に生まれついているのだろうか」とつぶやいた。「おれは、ミニョンにしたのと同じことを、この子にしているのではなかろうか。おれはあの愛らしい子を引き取った。あの子がそばにいるのがおれにはうれしかった。それなのにおれは、無情にもあの子をほったらかしにしておいた。あれほど勉強したがっていたのに、あの子の教育のためにおれはなにをしてやったか。なにひとつしてやらなかった。おれはあの子を、あの子自身と、無教養な一座のなかで出くわすあらゆる偶然にゆだねておいた。それから、このフェーリクスにたいして、おまえにとってこんなに大事なものになる前から、妙に気にかかっていたこの子にたいして、おまえの良心は、ほんの少しでもなにかしてやれと命じただろうか。もうおまえの時間も、他人の時間も浪費している時ではない。しっかりしろ。そして、血のつながりと愛情によって、固くおまえに結びつけられているかわいい二人の子のために、なにをしてやればいいのかよく考えてみろ」

この独り言《ひとりごと》は、結局、彼がすでに考え、配慮し、探し、選んでいたことを確認するための糸口にすぎなかった。彼はそれを自ら認めることをこれ以上ためらってはいられなかった。マリアーネを失った悲しみを甲斐《かい》もなく繰り返したあとで、彼は、少年のために母親を探してやらねばならないこと、そして、テレーゼほど頼りになる母親はいないということを、あまりにも明らかに感じた。彼にはこのすぐれた女性のことはよくわかっていた。彼女こそ、自分をも家族をも、安心してゆだねることのできる唯一の妻であり、伴侶《はんりょ》であると思えた。ロターリオに寄せる彼女の高貴な愛は、少しも彼をためらわせなかった。この二人は奇妙な運命によって永遠に分かたれたのであり、テレーゼ自身も、自分を自由な身であると考え、結婚についても、なにげない口ぶりではあるが、当然のこととして話していた。

長いあいだ考えたすえ、彼は、自分のことを、自分の知るかぎり、彼女に話してみようと思い立った。彼が彼女のことを知っているように、彼女にも自分のことを知ってもらわなければならない。そこで彼はこれまでの自分の生涯を振り返ってみた。しかし、これといった事件もなく、全体に、なにを打ち明けてみたところで、自分の利益になるようなものはなにひとつないような気がした。そのため彼は、一度ならずこの企てを放棄しようと思った。最後に彼は、塔にある彼の修業時代の巻物をヤルノに貸してもらおうと決心した。ヤルノは、「ちょうどいい時だね」と言ってそれを貸してくれた。

すぐれた人間にとって、自ら望んで、自分のことが明らかにされる場に立つのは、あまり気持のいいものではない。過渡期はすべて危機である。そして危機は病《やまい》なのではなかろうか。病のあと鏡の前に立つのは愉快なものではない。治りつつあることは感じるものの、鏡に映るのは過ぎ去った病の痕《あと》のみである。ヴィルヘルムはこれまでに充分用意ができていた。周囲の事情もはっきりと彼に告げていたし、友人たちもけっして容赦はしなかった。ヴィルヘルムはいくらか慌《あわただ》しく羊皮紙の巻物を開いたが、読み進むにつれてしだいに落ち着いてきた。彼のこれまでの歴史が、雄渾《ゆうこん》な鋭い筆致で記されていた。細かな出来事も、部分的な感想も、彼の目を乱すことはなかった。愛情に満ちた全般的な考察は、恥ずかしい思いをさせることなく、彼に指針をあたえていた。彼は初めて自己を自己の外に見た。それは鏡に映るような第二の自己ではなく、肖像画に見るような別の自己であった。そこに描かれている顔立ちのすべてを、そのまま認めることはできないにしても、一つの思索する精神がこのように自分をとらえ、一人のすぐれた才能がこのように自分を描こうとしたことが、また、かつてあった自分の姿がまだそこにあり、自分自身よりも長く生きつづけるであろうことが、彼にはうれしかった。

この記録によってあらゆる事情が記憶によみがえってきたので、ヴィルヘルムは、自分の生涯の歴史をテレーゼのために記す仕事にとりかかった。そして彼は、彼女のさまざまな長所に較べて、有益な活動を証明するものは、なにひとつ挙げることができないのを恥ずかしく思った。手記は非常に詳細なものになったが、彼女にあてた手紙は簡潔にまとめた。友情を求め、できることならあなたの愛が欲しいと書き、結婚を申し込んで、なるべく早く決心して欲しいと頼んだ。

彼はこの重要な問題をまず友人のヤルノと神父《アベ》に相談したものかどうか、内心多少迷いはしたものの、結局《けっきょく》話さないことにした。彼の決意は固く、この問題は彼にとって非常に重要なものであるので、いかに思慮豊かな、すぐれた人であっても、その判断を仰ぐ気にはなれなかった。それどころか、その手紙を自分で次の便《びん》に託すほど慎重であった。おそらく彼には、自分では自由に、ひそかに行動してきたつもりであるのに、書かれた巻物からはっきりわかるように、自分の生活のこれほど多くの事情が観察され、指導さえされてきたのだと思うと、なんとなく不愉快だったのであろう。そのため彼は、少なくとも、テレーゼの心にたいしては、純粋に自分の心から語り、自分の運命を彼女の決心と決断とにゆだねたいと思ったのである。そして彼は、この重要な問題に関して、自分の監視者、監督者の目を避けるのを、少しもやましいとは思わなかった。

第二章

手紙の発送とほとんど同時にロターリオが帰ってきた。懸案の要件がまとまり、まもなく片づくことになったので一同上機嫌《いちどう》であった。ヴィルヘルムは、このように多くの糸がどのようにして、あるものは新たに結ばれ、あるものは解かれてゆくのであろうか、また、彼自身の将来の運命はどのように定められてゆくのであろうかと、期待に胸をふくらませた。ロターリオはきわめて愛想よく一同に挨拶した。すっかり回復し、朗らかであった。彼は、自分のなすべきことを知り、自分のなそうとすることにはなんの障害もないと考えている人のように見えた。

ヴィルヘルムは彼に、心のこもった挨拶を返すことができなかった。「この人はテレーゼの友人であり、恋人であり、婚約者であった人なのだ」とつぶやかずにはいられなかった。「その後釜《あとがま》におまえは割りこもうと思っている。いったいおまえは、そうした気持をいつか消し去り、追いはらうことができると思っているのか」――手紙がまだ発送されているのでなければ、おそらく彼は発送する気にはなれなかったであろう。仕合せなことに賽《さい》はすでに投げられたのだ。テレーゼはすでに心をきめているかもしれない。遠く離れているために、その幸運な結果がまだヴェールに覆われているだけなのだ。成否はまもなくはっきりするに違いない。彼はこう考えて自分を落ち着かせようとした。しかし彼の心の動きはほとんど熱病じみていた。いわば彼の全財産の運命がかかっているとも言えるこの重要な取引にも、彼はあまり注意を向けることができなかった。ああ！　情熱にとらえられた時の人間には、自分をとりまくすべてのもの、自分のものであるすべてのものが、なんの価値もないものに思えるのだ。

仕合せなことに、ロターリオはこの取引に鷹揚《おうよう》であり、ヴェルナーは気楽に構えていた。利にさといヴェルナーは、彼のもの、というよりはむしろ、彼の友人のものになるはずの、すばらしい土地が手に入ったのを心から喜んでいた。ロターリオの方はまったく別の考えをもっているようであった。「どんな財産でも合法的でなければ、ぼくはあまり喜ぶ気になれませんね」と彼は言った。

「こりゃあ驚いた。このわれわれの財産には合法性が足りないとでも仰しゃるんですか」とヴェルナーは叫んだ。

「完全とは言えませんね」とロターリオは答えた。

「現なまを払うんじゃありませんか」

「それではまだ不十分です。こんなことを申し上げると埒《らち》もない空言《くうげん》だとお思いでしょうが、どんな財産でもそれ相応のものを国家に納めないかぎり、完全に合法的なものではないし、完全に正当なものではないというのが私の考えです」

「なんですって、それじゃあなたは、われわれが自由に買った土地でも税金を払わなければならないと仰しゃるんですか」

「そうです。ある程度まではね。他《た》のあらゆる所有地と平等に扱うことによってのみ、所有権の確実性は保証されるのです。いろんな考え方がゆらぎ出した近年、農民が、貴族の所有権は彼らの所有権よりも根拠が薄弱だと考えている理由はなんだと思いますか。貴族は税金が課せられないで、農民にだけ税金が課せられていることにあるのです」

「しかし、私たちの資本の産み出す利息はどうなるんでしょう」

「ちっとも悪くはなりませんよ。封土《ほうど》*などというまやかしはやめにして、正当な合法的な税金をとって、われわれの土地を好きなように処分できるようにしてくれればね。そうすれば、われわれは土地をこんなに沢山ひとまとめにして持っている必要がなくなり、子供たちに平等に分けてやって、みな自由に活発に仕事できるようにしてやれるのです。やたらと制約の多い特権だけを残してやる必要もないわけです。この特権というやつは、それにあずかるにはつねに御先祖さまの霊を呼び出さなければなりません。男も女も自由な目で周りを見回し、立派な娘さんやすぐれた青年を、ほかのことはなにも気にかけないで、自分で選ぶ*ことができたら、どんなにか仕合せなことでしょう。そうすれば国家はもっと多くの、ひょっとするともっと立派な市民を持つことになるでしょうし、頭脳や人手にも困らなくなるでしょう」

「正直なところ、私はこれまで国家のことなど考えたこともありませんでした。税金も通関税も護送税も、仕来りだから払っただけのことです」

「それじゃあ、これからでもいいから立派な愛国者になってもらいたいものですね。食事のとき、まず子供たちの前に皿を置いてやるのがいい父親であるように、あらゆる支出の前に、国家に支払わなければならないものをとりのけておく人こそ立派な市民なのです」

こうした一般的な考察によって、彼らの当面の仕事は妨げられるどころか、むしろはかどった。用件が片づくとロターリオはヴィルヘルムに、「ここよりももっと君を必要としている所へ行ってもらわなければなりません」と言った。「妹ができるだけ早く君にきてもらいたがっているのです。かわいそうにミニョンが衰弱しているらしく、君がそばにいてくれればもち直すだろうと思っているのです。妹はさらにこんなメモを送ってきました。これを読めば、妹がどんなに君にきてもらいたがっているかわかるでしょう」と言って、メモを手渡した。すでにヴィルヘルムは、非常に当惑しながらロターリオの話を聞いていたが、その鉛筆による走り書きが、直ちに伯爵夫人の手とわかって、なんと答えればいいのかわからなかった。

「フェーリクスも連れて行き給え。子供同士で元気がでるだろうから。明日の朝早く出発してください。ぼくの召使たちを乗せてきた妹の馬車がまだここにある。途中まではぼくの馬をお貸ししましょう。そこから先は駅馬を使ってください。それじゃあお元気で。妹によろしく伝えてください。それから、ぼくもすぐそちらへ行くから、だいたい四、五人の客の用意をしておくように言ってください。大叔父の友人のチプリアーニ侯爵がこちらにこられる途中なのです。侯爵は大叔父がまだ生きているうちに一度会って、若い時の思い出や、共通の趣味である美術の話をして、楽しもうと思っておられたのです。侯爵は大叔父よりはだいぶ若くて、侯爵の教養の最良の部分は大叔父のおかげなのです。侯爵が感じられる失望をお慰めするために、できるだけのことをして差し上げなければなりません。それにはなるべく多くの人を集めるのが、いちばんいいでしょう」

ロタ―リオはこう言ってから、神父《アベ》と一緒に自分の部屋へひきとった。ヤルノはその前に馬で出かけていた。ヴィルヘルムは急いで自分の部屋に帰ったが、胸中を打ち明ける者は一人もなく、彼が非常に恐れている一歩をそらしてくれる者もいなかった。若い召使が入ってきて、夜明けとともに出発できるように、今夜のうちに積みこんでおきたいので、荷作りしてくれと頼んだ。ヴィルヘルムはどうすればいいのかわからなかった。ついに彼はこう叫んだ。「とにかくここを出ることだ。どうすればいいかは途中で考えよう。場合によっては、道の半ばで馬をとめ、どうしても言えなかったことを手紙に書いて、使いに持たせよう。そのあとはどうにでもなるがいい」こう決心はしてみたものの、その夜は一睡もできなかった。安らかに眠っているフェーリクスの顔を見ていると、かろうじて、いくらか元気がでてきた。「ああ、どんな試練がおれを待ち構えているのだろうか。犯した過《あやま》ちがこれから先どれほどおれを苦しめるのだろうか」と彼は叫んだ。「未来のための立派な、分別のある計画も、どれほど失敗を繰り返さなければならないのだろうか。しかし、寛大な、あるいは苛酷な運命よ、おれがひとたび手に入れたこの宝だけは奪い取らないでくれ。おれのこの最良の分身が、目の前で打ち壊されるようなことがあれば、この子の心がおれの心から引き離されるようなことでもあれば、もうおれには、分別も理性も、心配も用心も無用なことだ。生存の本能も消え失《う》せるがよい。われわれを動物から分かつすべてのものもなくなるがよい。悲しい日々を思うままに終わらせることが許されないのならば、永久に意識を破壊する死が長い夜をもたらす前に、早々《そうそう》と狂気が意識を抹殺してくれるといいのだ」

彼は少年を抱き、キスをし、胸に押しつけて、溢れる涙で少年の頬をぬらした。子供は目を覚ました。その明るい目、やさしい眼差《まなざ》しは、心の底から父親をゆり動かした。「あの美しい不幸な伯爵夫人におまえを紹介し、あの人が、おまえの父親があれほど深く傷つけたあの人の胸におまえを抱きしめるようなことになったら、いったいどのような場面が生ずるのだろうか」と彼は叫んだ。「おまえを抱くことによって、あの人の真実の、あるいは自分で描き出した悲しみが新たにされ、叫び声をあげて、おまえをまた突き放すことを恐れなくてもいいのか」

御者はそれ以上彼に考え、迷う暇をあたえなかった。夜明け前に彼は馬車に押しこまれた。彼はフェーリクスを暖かくくるんでやった。寒いが爽《さわ》やかな朝だった。少年は生まれて初めて太陽が昇るのを見た。差しそめる燃えるようなきらめきと、しだいに増してゆく光の力に彼は目を見張った。子供の喜びと奇妙な感想は父親を喜ばせ、思わずその目に見入った。子供の目には、澄んだ静かな湖に映るように、太陽がさしのぼり漂っているようであった。

小さな町に着くと御者は馬をはずして帰って行った。ヴィルヘルムはすぐに部屋をとり、ここに留まるべきか先に進むべきかを考えた。こうして思い迷いながら、あれ以来もう一度見る気になれなかったメモをまた取り出した。そこにはこう記してあった。「あなたの若いお友達にすぐきてくれるように言ってください。ミニョンはこの二、三日前よりも悪くなっています。こんな悲しい時ではありますけれど、その方とお知合いになれるのを楽しみに致しております」

最初このメモを見たとき、ヴィルヘルムはこの最後の言葉に気づいていなかった。彼は驚き、即座に、行くのは止《や》めにしようと決心した。「どうしてロターリオは、事情を知りながら、ぼくが誰であるかを妹に教えなかったのだろう」と彼は叫んだ。「彼女は気持を押えて、できれば二度と会いたくないぼくを待っているのではない。彼女が待っているのは知らない人なのだ。そこへぼくが乗りこんで行く。彼女は驚いてあとずさりし、顔を赤らめる。いや、そんな場面に出合うことはできない」そのとき、馬が引き出され馬車につながれた。ヴィルヘルムは荷を下《お》ろし、ここに留まろうと決心した。彼の気持はひどく乱れていた。用意のできたことを知らせようと階段を上がってくる女中の足音が聞こえた。咄嗟《とっさ》に彼は、ここに留まらざるをえなくなった口実を考え出そうとした。そしてなにげなく手に持っているメモに目をやった。「なんだって」と彼は叫んだ。「なんだこれは。これは伯爵夫人の手ではない。これは女騎士《アマツォーネ》の手だ」

女中が入ってきて、下りてくるようにうながし、フェーリクスを連れて行った。「こんなことがあるのだろうか」と彼は叫んだ。「本当なのだろうか。どうすればいいのだ。留まって待つべきか。そうして事情を説明すべきか。それとも急いで行くべきなのか。急いで行って、成行きに身を任せるべきなのか。あの人のところへ行く途上にあるのに、なにをためらっているのだ。今夜にもあの人に会えるというのに、好きこのんでこの牢獄にとじこもろうというのか。これはあの人の手だ。そうだ、あの人の手だ。この手がおまえを呼んでいる。あの人のところへ連れて行こうとして、あの人の馬車に馬がつながれている。いまこそ謎《なぞ》がとけた。ロターリオには妹が二人いるのだ。ロターリオは、一人の妹とぼくの関係は知っているが、もう一人の妹にぼくがどんなに恩があるかは知らないのだ。あの人も、あの人のおかげで、命を救われたとは言わないまでも、健康を回復した、あの負傷した宿なしが、兄の家で、不相応に手厚くもてなされているとは知らないのだ」

馬車のなかで体をゆすっていたフェーリクスは、「お父さん、きて、早くきて。きれいな雲だよ、きれいな色だよ」と叫んだ――「ああ、いま行くよ」と階段をかけ下りながらヴィルヘルムは叫んだ。「おまえが驚いている空の現象も、お父さんを待ち構えているものに較べたら、取るに足りないものなのだ」

馬車に腰を下ろすと、彼は、あらゆる事情を記憶に呼びもどしてみた。「このナターリエという人はつまりテレーゼの友人なのだ。なんという発見、なんという希望だろう。初めて目が覚めたような気がする。一方の妹の話を聞かされるのを恐れるあまりに、もう一人妹がいることを考えもしなかったとは、なんという奇妙なことだろう」彼は喜びに溢れる目でフェーリクスを見つめた。この子も自分も最上の歓迎をうけるだろうと胸をふくらませた。

夕闇がせまり、陽《ひ》が落ちた。道があまりよくないので、御者はゆっくりと馬車を進めた。フェーリクスはぐっすりと寝こんでいた。また不安と疑惑が胸に浮かんだ。「とんでもない妄想と思いこみにとらえられているのかもしれない」と彼はつぶやいた。「筆跡がなんとなく似ているというだけで、いきなりそうと決めこんで、とんでもないお伽《とぎ》噺《ばなし》を作り上げているのかもしれない」彼はまたメモを取り出して、沈んでいる陽の光にかざして見た。またしてもそれが、伯爵夫人の手のように思えてきた。大まかに見て、彼の心が不意に伝えたことが、細かく見てみると、彼の目にはあやしく思えてきた。――「そうするとこの馬どもはおまえを、恐ろしい場面へと引いて行くのだ。そして何時間もしないうちに、またおまえを連れもどしているかもしれないのだ。あの人ひとりに会うのならまだしも、あの人のご主人もいるかもしれない。ひょっとしたら男爵夫人も。あの人はどんなに変わっているだろう。おれはあの人の前で、しっかり立っていられるだろうか」

しかし、女騎士《アマツォーネ》のところに向かっているのかもしれないというかすかな希望が、ときどき暗い空想にまざり合った。夜になっていた。敷石をきしませながら馬車は屋敷うちに入って止まった。蠟燭《ろうそく》を手にした召使が豪華な玄関から出てきて、広い階段を下《お》りて馬車のところへきた。「お待ちかねでございます」と、皮張りの扉を開けながら彼は言った。ヴィルヘルムは馬車を下り、眠っているフェーリクスを抱きとった。最初の召使は、灯《あか》りを持って玄関に立っているもう一人の召使に、「男爵令嬢《バロネッセ》さまのところへご案内」と叫んだ。

「なんという幸運だ」という思いが、稲妻のようにヴィルヘルムの心にひらめいた。「故意か偶然か、男爵夫人《バロネッセ》*がここにいるのだ。まず男爵夫人に会うことになるのだ。伯爵夫人はもう寝ておられるのだろう。天使たちよ、困惑のきわみのこの一瞬をなんとか切り抜けさせてくれ」

なかへ入った。そこは彼がこれまで足を踏み入れたもっとも厳粛な場所、彼の気持からすれば、もっとも聖なる場所のような気がした。正面には、吊《つる》されたまばゆいばかりのランプに照らされて、幅広いゆるやかな階段があり、上の踊り場の所で二つに分かれていた。大理石の立像や胸像が、台座の上や壁龕《へきがん》のなかに並べられ、そのいくつかには見覚えがあった。子供の頃の印象は、細部に至るまで残るものなのである。祖父が所有していたミューズの像に気がついた。その形や値打までは覚えていないものの、修復された片方の腕や、衣服の補塡《ほてん》箇所には見覚えがあった。お伽噺のなかに生きているような気がした。子供が重くなってきた。階段に立ち止まり、抱き心地をよくするふりをして膝をついた。本当は彼自身ひと息いれたかったのである。二度と立ち上がれないような気がした。灯りを持って先に立っていた召使が子供を抱きとろうとしたが、彼は渡さなかった。ついで控えの間《ま》に入ると、彼のよく知っている病める王子の絵が壁にかけてあるのを見て、彼はさらに驚いた。それを眺めている暇もなく、召使は、二、三の部屋を通りぬけて一つの小部屋へ彼を導いた。そこには、ランプの笠《かさ》で影になっているところに、女の人が坐って本を読んでいた。「おお、あの人であってくれたら」と、彼はこの決定的な瞬間になってもなおつぶやいた。目を覚ましたと思って子供を下《お》ろし、婦人の方に近寄ろうと思ったが、子供は寝ぼけてその場にくずおれた。婦人は立ち上がって彼の方に歩み寄った。女騎士《アマツォーネ》だった！　彼はわれを忘れて跪《ひざまず》き、「あの人だ！」と叫んで、その手をとり、恍惚《こうこつ》として唇を押しあてた。子供は二人のあいだで、絨毯《じゅうたん》の上に寝ころんで安らかに眠っていた。

フェーリクスは長椅子に寝かされた。ナターリエはその横に腰を下ろし、ヴィルヘルムにすぐそばにある椅子に坐るようにと言った。そしてなにか飲みものを持ってこさせようかと言ったが、彼は断った。彼は、これがあの人であることを確かめたく、ランプの笠の影になっている顔をよく見て、しっかり見定めようと夢中になっていた。彼女はミニョンの病状のあらましを話した。ミニョンはなにか深く思いつめていて、しだいに衰弱してゆく。自分では隠しているが、非常に興奮しやすくなっていて、その哀れな心臓にしばしば激しい発作が起こって危険な状態になる。この生命のもっとも重要な器官が、思いもかけない感情の動きによって突然停止し、この善良な子の胸の、健康な活動のしるしが感じられなくなる。この不安な発作がおさまると、生命の力がまた力強く脈うちながら現れ、前には欠乏によって苦しめられたのに、今度は過剰によって不安におとしいれられる、と言うのである。

ヴィルヘルムはそうした発作の場面の一つを思い出した。ナターリエは医者のことに話を移し、病状については医者がもっと詳しく話してくれるであろうし、あの子の友人であり恩人であるあなたに、ここにきていただいた理由を説明してくださるでしょう、と言った。ナターリエはさらにつづけて、「あの子がひどく変わったのにお気づきになるでしょう。いまは女の服装をしています。前はあんなに嫌がっていたのに」と言った。

「どうやって説得なさったのですか」とヴィルヘルムはたずねた。

「前からそうしたいとは思っていましたけれど、偶然うまくいっただけのことなのです。どうしてそうなったかお話ししましょう。ご存知と思いますが、わたしはいつも何人かの若い娘を身の周りに置いていまして、わたしの手元でその子たちが大きくなるにつれて、その考え方をいい方へ、正しい方へ導いてやろうと思っています。わたしの口からは、自分で正しいと思うことのほかは、なにもあの子たちに聞かせないようにしています。だけど、あの子たちが、世間で通用しているいろんな間違ったことや偏見を、ほかの人から聞いてくることまでは防ぐことはできませんし、防ごうとも思いません。

それらについて娘たちにたずねられますと、できるかぎりよそで聞いてきた好ましくない考えを、なんとか、正しい考えに結びつけて、有用とまではいかなくても、無害なものにしようと努めています。少しまえ娘たちがお百姓の子らの口から、天使だの、サンタクロースだの、クリスマスの贈物だの、いろんなことを聞いてきました。これこれの時に、天使やサンタクロースが人間の姿をして現れて、いい子にはご褒美をくれ、悪い子には罰をあたえるというのです。娘たちは、それは誰かが仮装して現れるのだと思っていましたので、わたしもそれに賛成してやり、あまり面倒なことは言わないで、最初の機会に、そういう芝居を見せてやろうと考えたのです。ちょうどそのころ、いつも大変お行儀のいい双子の姉妹の誕生日が近づいていましたので、その日に天使が、二人にふさわしいちょっとした贈物を持ってきてくれると約束してやりました。二人はわくわくしながら天使が現れるのを待っていました。わたしはミニョンにこの役をやらせることにしていました。その日ミニョンは、いかにも天使らしい、裾《すそ》の長い、軽《かろ》やかな、白い衣装を着せられました。胸には金色の首飾り、頭にはこれも金色の冠がかぶせてありました。初めは、翼はやめようと思っていたのですが、着つけをする女の人たちが、腕前を見せようと思って、一対《いっつい》の大きな金色の翼をつけると言ってゆずらなかったのです。

こうして一方の手に百合《ゆり》を持ち、一方の手に小籠をさげて、素晴らしい天使が少女たちの真ん中に現れた時には、わたしまで驚いてしまいました。『ほら、天使よ』とわたしは言いました。子供たちはすっかり魂消《たまげ》ていましたが、やっと口々に『ミニョンだ』と叫びました。けれど、誰もこの素晴らしい像に近づこうとはしませんでした。

『ほら、あなたたちへの贈物よ』とミニョンは言って、小籠を差し出しました。子供たちはミニョンの周りに集まって、眺めたり、さわったり、たずねたりしました。

『ほんとうに天使なの』と一人の子がたずねました。

『そうだといいんだけど』とミニョンが答えました。

『どうして百合の花を持っているの』

『あたしの心が、この花のように、清らかで、素直でなければいけないということなの。そうなれたらうれしいんだけど』

『翼はどうなってるの。見せて』

『まだ広げたことがないけど、広げるともっときれいになるのよ』

こんなふうにミニョンはどんな無邪気なつまらない質問にも、丁寧に答えてやりました。少女たちの好奇心が満たされ、天使の印象もおさまり始めたので、ミニョンの衣装を脱がせようとしましたが、あの子はそれをこばんで、ツィターを手に取ると、この高い書き物机に腰を下《お》ろして、信じられないほど優雅な調子で歌い始めました」

この輝きを、白い衣《ころも》を、脱がさないで。
もうすぐわたしは、あの固い石室《いしむろ》へ、
美しいこの世を去って、
下りてゆくのですもの。

そこに、少し安らって、
さわやかに目を開き、
この清らかな衣も、
胸飾りも冠も残してゆくの。

天上に住むひとたちには、
男もないし女もないの。

聖《きよ》められた体には、
衣も飾りも要《い》らないの。

心配も苦労もなく生きてきたけど、
悲しみだけはたっぷり味わいました。
苦しみで早く年をとりました。
もう一度、いつまでも、若返らせてもらいたいのです。

「わたしはすぐに、ミニョンにこの服を着せたままにして、同じようなのをいくつか作ってやろうと決心しました」とナターリエはつづけた。「それを着ていると、あの子の人柄まですっかり変わったような気がします」

すでに夜もふけていたので、ナターリエはヴィルヘルムをひきとらせた。ヴィルヘルムは多少心残りではあったが彼女のもとを辞した。「あの人は結婚しているのだろうか」と彼は考えた。なにか気配があるたびに、彼は、扉が開いて、彼女の良人《おっと》が入ってくるのではないかと恐れていた。彼を部屋に案内した召使は、思いきってそのことをたずねてみようと思う暇もなく立ち去った。落ち着かぬままにしばらくは眠れなかった。彼は女騎士《アマツオーネ》の姿と、いま見た人の姿とを較べてみた。二つのものは完全には合致しなかった。女騎士《アマツオーネ》の姿は、いわば彼が自ら作り上げたものであり、いま見た人は彼をほとんど作り変えてしまいそうに思えた。

第三章

翌朝、まだ家じゅうひっそりと寝静まっているとき、ヴィルヘルムは家のなかを見てまわった。これまでに見たもっとも清らかで、美しく、気品のある家であった。「真の芸術は健全な社会のようなものだ。われわれの内面の教養は、節度をよりどころとし、節度を求めているが、真の芸術はその節度を、この上もなく心地よくわれわれに教えてくれる」と彼は思った。祖父のものであった立像や胸像があたえる印象は、信じられないほど快かった。かり立てられるように、病める王子の絵の方に急いだ。それはいまも変わることなく魅力的で感動的であった。召使はそのほかにもいろんな部屋を見せてくれた。図書室もあれば、博物標本を集めた部屋も、物理実験のための小部屋もあった。

彼はこれらのすべてが自分にはまったく無縁であることを感じた。そのあいだにフェーリクスが目を覚まし、あとを追ってきた。テレーゼからいつ、どのような返事がくるのだろうかと考えると不安になってきた。ミニョンに会うのが怖かった。ナターリエと顔を合わすのも気おくれがした。テレーゼに宛てた手紙の封をし、あの気高い人にうきうきとして夢中になっていたあの時といまの状況とを較べてみると、彼はその違いに驚かざるをえなかった。

ナターリエから使いがきて朝食に呼ばれた。食堂に入ると、十歳以下と思える何人かのこざっぱりした服装の少女たちが食卓の用意をしていた。年輩の婦人がいろんな飲み物を運んできた。

ヴィルヘルムはソファーの上にかけてある肖像画を注意して眺めた。あまり出来のいいものではなかったが、ナターリエの肖像画に違いないと思った。ナターリエが入ってきた。すると、似ていると思ったところがすっかり消えてしまった。せめてもの慰めは胸の十字記章で、同じものがナターリエの胸にも見られた。

「この肖像画を見ていたところですが、一人の画家が、こんなにそっくりに、それでいてまるで違うように描けるのが不思議でなりません」と彼は言った。「全体としてはこの絵はあなたにとてもよく似ています。しかし顔立ちも性格もあなたのものではありません」

「そんなに似ているのがむしろ不思議なんですわ」とナターリエが答えた。「だって、これはわたしの肖像画ではないんですもの。これは伯母の肖像画なのです。伯母は年とってからも、子供の頃のわたしによく似ていました。この絵はいまのわたしくらいの年に描かれたものなのです。初めて見た方は誰でもわたしだとお思いになります。あなたもこの立派な人を知っていただけたらと思いますわ。わたしは伯母に大変お世話になりました。伯母はとても体の弱い人で、多分自分のことで忙しすぎたのでしょうし、そのうえ、道徳的にも宗教的にも神経質すぎて、世間から遠ざかっていました。事情が違っていたら世間的にもなにかできた人でした。伯母は少数の友人にとって、とくにわたしにとって、輝く光でした」

突然さまざまな事情が符合するように思えて、ヴィルヘルムはちょっと考えてから、「あの美しい、素晴らしい魂は、もしや、あなたの伯母さまなのでは。あの方の静かな告白は私も読ませていただきました」と言った。

「あのノートをお読みになりましたの」とナターリエがたずねた。

「ええ、たいへん興味深く。そして私の生き方全体に影響をあたえられました。あの手記で私がもっとも心をうたれたのは、あの方の人柄の清らかさでした。いえ、あの方だけでなく、あの方の周りにいるすべての人の清らかさです。そしてまた、あの方の自立性と、あの方がその高貴な優しい気持にそぐわないものは、けっして受け入れようとなさらないことでした」

「そうするとあなたは、あの手記をお読みになった誰よりも、あの美しい心を正当に、いえ、公正に読んでくださったのです。教養のある人は誰でも、自分や他人のもっているいろんな粗野なものと戦わなければならないことや、教養を身につけるには、多くの代償を払わなければならないことをよく知っています。それなのに、ときどき、自分のことだけ考えて、ほかの人から受けた恩恵を忘れてしまうのです。善良な人は、自分の行動に思いやりが足りなかったといって、たびたび自分を咎《とが》めます。それなのに、誰か美しい心の持主が、自分をあまりにも繊細に、あまりにも良心的に鍛え上げると、いえ、鍛え上げすぎると申してもよろしいのですが、そうすると、世間の人たちは、そういう人を寛大に受け入れることができなくなってしまうらしいのです。こういう人は、わたしたちの心のうちにある理想が外に現れたもの、模範なのです。真似はできないまでも、わたしたちがそれに向かって努力する模範なのです。世間では、オランダ婦人の清潔好きを笑い物にしますけれど、わたしのお友達のテレーゼも、あの人の家政のなかで、同じような考えがいつも目の前になかったら、いまのテレーゼはなかったでしょう」

「それじゃあ、あなたは、テレーゼさんのお友達のナターリエさんなのですね。あの立派な伯母さまが心から愛しておられた、子供の時から思いやり深くて、愛らしく、親切だったあのナターリエさんなのですね。あのようなご一族だからこそ、あのような方が生まれたのです。いろんなことがわかってきました。一度に、あなたのご先祖や、あなたがその一人である環《わ》の全体が見えてきました」

「ええ、わたしたちのことをお知りになるには、伯母の手記をお読みになるのがいちばんいいかもしれませんね。もちろん、伯母は子供の頃のわたしをかわいがっていたものですから、わたしのことをほめすぎています。子供の話になると、誰でも、ありのままの子供でなくて、いつも自分の希望ばかり話すものなのです」

ナターリエが話しているあいだに、ヴィルヘルムは、これでロターリオの素姓《すじよう》も、少年時代のこともわかった、と素早く考えた。美しい伯爵夫人は、伯母の真珠を首に巻いた少女として現れた。あの人の柔らかな、愛に満ちた唇が、彼の唇に寄せられたとき、おれもあの真珠のそばにいたのだ。彼はこの甘い思い出を、ほかのことを考えて追いはらおうとした。彼は、あの手記で知った人たちのことを思い返してみた。「それじゃあ私は、あの立派な大叔父さまの家にいるのですね。いや、家ではない。神殿です。そしてあなたは気高い祭司《さいし》、いえ、聖霊そのものです。私は昨夜《ゆうべ》ここへ入って、私が子供の時に見た古い美術品が、また私の前に立っていた時の印象を、生涯忘れることはないでしょう。ミニョンの歌*に出てくる思いやりに満ちた大理石像《マーブル》のことを思い出しました。しかしここにある像は、私を悲しむのではなく、厳しい目で私を見つめて、少年の頃を直接現在に結びつけてくれました。私たちの家の古い宝物が、祖父の生涯の喜びが、ここに、ほかの多くの見事な美術品と並んで置かれています。そして、生まれた時からあの立派な老人にかわいがられた私、つまらない人間である私も、今ここに立っています。なんというめぐり合せ、なんという不思議な集《つど》いでしょう」

少女たちは、いつもの細々《こまごま》した仕事をつづけるために、つぎつぎに部屋から出て行った。ナターリエと二人だけ残されたヴィルヘルムは、彼が言った最後の言葉をもっと詳しく説明して欲しいと言われた。ここに並べられている美術品の貴重な部分は、もと祖父のものであったと打ち明けると、それによって、たいへん明るい、うちとけた気分が生まれた。彼は、あの手記によって、この家族と知り合ったのであったが、今度は彼は、いわば、彼の受けつぐはずの遺産のなかで、自己と再会したのであった。ついで彼は、ミニヨンに会わせて欲しいと言ったが、ナターリエは、近所に呼ばれて行っている医者が帰ってくるまで待って欲しいと言った。この医者が、われわれがすでに知っている、そしてあの「美わしき魂の告白」に出てくる、小柄で活動的な人物であることは、読者も容易に察せられるであろう。

「私はあの家族の環のなかにいるわけですが」とヴィルヘルムは言った。「あの手記に出てくる神父《アベ》も、また、奇妙ないろんな出来事のあとで、お兄《にい》さまの館《やかた》で再会した、あの不思議な、不可解な人と同じ人ではないでしょうか。あの人について、もう少し詳しいことを教えていただけないでしょうか」

「あの人についてはお話しすることが沢山ありますが、わたしがいちばんよく知っているのは、あの人がわたしたちの教育に及ぼした影響です。あの人は、少なくともある時期には、教育は、人間が生まれもった素質に結びついたものでなければならないと確信していました。今どう考えているかは知りません。あの人は、人間における最初にして最後のものは活動である、そして活動する資質がなければ、また、わたしたちを活動へかり立てる本能がなければ、人間はなにもできない、と主張していました。『詩人は生まれながらのものだということは誰もが認めている』とあの人はいつも言っていました。『このことはすべての芸術家についても認められている。認めないわけにはいかないからだし、人間の天与の才が産み出す成果は、見せかけだけでも真似することができないからだ。しかし、よく観察してみると、どんな能力でも、どんなにつまらない能力でも、生まれついてのものなのだ。なにに向いているのかわからないような才能はない。今日の曖昧《あいまい》な、散漫な教育だけが、人間をあやふやなものにするのだ。内心の衝動を活気づける代りに、欲望だけを刺激し、本当の素質を伸ばしてやる代りに、その素質に向かって努力する本性《ほんせい》と、しばしば矛盾する対象に向かって努力させるのだ。自分の道を迷いながら歩いている子供や若者の方が、自分のものでない道を迷わずに歩いている子供や若者よりも、私には好ましい。迷いながら自分の道を歩いている者は、自分の力で、あるいは他人の指導で、正しい道を、つまり、自分の本性にかなった道を見出したならば、二度とその道からそれることはない。自分のものでない道を歩いている者は、誤ってはめられた枷《かせ》をふり切って、放縦な自由におちいる危険につねにさらされているのだ』

「その不思議な人が私にも関心をもち、あの人のやり方で私を指導するのではなく、少なくともしばらくのあいだ、私の間違いを助長したように思えるのは、奇妙なことですね」とヴィルヘルムは言った。「あの人が、ほかの人と一緒になって、私をいわば笑い物にした責任を、将来どういうふうにとるおつもりなのかは、しばらく辛抱して待たなければならないようですね」

「あの人のやり方が気まぐれだとしても」とナターリエは言った。「わたしはそれを非難することはできません。と言いますのは、あのやり方はわたしの場合、もちろんわたしの兄弟のうちで、いちばんうまくいったからです。兄のロターリオにしても、あれ以上の教育が受けられたとは思いません。妹の伯爵夫人だけは、もっと違ったやり方をした方がよかったのかもしれません。そうすれば、妹の性質にもっと生真面目《きまじめ》さと強さを吹きこんでやることができたかもしれません。弟のフリードリヒがこれからどうなるか、見当もつきません。弟がこの教育的実験の犠牲になるのではないかと、わたしは心配しています」

「まだ兄弟がおありなのですか」

「ええ。とても陽気な、うわついた子なのです。手綱を締める者がいないので、好き勝手に世間をほっつき歩いています。気儘《きまま》なだらしのないあの子が、この先どうなるものやら見当もつきません。長いあいだ会ったこともありません。神父《アベ》や兄のお仲間のみなさまが、あの子がどこにいて、なにをしているかは掴《つか》んでいらっしゃるので、その点だけは安心ですけど」

ヴィルヘルムが、このこみ入った事情についてのナターリエの考えをたずね、秘密結社についても彼女の口から説明を聞こうと思っているとき、医者が入ってきた。最初の挨拶が終わるとすぐに彼は、ミニョンの病状について話し始めた。

するとナターリエは、フェーリクスの手をとって、この子を先に連れて行って、ミニョンに、あなたに会う心の用意をさせましょうと言った。

医者はヴィルヘルムと二人だけになると、さきの話をつづけた。「私はあなたの思いもよらないような奇妙な話をしなければなりません。ナターリエさんは、私たちが率直に話し合えるように席をはずされたのです。この話はあの方から伺ったのですが、あの方がいらっしゃる所では、あけすけに話すわけにはいかないのです。いま話題にしているあの子の奇妙な性質は、深い憧憬《しょうけい》からだけ生まれていると言ってもいいのです。自分の故国をもう一度見たいという憧れと、そうなのです、ヴィルヘルムさん、あなたにたいする憧れなのです。これだけがあの子をこの世につなぎとめていると言ってもいいのです。どちらの憧れも、無限の彼方《かなた》に手を差し伸べるようなもので、憧れの対象は、あの奇妙な子の心にとって、手の届かないところにあるのです。あの子はミラノのあたりで生まれたらしいのですが、ごく幼いころ、綱渡りの一座に、両親のもとからかどわかされたのです。これ以上のことはあの子の口から聞き出すことはできません。あの子はまだ幼くて、場所や名前を正確に覚えていませんでしたし、とくに、自分の住所や素姓《すじよう》の詳しいことは、誰にも教えないと誓いを立てているからなのです。というのは、あの子が道に迷っているのを見つけた連中に、自分の家のことを詳しく説明し、連れてってくれと一心に頼んだばかりに、連中は余計《よけい》急いであの子を連れ去り、夜になって宿で、あの子がもう眠ったものと思って、これはいい獲物だったと軽口《かるくち》をたたき、ここまでくればもう帰り道はわかるまいと言っているのを聞いたからなのです。かわいそうなあの子は激しい絶望におそわれましたが、最後に聖母が現れて、あの子の面倒を見てやろうと約束したというのです。それであの子は、これからは誰も信じず、自分の素姓は誰にも話すまい、神のじきじきの加護だけを頼りに、生き、そして死のうと、神かけて誓ったのです。私がいま申し上げていることも、あの子がナターリエさんにはっきり打ち明けたのではなく、ナターリエさんが、あの子の切れ切れの言葉や歌や、子供らしい無思慮から、隠しておこうと思うことをつい洩《も》らしてしまう、言葉のはしばしを集められたものなのです」

そう言われてみると、ヴィルヘルムには、ミニョンのいろんな歌や言葉の意味がわかるような気がした。彼は医者に、この特異な少女の風変りな歌や告白からわかったことを、包まず話してもらいたいとしつこく頼んだ。

「それじゃあ、一つ奇妙な告白をお聞かせしましょう。あなたが覚えておられなくても、これは大いにあなたに関係のある話なのです。この話は、あの子の生き死ににかかわる話ではないかと、私は恐れているのです」

「お聞かせください。さあ、じらさないでください」

「あの『ハムレット』の上演の終わった夜、あなたのもとに忍んで行った女性のことを覚えておられますか」

「ええ、よく覚えています。しかし、こんな時に、あれを思い出さされようとは思いませんでした」とヴィルヘルムは、恥ずかしそうに答えた。

「あれが誰だったかご存知ですか」

「知りません。おどかさないでください。まさか、ミニョンじゃないでしょうね。誰なのです。教えてください」

「私も知らないのです」

「それじゃあ、ミニョンではなかったのですね」

「ええ、たしかにミニョンではありません。しかしミニョンもあなたのところへ忍んで行こうとしていたのです。そして恋仇《こいがたき》に先を越されるのを片隅から見て驚いたのです」

「恋仇ですって。さあ、話をつづけてください。頭がぐらぐらしてきました」

「ことの次第がこんなに簡単に聞かせてもらえるのを、あなたは有難いと思わなければなりませんよ。ナターリエさんも私も、あまり興味はなかったのですが、あの子を助けてやりたい一心で、あの子のこみ入った事情を、この程度にでも見通せるようになるまでには大骨を折ったのですからね。フィリーネやほかの娘たちのあけすけな話や、いかがわしい歌を聞いているうちに、恋人のもとで一夜を過ごすのはどんなにか素晴らしいだろうという考えが、あの子の頭に浮かんできたのです。といっても、あの子が考えていたのは、うちとけた仕合せな安らぎを味わいたいというだけのことだったのです。

ヴィルヘルムさん、あなたにたいする愛情は、あの子の胸のなかで、非常に激しいものになっていたのです。以前にもあの子は、あなたの腕に抱かれて、いろんな苦しみを忘れたことがありました。あの子はその幸福を心ゆくまで味わってみたいと思ったのです。それであの子は、あなたに直接頼んでみようと思ったり、おじけづいてまたそれを諦《あきら》めたりしていたのです。それが、あの夜の陽気な気分と、何杯も重ねた葡萄酒《ぶどうしゅ》の勢いで、大胆にも、あの夜あなたの部屋に忍びこもうという気になったのです。錠がおろされないうちに部屋に隠れていようと思って、ひと足先に駆けて行ったのですが、ちょうど階段を上がったとき、足音が聞こえたので、ものかげに身をひそめていると、白い服を着た女があなたの部屋へ忍びこむのが見えたのです。そのあとすぐあなたが上がってこられて、大きな錠がおろされるのが聞こえました。

ミニョンは言い知れぬ苦痛にとらえられました。激しい嫉妬の感情が、自分ではまだ自覚していない暗い欲情とまざり合って、目覚め始めたあの子の心におそいかかったのです。それまで憧れと期待に、いきいきと脈うっていたあの子の心臓が突然結滞し始め、鉛のような重《おも》しが胸にのしかかって、息ができなくなりました。あの子はどうしていいのかわからなくなりましたが、そのとき、あの老人の竪琴《たてごと》が聞こえてきたので、急いで屋根裏部屋の老人のところへ行き、老人の足もとで、恐ろしい痙攣《けいれん》に苦しみながら、その夜を過ごしたのです」

医者は一瞬話をやめたが、ヴィルヘルムがなにも言わないので、またつづけた。「ナターリエさんは、この話をした時のあの子の様子ほど恐ろしい、心を痛めるものは、これまで見たことがないと言いました。それどころか、ナターリエさんは、たずねたり、誘導したりして、この告白を引き出し、あのことをまた思い出させて、残酷にも、あの子の激しい苦痛をまた新たにさせたと言って、自分を咎《とが》めておられました。

『あの子の話がこの点までくると、というより、わたしに問いつめられて答えなければならなくなると』とナターリエさんは言いました。『あの子は突然わたしの前にくずおれて、手で胸を押えて、あの恐ろしい夜の苦痛がまたぶり返してきたと訴え、地面を這《は》う虫のように身をよじるのです。わたしは一生懸命気を引き締めて、こういう場合に、精神や体に役立つとわたしの知っている方法を思い出し、それを用いてみたのです』

「わたしがあの子にまた会わなければならない時に」とヴィルヘルムは言った。「私があの子にたいして犯したいろんな間違いを、まざまざと感じさせられて、私はすっかり不安になりました。あの子に会わなければならないのに、こだわりなくあの子の前に立つ勇気をなぜ奪っておしまいになるのですか。率直に申し上げますが、あの子の心がそういう状態なら、私があの子に会うことがなんの役に立つのか、私にはわかりません。あなたは医者として、あの二つの憧れが、あの子の心をあれほど蝕《むしば》み、命の危険さえあると確信しておられるのに、なぜ私があの子に会って、あの子の苦しみを新たにし、ひょっとしたら、あの子の死を早めるようなことをしなければならないのですか」

「ヴィルヘルムさん。われわれには、助けてやることができない場合でも、苦痛をやわらげてやる責任があるのです」と医者は答えた。「想像力の生み出した愛する人が目の前にいると、想像力はその破壊力を失い、憧れが静かな観照に変わる、きわめて重要な実例を、私はいくつも知っています。すべてはほどほどに、目的をもってやることです。愛する人が目の前に立つと、消えかけた情熱がまたあおられることもあるからです。あの子に会って、優しくしてやってください。それから先どうなるかは、まあ、見ていようではありませんか」

その時ナターリエが入ってきて、ヴィルヘルムに、ミニョンのところへ案内しようと言った。「あの子はフェーリクスと一緒になれてとても仕合せそうですわ。あなたがいらしても喜んで迎えると思います」ヴィルヘルムは多少ためらいながらあとについて行った。彼はさきほど聞かされた話で、ひどく心を動かされていた。そして激情的な場面の生ずるのを恐れていた。ところが、彼が入って行くと、それと真反対のことが生じたのであった。

ミニョンは、長い白い女の衣装を身につけて、豊かな栗色の髪を、一部は巻毛にし、一部は束《たば》ね上げて坐っていた。フェーリクスを膝《ひざ》にのせ、ひしと抱きしめていた。彼女はまるでこの世を去った霊のように、少年は生そのもののように見えた。天国と大地とが抱き合っているといった様子であった。彼女は微笑《ほほえ》みながらヴィルヘルムに手を差し出し、こう言った。「この子を連れてきてくれて有難う。なぜだか知らないけど、みんながこの子を連れてってから、あたしは生きているような気がしなかったの。あたしの心がこの世にまだなにかを求めているかぎり、この子がいないと、心の隙がうずまらないの」

ミニョンがヴィルヘルムを平静に迎えたので、みな大いに安心した。医者はヴィルヘルムに、彼女をたびたび見舞ってくれるように、そして皆ミニョンを精神的にも肉体的にも安静にしておいてやってくれと頼み、近いうちにまたくるからと言って、帰って行った。

いまヴィルヘルムは、少女たちや娘たちに囲まれているナターリエを観察することができた。彼女のそばで暮らすこと以上に仕合せなことはないように思えた。彼女のそばにいるだけで、さまざまな年齢の少女や娘たちは、この上もなく清らかな影響をあたえられた。彼女たちの一部はナターリエの館《やかた》に住んでおり、一部は近所にいて、時折《ときおり》彼女を訪ねてきた。

ある時ヴィルヘルムは彼女に、「あなたのこれまで歩いてこられた道は、いつもたいへん平坦《へいたん》だったようですね」と言った。「あなたの伯母さまが、子供の頃のあなたについて書いておられることが、私の間違いでなければ、いまでもあなたに当てはまるように思えるからです。あなたを見ていると、あなたは一度も道に迷ったことがないような気がします。あと戻りしなければならないような目におあいになったことはないのですね」

「わたしの性質をよく見抜いておられた大叔父と神父《アベ》のおかげです」とナターリエは言った。「いまでもよく覚えているのは、幼い頃から、困っている人を見るといつでも、なんとかしてあげたいと、矢も盾《たて》もたまらないような気持になったことです。まだ自分の足で立てない子供、もう自分の足で身を支えられない老人、子供を欲しがっているお金持、家族を養うことのできない貧しい人、職を得ようとするひそかな願い、才能を伸ばしたいという渇望、小さくても必要なさまざまな能力に育ってゆく素質、こういうものを至る所に見つけ出す目を、わたしは生まれつきもっているように思えました。誰も注意してくれなくても、わたしには見えました。そういうものを見るためにだけ生まれてきたような気さえしました。生命のない自然の魅力に非常に敏感な人が沢山いますが、そういう魅力はわたしの心を少しも動かしませんでした。芸術の魅力などましてのことでした。わたしにいちばん楽しいのは、世の中の欠乏や必要がわたしの目に映って、すぐさま心のなかで、それをどうやって補い、切り抜け、助けるかを考えることでしたし、いまもそうなのです。

ぼろをまとっている貧しい人を見ると、家《うち》の箪笥《たんす》にぶら下がっている要《い》らない衣類が頭に浮かびました。世話もしてもらえず、面倒もみてもらえなくて、痩せほそっている子供たちを見ると、お金《かね》があって気楽に暮らしながら、退屈をもてあましている女の人を思い出しました。狭い部屋に多人数の家族が押しこめられて暮らしているのを見ると、いろんな家や館の大きな部屋に泊めてあげなくてはと思いました。こうした見方は、わたしの場合まったく生まれつきのもので、反省の結果ではありません。そのため子供のころ、世にも風変りなことをしたり、ひどく奇妙な提案をして、皆を困らせたことも一度ならずありました。もう一つわたしの変わっていた点は、お金《かね》が、欲望を満たす手段だということが、骨を折って、だいぶ経《た》ってから、やっとわかったということです。わたしの施しはいつも物でした。そのため何度も笑われたことを覚えています。神父《アベ》だけはわたしを理解してくれて、どんな場合でもわたしの味方をしてくれました。神父はわたしの願いや好みをわたしに自覚させ、それを有効に満たすことを教えてくれました」

「それではあなたも、あなたのところにいる女の子たちを教育するのに、あの風変りな人たちの主義を採用しておられるのですか。どの子にも自分で自分を教育させ、自分で探させ、迷わせ、過《あやま》ちを犯させ、幸運にも目的を達したり、迷路に迷いこんだりさせるのですか」

「いいえ、人間をそんなふうに扱うのは、わたしの主義にまったくそぐわないことです。その場で助けない人は、けっして助けないし、その場で忠告しない人は、けっして忠告しないと思います。生きてゆくのに支えになるような原則をはっきり口に出して、子供たちの頭に刻みこむことも、同じように必要なことだと思います。それどころかわたしは、規定にしたがって迷う方が、わたしたちの本性《ほんせい》にしたがって、勝手気儘《きまま》にあちこち迷うよりもいい、と言いたいくらいです。人間というものは、その本性にはなにかしら隙間《すきま》があって、その隙間は、しっかりした、そしてはっきりした原則によってしか埋められないのだとわたしには思えます」

「それではあなたのやり方は、われわれの友人たちが守っているやり方とはまったく違うのですね」

「そうなのです。でも、あの人たちはその点信じられないほど寛大で、それがわたしのやり方なのだからと言って、一切《いっさい》干渉しないで、わたしの希望することにはなんでも賛成してくださいました」

ナターリエが少女たちをどのように教育しているかの詳しい報告は、別の機会にゆずることにしよう。

ミニョンはしばしば皆の仲間入りをしたがった。彼女はまたしだいにヴィルヘルムに慣れ、彼にたいして心を開くようになったが、また、全体に、前よりも朗らかになり、生を楽しむようになったと思えたので、喜んでそれを許してもらえた。彼女は疲れやすかったので、散歩のとき、よくヴィルヘルムの腕にすがった。「ねえ。ミニョンはもう木にのぼったり、はねたりはしないわ。でも、いまでも、山の峰から峰へとび歩いたり、屋根から屋根へ、木から木へとんでみたい。鳥たちが羨ましいわ。あんなにかわいらしく、仲良く巣を作っているのが羨ましい」とミニョンは言った。

まもなく、ミニョンがたびたびヴィルヘルムを庭へ誘うのが習慣になった。ヴィルヘルムがなにか仕事をしていたり、見つからない時には、フェーリクスがその代りをつとめた。ときどきミニョンは、もうすっかりこの世を離れているように見え、また時には、いわばこの世に舞い戻って、ヴィルヘルムとフェーリクスにしがみつき、二人から別れるのをなによりも恐れているように見えた。

ナターリエはもの思いに沈んでいるようであった。「わたしたちは、あなたに来ていただいて、かわいそうなあの子が心を開いてくれるのを願っていました。でも、それがよかったのかどうか、わからなくなりました」彼女は口をつぐんで、ヴィルヘルムがなにか言うのを待っているようであった。ヴィルヘルムにも、彼がテレーゼと結ばれることになれば、いまの様子からして、ミニョンがひどく傷つくに違いないことがわかっていた。しかし彼は、まだテレーゼの返事をもらっていないので、この目論見《もくろみ》についてはあえて口にしなかった。ナターリエがこのことを知っていようとは、思ってもいなかった。

同様に彼は、ナターリエが妹のことを話し、そのすぐれた性質をほめ、現在の身の上を哀れんだ時も、こだわりなく話についてゆくことができなかった。彼は、伯爵夫人がまもなくここにくると聞かされたとき、少なからず当惑した。「妹の主人は、教団で、亡くなられた伯爵*の代りをつとめ、その見識と活動によって、あの大きな組織を維持し、拡大することしか考えていません。あの人は妹と一緒に、いわば別れを言いにくるのです。そのあとであの人は、教団が根を下《お》ろしているいろんな村を訪れるつもりなのです。周りの人は、あの人の思いどおりに行動させているようです。あの人はツィンツェンドルフ伯爵そっくりになるために、かわいそうな妹を連れて、アメリカへ行くつもりらしいのです。あの人はもう、あと一歩で聖者になれると確信しているので、最後はその上に、できることなら、殉教者の栄光を得たいという願いが、ときどき心に浮かぶのかもしれません」

第四章

これまでにもテレーゼ嬢のことはたびたび話題になり、話のついでにふれられることも多かった。そしてそのたびにヴィルヘルムは、あのすぐれた女性に愛を告白し、結婚を申し込んだことを、ナターリエにあやうく打ち明けそうになった。しかし、自分でも説明できない感情にひきとめられた。こうして長いあいだためらっているうちに、とうとうナターリエ自身が、いつもの惚れぼれするような、つつましく、明るい微笑を浮かべながら、彼にこう言った。「とうとう沈黙を破って、あなたの信頼に乱暴に踏みこまなければならないことになりました。ねえ、ヴィルヘルムさん。あなたにとってたいそう重要な、わたしにとってもたいへん関係の深いことを、なぜ秘密になさいますの。あなたはわたしのお友達に結婚の申し込みをなさいました。わたしは余計なお節介をしようというのではありません。これが信任状です。ここに、あの人があなたに宛てて書いた手紙があります。わたしからあなたに手渡して欲しいと言ってきたのです」

「テレーゼさんの手紙ですって！」と彼は叫んだ。

「そうよ、ヴィルヘルムさん。あなたの運命はきまったのです。あなたは仕合せな方ね。あなたとわたしのお友達のために、幸福をお祈りしますわ」

ヴィルヘルムは黙って目の前を見つめていた。ナターリエはじっと彼を見、彼が青ざめているのに気づいた。「喜びが大きすぎて、口もきけないほど驚いてしまったのね。

わたしがまだ口をきいているからって、わたしの喜びが少ないわけじゃありませんのよ。あなたはわたしに感謝しなければいけませんわ。テレーゼが決心するのに、わたしの影響は小さくなかったんですもの。あの人はわたしに相談してきましたの。そして不思議なことに、ちょうどその時あなたがここにいらっしゃいました。わたしは、テレーゼがまだ抱いていたいくつかの疑問を、うまく打ち消すことができました。使いの者が何度も往復しました。これがあの人の決心です。ここにあの人の心のいきさつが書いてあります。さあ、あの人の手紙をみんな読んでください。そして、あなたの花嫁の美しい心を、こだわりなく、清らかな目で見てあげてください」

ヴィルヘルムは彼女の手渡した、封のしてない手紙を開いた。そこにはつぎのような心のこもった言葉が記してあった。

「あるがままのわたし、あなたの知っておられるわたしはあなたのものです。あるがままのあなた、わたしの知っているあなたを、わたしはわたしのものと呼びます。結婚によってわたしたち自身に、わたしたちの環境に、どんな変化が起こっても、わたしたちは理性と、朗らかな勇気と、善意によって耐えてゆくことができるでしょう。わたしたちを結びつけるのは情熱ではなく、愛情と信頼なのですから、わたしたちの危険はほかの多くの人たちより少ないのです。わたしがときどき昔のお友達のロターリオさんを、なつかしく思い出すことがあっても、きっとお許しくださるでしょうね。その代りにわたしは、あなたの坊やを母親としてこの胸に抱きしめます。わたしの小さな家にすぐ一緒に住むつもりがおありでしたら、喜んであなたを主人として、家長としてお迎えいたします。そのうち土地の購入も片づくでしょう。新しい家をお建てになる時は、わたしにも一言《ひとこと》お聞かせくださいませ。わたしにお寄せくださる信頼にわたしが価することを、すぐさまお見せいたしますから。それでは、わたしの大好きなお友達、愛する花婿、尊敬する良人《おっと》であるヴィルヘルムさま、ご機嫌よろしく。テレーゼはあなたを、この胸に、希望と生の喜びをもって抱きしめます。ナターリエさんがもっと詳しく、すべてを話してくれるでしょう」

この手紙によって、テレーゼの姿をいきいきと思い浮かべたヴィルヘルムは、またすっかり落ち着きをとりもどした。読んでいるうちに、さまざまな思いがめまぐるしく胸のうちに去来した。そして、ナターリエにたいする愛が、なまなましく胸に残っているのに気づいて愕然《がくぜん》とした。彼は、こうした思いはすべて馬鹿げたことだと自らを叱《しか》り、なにもかも余すところなく身にそなえたテレーゼを思い浮かべ、もう一度手紙を読んでみた。すると気持が晴れやかになってきた、というより、晴れやかと言っていいほど、驚きから立ち直った。ナターリエはテレーゼとのあいだに交《かわ》された何通かの手紙を見せた。そのうちの幾つかをつぎに掲げておこう。

テレーゼは、彼女の考えているヴィルヘルムについて述べたあと、こうつづけていた。

「わたしに結婚を申し込まれたあの人を、わたしはこんなふうに考えています。あの方がご自分のことをたいへん率直に書いておられる手紙をそのうちお送りしますので、それをお読みくだされば、あの方が自分のことをどう考えておられるかは、あなたにもおわかりいただけると思います。あの方となら、幸福になれるとわたしは確信しております」

「身分については、これまでわたしがどのように考えてきたかは、あなたもご存知です。外的な環境の不釣合を恐ろしいことのように考え、それに耐えられない人がいます。ひとを説得しようとは思いませんが、わたしは自分の確信にしたがって行動するつもりです。わたしはお手本を示すつもりはありませんが、わたしのすることにお手本がないわけではありません。わたしが心配するのは内面的な不釣合だけです。容《い》れ物は、そのなかに容れる物にふさわしくなければなりません。見栄《みえ》ばかりで楽しみがない、お金《かね》があるのにけち、身分は高いのに粗野、若いくせに杓子定規《しゃくしじょうぎ》、困っているのに儀式ばる、わたしが心底《しんそこ》嫌いなのはこういう不釣合です。世間の人がどう考えるか、そんなことはわたしにはどうでもいいことなのです」

「わたしたちはうまくやってゆけるだろうと思っています。わたしがこう申し上げる根拠は、なによりも、あの方があなたに、そうなのです、ナターリエさん、わたしが心から大切に思い、尊敬するあなたに似ているからなのです。そうです、あの方もあなたも、より善きものを求める高貴な探究心と努力とをお持ちです。それによってわたしたちは、善を見出そうと思って、自ら善を生み出しているのです。いろんな人の扱い方や、いろんな場合にあなたのお取りになる態度を見て、わたしならそうはしなかっただろうと思って、何度も口に出してあなたを非難したことがあります。ところが、結果はたいてい、あなたの方が正しかったのです。あなたは、『人間というものは、いまあるとおりにだけ受け取ると、その人をいっそう悪くする。その人たちがいますでに、その人たちが将来あるべき姿をとっているものとして扱うと、その人たちを導いて行こうと思っているところへ連れて行くことができるのです』と仰しゃいました。わたしにはそういうふうに見ることも扱うこともできないのを、わたしはよく知っています。分別、秩序、規律、命令、これがわたしの本領です。ヤルノさんが、『テレーゼさんは子供たちを訓練し、ナターリエさんは育ててあげる』と仰しゃったのをいまでもよく覚えています。それどころかヤルノさんは、わたしには三つの美点、信仰、愛、希望が欠けている、とまで言いました。ヤルノさんは、『テレーゼさんは信仰の代りに分別を、愛の代りに粘り強さを、希望の代りに信頼をもっている』と言いました。喜んで白状しますが、あなたを知る前は、明晰《めいせき》さと聡明《そうめい》さ以上に大切なものはこの世にないと思っていたのです。あなたにお目にかかっているだけで、わたしは、説得され、元気づけられ、自分を乗り越えることができました。わたしはあなたの美しい高貴な魂の前に喜んで跪《ひざまず》きます。わたしはヴィルヘルムさんも同じ意味で尊敬します。あの方の生涯の記録は、見出すことのない永遠の探究なのです。しかし空疎な探究ではなく、あの方は、素晴らしい、善意に満ちた探究の才に恵まれておられます。あの方は、自分から出たものしかあたえられることはないと考えておられます。というわけで、ナターリエさん、今度もわたしの明晰さは無駄にはなりませんでした。わたしは未来の良人《おっと》を、あの方が自分を知っておられる以上によく知っております。そしてそれだけにいっそう、あの方を尊敬いたします。たしかにわたしはあの方を見てはいますが、あの方の全体を見通すことはできません。いくら分別を働かせてみても、あの方に将来どんなことができるのか、わたしにはわかりません。あの人のことを考えると、いつも、あの人の姿はあなたの姿とまざり合います。そしてわたしには、どうすればこんなお二人と親しくするに価する人間になれるかわからなくなります。だけどわたしは、自分の義務を果たし、わたしに期待されていることを実行することによって、それに価する人間になろうと思っております」

「ロターリオさんのことを思い出すかですって? ええ、いきいきと、毎日思い出します。心のなかでわたしを取り巻くひとびとのうちに、片時《かたとき》もあの方が欠けることはありません。若気《わかげ》の過ちでわたしと親しくなったあの立派な方が、自然のいたずらであなたの兄だなんて、なんという残念なことでしょう。本当に、あなたのような人のほうが、わたしよりずっとあの方にふさわしいのです。あなたにならあの方をおゆずりできますし、おゆずりしないわけにはいきません。あの方が、あの方にふさわしい奥さまを見つけるまで、できるだけのことをして差し上げましょうね。そしてお見つけになったあとも、いつまでも一緒に仲良くしましょうね」

「だけど、お友達のみなさんはなんと仰しゃるでしょうね」とナターリエは言った。――「お兄《にい》さんはなにもご存知ないのですか」――「ええ、知りません。あなたのご家族と同じように。今度のことはわたしたち二人だけで運んで参りましたの。リューディエがどんな気まぐれをテレーゼの頭に吹きこんだか知りませんけど、テレーゼは神父《アベ》やヤルノさんを信用していないらしいのです。リューディエはテレーゼに、いろんな秘密結社や計画にたいして、なにか猜疑《さいぎ》心を吹きこんだんです。そういう秘密結社や計画のことは、わたしもおおよそのことは知っていますが、立ち入って調べてみようと思ったことは一度もありません。というわけで、テレーゼは、一生の大事をきめるのに、わたし以外の誰の意見も聞こうとしなかったのです。兄とは、お互いに結婚の通知はするが、結婚についての相談はしないことにもう前からきめていたのです」

そのあとナターリエは兄に手紙を書き、ヴィルヘルムにも二、三書き添えてくれと言った。テレーゼがそうして欲しいと頼んでいたのである。封をしようとしていたところへ、思いもかけずヤルノが訪れてきた。大喜びで迎えられ、彼もたいへんな上機嫌で、さかんに冗談をとばしていたが、ついに抑えきれなくなってこう言った。「実は、こちらへお伺いしたのは、たいへん不思議な、しかし愉快なことをお知らせするためなのです。テレーゼさんに関することです。ナターリエさん、私たちは、いろんなことに鼻をつっこみすぎると言って、何度もお叱《しか》りをこうむったものです。しかし至る所にスパイをはなっておくのも悪くはないということが、今度はあなたもおわかりでしょう。当ててごらんなさい。あなたの勘のよさをひとつ拝見させてください」

彼は得意げにこう言い、いたずらっぽい顔つきでヴィルヘルムとナターリエを見たので、二人は、てっきり秘密が露見したものと思いこんだ。ナターリエは、「わたしたちは、あなたが考えているよりずっとお利口なのよ。謎《なぞ》をかけられるよりも前に、もう答を紙に書いておきましたわ」と笑いながら言った。

彼女はこう言って、ロターリオ宛の手紙をヤルノに渡した。そして、二人を少しばかり驚かせ、恐れ入らせてやろうと思っていた相手に、逆《さか》ねじを食わせることができるのを喜んでいた。ヤルノは怪訝《けげん》そうな様子で手紙を受け取り、ざっと目を通すと、驚いてそれをとり落し、目を見張って、ふだんのヤルノには見られないような呆然《ぼうぜん》とした、というよりは、愕然《がくぜん》とした顔つきで二人を見つめた。彼は一言《ひとこと》も口をきかなかった。ヴィルヘルムとナターリエはすっかり驚いてしまった。ヤルノは部屋のなかを行ったり来たりした。「なんと言えばいいんだ」と彼は叫んだ。「それとも本当のことを言ったほうがいいのかな。秘密を隠しておいたのでは、混乱は避けられない。それじゃあ、秘密には秘密を、不意打ちには不意打ちをといきますか。テレーゼさんはあのお母さんの娘ではないのです。障害はなくなったのです。私がここへ来たのは、あの立派な女性に、ロターリオさんとの結婚の心構えをさせてくださるように、あなたにお願いするためなのです」

ヤルノは、二人の友人が驚いて、目を伏せるのを見ていた。「こういう場合は、人の集まっているところではいい考えは浮かばないものです。考えごとのある場合は、一人で考えるのがいちばんです。少なくとも私は、一時間ばかり席を外《はず》させていただきます」と彼は言って、急いで庭へ出て行った。ヴィルヘルムは機械的にあとを追ったが、少しあいだをおいてついて行った。

一時間のちに三人がまた集まった。ヴィルヘルムが口を切ってこう言った。「これまでぼくが、目的も計画もなく、気楽にうかうかと日を過ごしているあいだは、友情も愛も好意も信頼も、両手をひろげてぼくを迎えてくれました。それどころか、向こうから押し寄せてきました。しかし、真剣な問題が生じたいま、運命はぼくにたいして違う道を選んだようです。テレーゼさんと結婚しようというぼくの決心は、まったく純粋にぼく一人の心から生じた最初の決心かもしれません。考えに考えたうえでぼくは計画を立てたのです。ぼくの理性も完全にそれに同意していました。あの素晴らしい人の承諾を得て、ぼくの希望はすべて満たされました。ところがいまになって、世にも奇妙な運命が、ぼくの差し出した手を押えつけるのです。テレーゼさんは遠くから手を差し出していますが、夢のなかのように、ぼくはそれを摑《つか》むことができないのです。あの人の美しい姿は永遠の彼方《かなた》へ遠ざかって行きます。美しい姿よ、その周りに集《つど》っている豊かな至福の姿よ。いまこそ君らに別れを告げよう」

彼は一瞬口をつぐみ、前を見つめた。ヤルノが口を開こうとした。ヴィルヘルムはそれをさえぎって、「もう少し言わせてください。今度はぼくの運命のすべてをきめる賽《さい》が投じられたのですから」と言った。「いまこの瞬間、ぼくの助けになるのは、ぼくが初めてロターリオさんにお目にかかったとき、ぼくの胸に刻みこまれ、それ以来片時《かたとき》も消えたことのない印象です。こういう人は、あらゆる好意と友情に価します。そして、犠牲なしには友情は考えられません。あの人のためなら、かわいそうなリューディエを騙《だま》すのはなんでもないことでした。あの人のためなら、この上もなく立派な花嫁を諦《あきら》めることができないはずはありません。さあ、行って、あの人にこの奇妙な成行きを話してください。そして、ぼくには覚悟ができているとお伝えください」

「せいては事を仕損《しそん》じる、と言うのは、こういう場合のことです」とヤルノは言った。「ロターリオさんの承諾がないかぎり、一歩もここを動かないでください。ロターリオさんのところへ行きますから、私の帰りか、ロターリオさんの手紙を、落ち着いて待っていてください」

ヤルノは馬で去り、すっかり気の滅入《めい》った二人の友人をあとに残した。二人には、今度の出来事を何度も思い返し、意見を述べ合う時間は十分にあった。そして、いまになってようやく、この奇妙な話をヤルノから聞くばかりで、詳しい事情をたずねてみなかったことに気づいた。それどころか、ヴィルヘルムには、多少疑わしく思える節《ふし》もあった。しかし、翌日テレーゼから使いの者がきて、つぎのような奇妙な手紙をナターリエに手渡したとき、二人の驚き、いや、困惑は頂点に達した。

「変にお思いでしょうが、先の手紙につづいて、もう一通お送りして、わたしの許婚《いいなずけ》に大急ぎでわたしのところへくるようにお伝えくださるようお願いしなければなりません。あの人をわたしから奪うためになにを企《たくら》もうと、わたしはあの人を良人《おっと》にするつもりです。あの方に同封の手紙をお渡しください。どなたが居合せようと、誰にも気づかれないようにお渡しください」

ヴィルヘルムに宛てた手紙はつぎのようなものであった。「突然やっきになって、すぐにでも一緒になりたいと申し上げたら、あなたはテレーゼをどうお思いでしょう。わたしたちは冷静な理性によって結び合されましたのに。この手紙をお受け取りになったら、どんなことがあっても、すぐそこをお発《た》ちになってください。愛するヴィルヘルムさま、皆がわたしからあなたを奪い取ろうとし、あなたをわたしのものにするのを妨げようとしますので、三倍もいとしくなった愛するヴィルヘルムさま、ぜひ、ぜひ、すぐおいでください」

「どうしたらいいんでしょう」と、手紙を読み終えるとヴィルヘルムは言った。

「これほどわたしの心も頭も黙りこんでしまったのは初めてですわ。どうすればいいのか、なんと言えばいいのか見当《けんとう》もつきません」と、ちょっと考えてからナターリエは言った。

「ロターリオさんご自身、このことはなにもご存知ないのではないでしょうか」とヴィルヘルムは激しい口調で叫んだ。「あるいは、ご存知でも、ご自分がぼくたちと一緒に、陰険な企みの的《まと》にされているのをご存知ないのではないでしょうか。それとも、ヤルノさんは、ぼくたちの手紙を見て、ありもしない話を即席に作り上げたのでしょうか。早まって手紙を見せたりしなかったら、もっと違った話をしたのでしょうか。なにを考えているんでしょう。なにをねらっているんでしょう。テレーゼさんはどんな企みのことを言っているんでしょう。ロターリオさんが秘密の活動や結社に取り囲まれておられることは確かです。何人かの人が動き回って、なにかの意図で、いろんな人の行動や運命に目を配り、操《あやっ》っていることは、ぼく自身知っています。これらの秘密の最終の目的がなになのか、ぼくにはまったくわかりません。しかし、いまぼくからテレーゼさんを奪い取ろうとしていることだけは、火を見るよりも明らかです。一方では、ひょっとしたら見せかけだけかもしれませんが、ロターリオさんが幸福になれるかもしれないと言われ、一方では、私の愛する人、私の尊敬する花嫁が、その胸へとぼくを呼んでいます。ぼくはどうすればいいのでしょう。ぼくはどちらを捨てればいいのでしょう」

「しばらく辛抱することね。もう少し考えてみましょう」とナターリエは言った。「こんなに話がこみ入った時には、慌てて取返しのつかないようなことをしてはいけない、ということぐらいしか思いつきません。作り話や巧みな企《くわだ》てには、辛抱して、利口に立ち向かわなければなりません。この話が本当のことなのか作りごとなのかは、まもなくわかるに違いありません。兄が本当にテレーゼと結婚しようと思っているのなら、幸運がこんなに都合よく開《ひら》けてきたいま、その幸運を永久に奪い取るのは残酷なことです。兄がこの話を知っているのか、兄自身信《しん》じているのか、兄自身望《のぞ》んでいるのか、もう少し待っていましょう」

仕合せにも、ロターリオから手紙がきて、彼女の助言の正しいことが明らかになった。「ヤルノはそちらへは帰さない。使いの者のどんな詳細な説明よりも、ぼくの手の一行の方が君には重みがあるからだ」と彼は書いていた。「テレーゼさんがあのお母さんの娘でないことをぼくは確信している。テレーゼさんもそのことを確信して、冷静に考えたうえで、ぼくとヴィルヘルム君のどちらを選ぶかをきめるまでは、ぼくは、テレーゼさんと一緒になりたいという希望を捨てることはできない。ヴィルヘルム君を君の手元から離さないでくれ。兄の幸福と一生がこれにかかっているのだ。曖昧な状態を長びかせないことを約束する」

「ごらんのとおりですわ」とナタ－リエはヴィルヘルムにやさしく言った。「この家を離れないと誓ってくださいますわね」

「誓いますとも」と、ナタ－リエに手を差し出しながらヴィルヘルムは言った。「あなたのお許しがあるまで、ぼくはこの家を離れません。ぼくは、いまぼくを導いてくださった、しかもあなたを通して導いてくださった、神と聖霊に感謝します」

ナタ－リエは、テレ－ゼに一部始終を記した手紙を書き、ヴィルヘルムを手元から離せない理由を説明した。そして、ロタ－リオの手紙も同封した。

テレ－ゼはつぎのように答えてきた。「ロタ－リオさんまで信じていらっしゃると聞いて、すっかり驚いてしまいました。自分の妹にこんなにしらばくれはなさらないでしょうから。本当に腹が立ちます。もうなにも言わない方がいいのです。ひどい目にあわされているかわいそうなリュ－ディエを、ひとまずどこかへ預けて、わたしがあなたのところへ行くのがいちばんいいのです。わたしたちみんなが騙《だま》されて、結局なにもわからなくなるのではないかと恐れています。ヴィルヘルムさんにわたしの気持がおわかりなら、あなたの手をすり抜けて、テレ－ゼの胸にとびこんできてくださると思います。

そうなったらもう誰にも渡しはしません。だけどわたしは、ヴィルヘルムさんを失い、ロターリオさんも二度とわたしのものにならないのではないかと心配です。ロターリオさんに、わたしと一緒になれるという希望を匂わせて、リューディエをあの人から引き離すつもりなのです。これ以上もうなにも申し上げません。話がこんがらがるばかりですから。そのうちにわたしたちの素晴らしい関係が、かき回され、根こぎにされ、台なしにならないか、そして、すべてが明らかになった時には、もう取返しがつかないということにならないか、それは時が教えてくれるでしょう。あの方が身をもぎ離して、わたしのところへきてくださらないなら、二、三日うちにわたしがあなたのところへ、あの人に会いに行き、しっかりと摑《つか》まえることにします。あなたのテレーゼが、こんなに情熱のとりこになっているのを見て、驚いていらっしゃるでしょう。いえ、これは情熱ではなくて、確信なのです。ロターリオさんがわたしのものにならなかったのですから、新しいお友達がわたしに生涯の幸福をあたえてくださるだろうという確信なのです。このことをあの人に、二人で槲《かしわ》の木の下に坐って、わたしに関心を寄せてくださるのをうれしく思った男の子*の名において、あの人のお申し込みを、心を開いてお受けしたテレーゼの名において、お伝えください。ロターリオさんと暮らせるという最初の夢は、わたしの心から遠く去りました。新しいお友達とどのように暮らそうかという夢は、今いきいきと目の前にあります。あれとこれとを即座に取り替えるのは造作もないことだと思っている人間のように、わたしのことを考えないでください」

「わたしはあなたを信じていますわ」と、ナターリエはテレーゼの手紙を渡しながらヴィルヘルムに言った。「逃げ出したりはなさいませんわね。わたしの一生の幸福があなたの手のうちにあることをお忘れにならないでね。わたしの存在は兄の存在と固く結ばれ、兄の苦痛はわたしの苦痛でもあり、兄の喜びはわたしの幸福でもあるほど、二人の根は一つになっているのです。心は動かされ高められるということ、この世には、喜びや愛や、あらゆる欲望を越えて満足をあたえる感情があるということを、兄の手によってだけ教えられた、と言ってもいいくらいなのです」

彼女は口をつぐんだ。ヴィルヘルムは彼女の手をとって、「おお、もっとつづけてください。お互いに真に信頼し合える本当にいい時なのです。もっとよく互いを知ることが、いまほど必要な時はないのです」

「そのとおりですわ、ヴィルヘルムさん」と、彼女は微笑を浮かべ、静かな、やわらかな、筆にもつくせないような気高《けだか》さをもって、「こんなことを申し上げるのは、場違いなことかもしれませんけど、いろんな本や世間の人が、恋と呼んでわたしたちに見せてくれるものを、わたしはいつも、ただの作り話だと思っていましたの」と言った。

「恋をしたことはないのですか」

「一度も。だけど、いつも恋をしている、とも言えますわ」とナターリエは言った。

第五章

二人はこうした話を交《かわ》しながら、庭のなかを行き来した。ナターリエはヴィルヘルムがまったく知らないいろんな形をした花をつんでいた。彼はその名をたずねた。

「わたしが誰のためにこの花束を作っているかおわかりにならないでしょうね」とナターリエは言った。「これからお参りしようと思っている大叔父のためなんですの。太陽がちょうど『過去の広間』*を照らしていますわ。いまわたしはぜひあなたをあそこへお連れしたいんですの。あそこへ行く時はいつも、大叔父がとくに好んでいた花をいくつか持って行きます。大叔父は変わった人で、独特な感受性をもっていました。いろんな植物や動物、いろんな人間や地方、それどころか、いくつかの鉱石にたいしても、誰にもわからないような、非常に強い愛着をもっていました。大叔父はよくこう言っていました。『ぼくが若い時から、自分に反抗して、自分の理性を、広い一般的なものに向かって鍛え上げていなかったら、ぼくは、きわめて中途半端な、嫌な男になっていただろう。立派な、ひとかどの活動ができる人が、その特性を伸ばしそこなっているのを見るのは、実に嫌なことだからだ』と。だけど大叔父はまた、ときどきは息抜きをして、ほめられもしなければ、言い逃れもできないようなことを、夢中になって楽しみでもしなければ、とても生きては行けないだろう、とも言っていました。『ぼくが欲望と理性とを、完全には一致させることができなかったのは、ぼくのせいではない』と言いました。そういう時には、いつもわたしをからかって、『ナターリエは生きているうちから天国にいるようなものだ。おまえの性質は、世間が望み、必要とするもののほかは、なにも欲しがらないのだから』と言いました」

こういう話をしているうちに、二人はまた「過去の広間」の前にきていた。ナターリエは広い廊下を通り、花崗岩のスフィンクスが二つ置かれている戸口の前へ彼を連れて行った。戸口そのものはエジプト風に上の方が下よりも少し狭くなっていて、青銅の扉は、背後に、厳粛な、というよりは、ぞっとするような光景を秘めているような感じをあたえた。そのため、広間に足を踏み入れて、芸術と生命によって、死と墓を思わせるものがことごとく取り払われ、そうした予想が一転して、この上もなく清らかな明るさに満たされているのを目にしたとき、ヴィルヘルムは快い驚きに包まれた。壁には釣合よく壁龕《へきがん》が設けられていて、そのなかにはかなり大きな石棺《せっかん》が置かれていた。壁龕と壁龕のあいだの柱のくぼみには、灰受けと水差《みずさし》が飾ってあった。壁や丸天井のそのほかの面は、規則正しく仕切られ、さまざまな大きさの区画のなかには、明るい、多様な縁どりや花環や飾り模様のあいだに、明朗な寓意的人物が描かれていた。その他の部分は、赤みがかった黄色の美しい大理石で覆われ、巧みな化学的合成によって作り出された、瑠璃《るり》と見まがうほどの、淡青色の縞模様は、対照の妙によって目を満足させるとともに、全体に統一と結合をあたえていた。こうした絢爛《けんらん》たる装飾のすべてが、建築上の釣合と完全に合致しているので、ここに足を踏み入れる誰もが、渾然《こんぜん》たる芸術によって、人間はなんと素晴らしいものであるか、なんと素晴らしいものでありうるかを初めて知って、自分が高められるのを感じるのである。

入口の正面に豪華な石棺が置かれ、その上に、クッションにもたれた威厳のある人物の大理石像があった。その像は自分の前に広げられた巻物に静かに目をこらしているように見える。その巻物は、そこに刻まれている言葉が楽に読めるように傾けてあった。そこには「生を思え」*と記してあった。

ナターリエはしおれた花束を取り除いて、新しい花束を大叔父の像の前に置いた。この像は大叔父の像であったのである。ヴィルヘルムは、以前森のなかで見た老紳士の面影をそこに見るように思った。――「この広間が出来上がるまで、わたしたちはよくここで遊んだものですわ」とナターリエは言った。「晩年の大叔父は、腕の立つ芸術家を何人か呼んできて、これらの絵のスケッチや下絵を、考えたり決めたりするのを手伝うことを、最大の楽しみにしていましたの」

ヴィルヘルムは周りにあるものを飽かず眺めた。「この『過去の広間』にはなんと生命がみなぎっていることでしょう」と彼は叫んだ。「これは現在の広間とも、未来の広間とも呼んでもいいくらいです。すべてがこうであったし、これからもこうでありつづけるでしょう。移ろうのは、これを楽しみ、これを眺めている人間だけです。子供を胸に抱きしめているこの母親の像は、幾世代もの仕合せな母親たちよりも長く生きるでしょう。おそらく何百年ものちに一人の父親が、生真面目《きまじめ》さを投げすてて、息子とふざけ合っているこの髭面《ひげづら》男を喜ぶでしょう。この花嫁は、いつまでもこうして恥じらいながら坐り、誰かが慰めてくれ、誰かが話しかけてくれるのを、ひそかに待ちつづけるでしょう。この花婿も、敷居の上で聞き耳を立てながら、入ってもいいと言われるのを待っているでしょう」

ヴィルヘルムは周りの数えきれないほどの絵に目を走らせた。手足を遊ぶためにだけ用いたり訓練したりしている、子供の楽しい最初の衝動から、賢者の静かで孤独な厳粛さに至るまで、美しくいきいきと順に描かれていた。それらを見ていると、人間には、用いたり利用したりしない生まれながらの資質や能力はない、ということがよくわかった。少女が、澄んだ泉から引き上げる甕《かめ》の手を休めて、そこに映る自分の姿に楽しく見入る、最初の幼い自己満足から、王と人民がその盟約の証人として、祭壇の神々に呼びかける厳粛な式典に至るまで、すべてが意味深く力強く描かれていた。

この広間で見ている者をとりまいているのは、一つの世界、一つの天国であった。これらの作られた形姿が呼び起こす思考や、それらが目覚ます感情のほかに、人間全体がとらえられるなにかがここにはあるように思えた。ヴィルヘルムは、説明はできないながらに、それに気づいた。「これはなになんでしょう」と彼は叫んだ。「すべての意味とは無関係に、われわれ人間の出来事や運命が呼び起こすあらゆる共感からも離れて、こんなに力強く、同時に、優しくぼくに働きかけてくるのはなになんでしょう。全体からも、どの細部からも、ぼくに語りかけてきます。それでいてぼくは、全体をとらえることもできず、細部のどれかを自分のものにすることもできないのです。これらの面に、これらの線に、これらの高さと幅に、これらの固まりと色彩に、ぼくはなんという魔力を感じることでしょう。ざっと見ただけでも、これらの形象を装飾として、こんなに楽しいものにしているのはなになんでしょう。そうなのです。ぼくたちはここに足をとめ、安らぎ、すべてを目でとらえ、自分の幸福を感じることもできますが、同時に、目の前にあるものとはまったく違うことを、感じたり、考えたりすることもできるような気がします」

すべてが巧みに配置され、結合と対立によって、また、あるものは単彩で、あるものは多彩に描くことによって、すべてが置かれている場にふさわしく、あるべき姿を正しく現し、こうして完全で明確な印象を呼び起こしている様子を描き出すことができるならば、きっと読者も、われわれが案内した場所を、容易には立ち去り難く思われることであろう。

広間の四隅には大理石の大きな燭台《しょくだい》があり、広間の中央に置かれた、非常に美しい装飾をほどこした石棺の周りには、小ぶりな燭台が四つ立ててあった。石棺はその大きさからして、あまり背丈《せたけ》の大きくない若い人が納められていたのかもしれない。

ナターリエはこの石棺のそばに立ち止まり、その上に手を置いてこう言った。「大叔父はこの古代の作品がたいそう好きでした。そしてよくこう言ったものでした。『早めに散るのは、おまえたちが上のあの小さなくぼみに生《い》ける早咲きの花だけではない。枝に下がって、熟するにはまだ間《ま》があると思って楽しみにしている果実でも、知らないうちに虫に食われて、早めに熟し、駄目になることがあるのだ』大叔父はミニョンのことを予言したのではないかと心配ですわ。あの子はしだいにわたしたちの手から抜け出して、この静かな住まいに入りたがっているような気がしますの」

出て行こうとしているとき、「まだあなたに見ていただきたいものがありますの」とナターリエは言った。「両側の高いところに半円形のくぼみが見えますでしょう。あそこに合唱隊が見えないように立つことができるのです。飾り縁の下の真鍮《しんちゅう》の飾りは、大叔父の指示で、お葬式のとき掛けられる掛毛氈《かけもうせん》をとりつけるためのものなのです。大叔父は音楽がないと、とくに歌がないと、生きていられない人でしたが、歌い手の姿は見たくないという変わったところがありました。大叔父はよくこう言っていました。『劇場はわれわれに悪い癖をつけてしまった。劇場では音楽は、いわば目に奉仕しているだけだ。舞台の動きの伴奏はするが、感情の伴奏はしない。オラトリオの時でも、器楽の演奏会の時でも、楽師の姿がいつも邪魔になる。真の音楽は耳のためだけのものなのだ。美しい声は、考えられうるもっとも普遍的なものだが、声を出す特定の個人が目の前に現れると、その普遍性の純粋な効果が壊されてしまう。話をする相手は見ていたい。話を面白くするのも、つまらなくするのも、ひとりひとりの姿と性格だからだ。その反対に、歌う者は見えてはならない。姿によってひきつけたり、惑わしたりしてもらいたくない。歌の場合は、喉《のど》から耳へ語りかけるだけだ。精神が精神に、多様な世界が目に、天国が人間に語りかけるわけではないのだ』楽器音楽の場合でも、演奏者の機械的な手の動きや、仕方のないことですが、いつも奇妙な身ぶりのために、ひどく気が散ったり、乱されたりするからといって、同じようにできるだけ目にふれないようにさせました。ですから、大叔父は、音楽を聞く時はいつも目を閉じて、純粋に耳だけで楽しめるように、全神経を集中していました」

二人が広間を出ようとしているとき、子供たちが廊下を息せききってかけてきて、フェーリクスが、「ぼくが言うんだ。ぼくが言うんだ」と叫ぶのが聞こえた。

ミニョンが最初に開いた扉からとびこんできた。彼女は息をきらしてものが言えなかった。まだ離れたところからフェーリクスが、「テレーゼおばさんが来たよ」と叫んだ。子供たちは知らせを伝えるために、かけっこをしてきたらしかった。ミニョンはナターリエの腕に倒れこんだ。彼女の心臓は激しく鼓動していた。

「いけない子ね。激しい運動をしてはいけないって言われてるでしょ。ほら、こんなに心臓がおどっているじゃないの」とナターリエが言った。

「心臓なんか破れたっていいの。もう長すぎるほど打ってきたんだもの」と、ミニョンは激しくあえぎながら言った。

二人は狼狽《ろうばい》し、ぎょっとしたが、ようやく気を取り直すと、そこへテレーゼが入ってきた。彼女はナターリエのところへとんで行き、彼女とミニョンを抱きしめた。ついでヴィルヘルムの方に向き、澄んだ目で彼を見つめて、「さあ、ヴィルヘルムさん。どうなの。あなたまで惑わされているんじゃないでしょうね」と言った。彼がテレーゼの方へ一歩踏み出すと、彼女は彼にとびついて、彼の首を抱きしめた。「おお、ぼくのテレーゼ」と彼は叫んだ。

「ヴィルヘルム、わたしの恋人、わたしの良人《おっと》、わたしは永久にあなたのものよ」と彼女は叫んで、激しいキスをあびせかけた。

フェーリクスは彼女のスカートを引っぱって、「テレーゼおばさん、ぼくもいるんだよ」と言った。ナターリエは身じろぎもせず、前を見つめていた。ミニョンは突然左手を胸に当て、右手を激しく突き出して、叫び声を上げると、死んだようにナターリエの足もとに倒れこんだ。

衝撃が大きすぎたのである。心臓の鼓動も脈拍も感じられなかった。ヴィルヘルムは彼女を腕にとり、急いで抱き上げた。ぐったりした体が肩からたれ下がった。医者がきたが、見込みはなかった。その医者と、われわれがすでに知っている若い外科医が、さまざまに手をつくしたが、甲斐《かい》はなかった。いとしい子の命を呼びもどすことはできなかった。

ナターリエはテレーゼに目くばせした。テレーゼはヴィルヘルムの手をとって部屋から連れ出した。彼は言葉もなく黙りこんで、テレーゼと目を合わす勇気もなかった。彼は、初めてナターリエと会ったとき坐っていたソファーに、テレーゼと並んで坐った。彼は相ついで起こった運命が頭をかけめぐった。というよりは、なにも考えず、避けることのできなかったものが心に働きかけるのにまかせていた。人生には、もろもろの出来事が、翼の生《は》えた杼《ひ》のように目まぐるしくわれわれの前をとびかい、われわれが多かれ少なかれ自ら構想し、織り始めていた織物を、またたく間《ま》に仕上げてしまう瞬間があるのである。「ヴィルヘルム、わたしの恋人」と、テレーゼは沈黙を破って、彼の手を取りながら言った。「いまこそしっかり手を取り合っていましょうね。これからも二人で手を取り合っていなければならないこういう場合が何度もあるでしょう。こういう出来事に耐えるには、この世に二人でいなければならないのですわ。ヴィルヘルム、あなたは一人ではないことを忘れないでね。テレーゼを愛していることを、あなたの苦しみを、誰よりも先に、わたしに分かつことで示してね」彼女は彼を抱き、優しく胸に押し当てた。彼も彼女に手をまわし、激しく抱きしめた。「かわいそうなミニョンは」と彼は叫んだ。「悲しいとき、ぼくの頼りない胸に、保護と逃げ場を求めました。この恐ろしい時に、あなたの胸の安らぎをぼくにあたえてください」二人はしっかりと抱き合った。彼女の鼓動を彼は自分の胸に感じた。しかし心のうちは、寒々《さむざむ》としてうつろだった。ミニヨンとナターリエの姿だけが、影のように、目の前に漂っていた。

ナターリエが入ってきた。「わたしたちを祝福して！　この悲しい時に、あなたの前で、わたしたちを結び合わして」とテレーゼは叫んだ。――ヴィルヘルムはテレーゼの首に顔をうずめていた。泣けるほど仕合せだった。ナターリエが入ってくるのも聞こえず、見もしなかった。彼女の声が耳に入ると、どっと涙が溢れてきた。——「神さまが結び合わせるものを引き離そうとは思いませんわ」とナターリエは微笑《ほほえ》みながら言った。「だけどわたしは、あなたたちを結び合わせることも、称《たた》えることもできませんわ。悲しみと愛のために、兄のことなどすっかり忘れていらっしゃるようですもの」それを聞くと、ヴィルヘルムはテレーゼの腕から身をもぎ離した。「どこへいらっしゃるの」と二人は叫んだ。「あの子を見せてください」と彼は叫んだ。「あの子はぼくが殺したんです。不幸は目で見ている方が楽です。空想していると、不幸はますます大きくなって、いっそう心に滲《し》みるのです。亡くなった天使を見に行きましょう。あの子は明るい顔で、あたし仕合せよ、と言ってくれるでしょう」——二人は興奮したヴィルヘルムを抑えることができなかったので、あとについて行った。しかし外科医とともに彼らを迎えた例の親切な医者は、遺体に近寄るのを引き止め、「この悲しい遺体をしばらくこのままの状態に保つことをお許しください。私の技術のおよぶかぎり、この不思議な子の遺体に近寄らないでください。私の技術のおよぶかぎり、この不思議な子の遺体をしばらくこのままの状態に保つことをお許しください。体に防腐保存の処置をほどこすだけでなく、生きていた時の外観を保つ素晴らしい技術を、この愛らしい子に、すぐさま適用してみようと思うのです。

この子が死ぬことはわかっていましたので、用意はすべて整えてあります。この人にも手伝ってもらって、必ず成功させます。しばらく時間をください。そして、この子を『過去の広間』に移すまで、この子に会いたいと仰しゃらないでください」と言った。

若い外科医は、あの特徴のある診療鞄をまた手にしていた。「あの人はあの鞄を誰から手に入れたのでしょうか」と、ヴィルヘルムがたずねた。「あの鞄はよく知っていますわ」とナターリエが答えた。「お父さまからお貰いになったのよ。あのとき森であなたに包帯をなさった方ですわ」

「やはりぼくの思ったとおりでした」とヴィルヘルムは言った。「バンドはすぐにわかりました。バンドをぼくに譲っていただけないでしょうか。このバンドが、ぼくが世話になった人を見つける最初の手がかりになったのです。この生命《いのち》のないバンドは、どんなに多くの喜びや悲しみを見てきたことでしょうか。これまでにこのバンドは、どんなに多くの悲しみに立ち会ってきたことでしょうか。それなのに糸も傷《いた》んでいません。これまでに、どんなに多くの臨終をみとってきたことでしょうか。それなのにまだ色も褪《あ》せていません。ぼくが傷ついて地面に横たわり、あなたの優しい姿が現れた、ぼくの生涯のもっとも美しいあの瞬間にも、このバンドは立ち会ってくれたのです。あのとき、ぼくたちがいまその早死《はやじに》を悲しんでいるあの子が、髪を血まみれにして、夢中になってぼくの命を気づかってくれたのです」

三人がこの悲しい出来事について話し合ったり、テレーゼにこの少女のことや、その子の思いがけない死の原因と思えることについて説明している暇はあまりなかった。来客が告げられたからである。しかし客が現れると、それはけっして知らない客ではなかった。ロターリオとヤルノと神父《アベ》が入ってきた。ナターリエは兄に歩み寄った。ほかの者は一瞬静まり返った。テレーゼが微笑《ほほえ》みながらロターリオに、「まさかここでわたしに会おうとは思っていらっしゃらなかったでしょうね」と言った。「少なくとも、こんな時にお会いするのは、あまりいいことではありませんわね。それにしてもお久しぶりですわ。心からご挨拶申し上げます」

ロターリオはテレーゼに手を差し出して、「ぼくたちがどうしても辛い思いをして別れなければならないのなら、愛する、好ましい人の前でそうなったって構いませんよ。ぼくはあなたの決心をどうこうしようという気はありません。ぼくはいまも変わらず、あなたの心、あなたの分別、純粋なお気持を心から信頼していますから、ぼくの運命と、友人の運命とを、あなたの手にゆだねます」と言った。

話はそのあとすぐありきたりの、というよりは、とりとめない話題に移った。まもなく一同は、二人ずつ組になって散歩に出かけた。ナターリエはロターリオと、テレーゼは神父《アベ》と出かけた。ヴィルヘルムはヤルノと館《やかた》に残った。

ヴィルヘルムの胸に重い苦しみがのしかかっている時に、三人の友人が突然現れたことは、彼の悲しみをまぎらす代りに、彼の気持をたかぶらせ不快にした。彼は不機嫌になり、疑い深くなった。そしてヤルノが、なぜそう仏頂面《ぶっちょうづら》をして黙りこんでいるのかとたずねた時にも、それを隠そうとはしなかった。「これ以上なにを言う必要がありますか」とヴィルヘルムは言った。「ロターリオさんが一族郎党を引き連れて乗りこんでこられたからには、いつもなにやらがさごそやっている、いわくありげな塔の一党が、今度はわれわれをねらっているのは明らかです。ぼくたちを相手に、どんな奇妙な目的を実行しようとしているのかはわかりません。ぼくの知るかぎり、あの聖なる方々は、結びついたものを引き離し、別れたものを結びつけるのを、いつもその結構な目標にしておられるようです。そこからどんな織物が出来上がるのかは、われわれ世俗の者には永遠の謎《なぞ》です」

「お腹立ちで、なかなか手きびしいね。大いに結構。もっと腹を立てると、ますます結構なんだがね」とヤルノは言った。

「腹ぐらいいくらでも立てますがね。あなた方は、今度は、ぼくの生まれながらの、そして鍛え上げたぼくの忍耐心を、ぎりぎりまで追いつめてやろうと思っているのではないかと、大いに心配していますよ」

「今度の話がどうなるかはそのうちわかるだろうから、その話はやめにして、それじゃあ、塔について少し話しておきましょう。えらく不信の念をお持ちのようだからね」

「気が散っていますが、構わなければどうぞ。考え事で頭が一杯なので、結構なお話をちゃんと聞いていられるかどうかわかりませんがね」

「えらくご機嫌斜《なな》めなようだが、この点の疑問を解いてあげるのをやめはしませんよ。君はぼくをぬかりのない男と考えているようだが、正直な男だとも考えてもらいたいものだね。それにもっと大事なことは、今度はこれがぼくの任務だということだ」――「自分から進んで、あなたの善意で、説明してもらいたいものですね。それに、あなたの言うことを信用していないのに、どうしてあなたの話を聞いていなければならないんでしょう」――「いま話すのがお伽噺《とぎばなし》以上のものでないにしても、それに多少の注意を払うくらいの時間はおありだろう。最初からいきなりこう言ったら、君ももっと聞く気になってくれるかもしれないね。君が塔のなかで見たものはすべて、もともと、若気のなせる業《わざ》の遺物なんだ。初めはたいていの仲間が大真面目《おおまじめ》だったんだが、いまは皆、ときどき思い出しては苦笑いしてるだけなんだ」

「それじゃあ、あのもったいぶった身ぶりや言葉は、ただの遊びだったと言うんですか」とヴィルヘルムは叫んだ。「畏敬の念をかき立てる場所に、おごそかに連れて行く。ひどく奇妙な現象を見せる。立派な、いわくありげな箴言《しんげん》をつらねた巻物を渡す。もちろんぼくらには、その意味はまるでわからない。これまでぼくらは徒弟だったが、年季が明けたと言い渡す。ところがぼくらは、前と同様、ちっとも賢くはなっていないのです」――「その羊皮紙は手元にないかね。あれにはいいことが沢山書いてある。あれは一般的な箴言だが、ただの作り話ではない。もっとも、あれを読んでなんの経験も頭に浮かんでこないような者には、意味のない、わけのわからないものだがね。手近に持っているなら、その修業証書とやらを見せてもらえないかね」――「もちろん持っていますとも。こういうお守りは、肌身離さず持っていなきゃなりませんからね」――「なるほど。そこに書いてあることが、いつの間《ま》にか頭や胸に刻みこまれるというわけだ」とヤルノは微笑《ほほえ》みながら言った。

ヤルノはのぞきこんで、前半の部分に目を走らせた。「これは芸術感覚の養成に関することだな。これならほかの者だって話してくれる。後半は人生に関することだね。これならぼくの方が上手《うわて》だ」

そう言ってから彼は、あちこち拾い読みし、ときどきそれに注釈や話をはさんだ。

「秘密や儀式や大げさな言葉にたいする青年の好みは異常なほどだが、それはそれで、性格のある種の深みのしるしであることが多い。こういう年頃には、たとえ曖昧な不確かなものであっても、自分の全存在をとらえ、ゆり動かしてくれるものを欲しがる。いろんなことを予感している青年は、秘密のなかに多くのものが見出せると信じ、多くのものを秘密にし、秘密のうちに活動しなければならないと考える。ぼくたち若い仲間のこうした考え方を強めたのは神父《アベ》で、これが彼の主義であり、好みであり、習慣でもあったのだ。彼は以前ある結社に関係していたらしく、その結社自体が、秘密裡にいろんな活動をしていたからだ。ぼくはこうしたやり方にまったく馴染《なじ》めなかった。ぼくはほかの者より年長だったし、若い時からものごとを明晰《めいせき》に見て、すべてのことが明晰であって欲しいと思っていた。ぼくの第一の関心事は、世の中をありのままに見ることだった。そしてこの好みをほかの最良の仲間にも持たせたので、そのために、ぼくたちの人間形成全体が、あやうく間違った方向をとるところだった。というのは、ぼくたちは他人の欠点や不足しているところばかり見て、自分を立派な人間だと思い始めていたからだ。神父《アベ》がわれわれを助けてくれ、他人の人間形成に関心をもたないで、他人を観察してはならない、本当は、活動することによってのみ、自己を観察し、自己の声を聞くことができるのだ、ということを教えてくれたのだ。神父《アベ》はわれわれの結社の最初の形態を残すようにすすめた。そのためわれわれの結社には、掟《おきて》めいたものが残り、組織全体が初期の神秘主義的な印象をあたえるのかもしれない。のちには、たとえて言うと、芸術の域にまで高められた職人組合の形態をとった。徒弟とか職人とか親方という名称は、そこからきているのだ。われわれは自分の目で見、われわれの世間知の独自な記録集を作ろうと思った。こうして、われわれが自分で書いたり、他人に書くようにすすめたりして、多くの告白集ができた。それらをもとにして、のちに、あのいくつかの『修業時代』が編まれたのだ。たしかにすべてのひとびとが人間形成など問題にしているわけではない。たいていの人が、例えば、安穏《あんのん》に暮らすための家庭薬とか、金儲けや、あらゆる種類の幸福のための処方箋《しょほうせん》を求めているだけだ。われわれは、自分の足で立とうとしないこういうすべての人を、ある人は神秘めかした言葉や呪文《じゅもん》で引きとめたり、ある人はやめてもらったりした。われわれが、われわれなりのやり方で、年季明けを言い渡したのは、自分がなんのために生まれたのかを、いきいきと感じ、はっきり自覚している人、ある程度朗らかに、楽々と、自分の道を進んで行くだけの修業を積んだ人だけだ」

「そうするとあなた方は、ぼくに関しては大いに早まったというわけですね。あのとき以来ぼくは、なにができるのか、なにがしたいのか、なにをすればいいのか、まるでわからないのですからね」――「われわれがこうした混乱におちいっているのは、われわれの責任ではない。幸運がまたわれわれを救い出してくれるだろう。それはそうとして、まあこれを聞き給え。『大成しうる者は、おのれを知ることも世間を知ることもおそい。感性と同時に実行力をそなえた者はきわめて少ない。感性は視野を広くするが実行力を奪う。行為は活力をあたえるが視野を狭くする』」

「やめてください。そんな奇妙な文句は、もう読まないでください。そういうきまり文句のおかげで、もうすっかり頭が混乱しているのです」――「それじゃあ、ぼくの話をつづけることにしよう」と、ヤルノは巻物を半分ほど巻き、ときどきそれに目を落としながら言った。「ぼく自身、結社にとっても、仲間の者にとっても、いちばん役に立たない人間だった。非常に悪い親方だった。下《くだ》らんことに骨を折っている者を見ると、我慢できなくなるし、道に迷っている者を見ると、すぐ声をかけずにいられなかった。それが夢遊病者で、声をかけたとたんに、首の骨を折る危険がある場合でもね。そういう場合いつも、神父《アベ》とひと悶着《もんちゃく》あったものだ。神父《アベ》は、迷いは迷うことによってしか克服できないと主張した。君のことについても、よく言い争ったものだ。神父《アベ》はとくに君に目をかけていた。あんなに目をかけられたというだけで、もう大したことなんだよ。ぼくは君と顔を合わすたびに、本当のことをずけずけと言ってきたが、さぞかしぼくを恨んでいることだろうね」――「あなたはぼくに少しも手加減しませんでした。あなたはいつも自分の原則に忠実なようでした」――「いろんなすぐれた素質をそなえた若い者が、誤った道を進もうとしているのに、手加減する必要はないからね」――「失礼ですが、あなたは、ぼくには役者になる能力はまったくないと、ずいぶん手きびしいことを言いましたね。ぼくは芝居はすっかり諦《あきら》めましたが、正直な話、ぼく自身、その能がまるでないとは思えないのです」――「ぼくに言わせれば、自分自身しか演じられない者は役者じゃないってことは、わかりきったことだよ。心も形も、いろんな人物になりきれない者は、役者の名に価しないのだ。例えばハムレットとか、ほかのいくつかの役は、君はたいへんうまく演じた。それらの役では、君の性格や君の体つき、その場その場の気分が、君の役に立ったのだ。ただの芝居好きとか、ほかに進む道のない者ならそれも結構だがね」ヤルノは巻物に目をやりながらさらにつづけた。「『いかに修練を積んでも、完成の域に達しない才能にたいしては用心しなければならない。自分の望む程度には上達できても、結局は、名人の芸を目にすると、こんなたわいもないことに、時間と力を浪費したのを悔いるものなのだ』」

「読むのはやめてください。お願いですから話をつづけてください。あなたの話をしてください。教えてください。それじゃあ、亡霊をよこして『ハムレット』を助けてくれたのは神父《アベ》だったのですか」――「そうです。君が救えるものなら、それが君を救う唯一の手段だと神父《アベ》は確信していたからね」――「それでぼくに、ヴェールを残して、逃げろと言ったんですか」――「そうだ。しかも神父《アベ》は、『ハムレット』の上演で、君の芝居熱がすっかりさめることを期待していたのだ。これで二度と君は舞台に立つことはあるまい、と神父《アベ》は言っていた。ぼくは反対のことを考えていたが、ぼくの方が正しかった。あの夜も芝居のはねたあとで、ぼくたちはそのことで口論したんだよ」――

「それじゃあ、あなたもぼくの芝居を見てたんですか」――「もちろん」――「亡霊役をやったのはいったい誰なんですか」――「それはぼくにもわからないね。神父《アベ》か、神父《アベ》の双子の弟だろう。ぼくは弟だろうと思う。弟の方が少し背が高いからね」――「それじゃあ、あなた方二人のあいだにも秘密があるんですか」――「友人だって互いに秘密がありうるし、秘密をもたざるをえないよ。だからといって、互いが秘密だというわけではないがね」

「なんて面倒な。考えただけで余計わけがわからなくなりますよ。神父《アベ》のことを教えてください。あの人にはずいぶんお世話になっていますし、苦情を言いたいことも沢山あるのです」

「あの人がわれわれにこんなに尊重され、いわばわれわれ一同を支配しているのは、あの人のとらわれない、鋭い洞察力のためなのだ。人間はいろんな力をうちにそなえていて、誰もが、それぞれの仕方で、その力によって育成されるのだが、あの人は生来《せいらい》、そうしたすべての力を見抜く洞察力にめぐまれているのだ。たいていの人間が、すぐれた人でさえ、その視野はつねに局限されている。誰もが、自己および他人の特定の美点だけを尊重し、それにだけ目を向け、育て上げようとする。神父《アベ》のやり方はその真反対なのだ。神父《アベ》はあらゆるものを識別し促進しようとする。しかし、ここでもう一度巻物を見なければならないね」とヤルノは言って、巻物を読み始めた。『すべての人間が集まってこそ人類となり、すべての力を寄せ集めてこそ世界は出来る。もろもろの力はしばしば互いに争い、他の力を破壊しようとするが、自然はそれらの力を結合し、再び力を生み出す。最低の動物的手わざの衝動から、最高の精神的な芸術の制作に至るまで、幼児の片言《かたこと》や歓声から、雄弁家や歌手の絶妙の表現に至るまで、少年の最初のとっ組み合いから、国々を保持し、あるいは征服する巨大な組織に至るまで、きわめて軽い好意や、その場かぎりの愛情から、もっとも激しい熱情と、厳粛な結合に至るまで、目の前にある具象的なものにたいするきわめて素朴な感情から、はるかに遠い精神的未来にたいする、もっともかすかな予感や希望に至るまで、これらのすべてが、そしてそれよりもはるかに多くのものが、人間のうちにあり、それを育て上げなければならないのだ。しかしそれらは、一人一人の人間のうちにあるのではなく、多くの人間のうちにある。すべての素質が重要であり、発展させられなければならない。ある者は美のみを、ある者は有用なもののみを育て上げるが、二つのものが一体になって初めて人間が出来上がる。有用なものは自ずから助長される。なぜなら、大衆がそれを作り出し、誰にとってもそれは不可欠なものであるからである。美は助成されなければならない。美を表現する者は少なく、美を必要とする者は多いからである』」

「やめてください。それはもう全部読みました」――「あと二、三行だけです。ここなんかまったく神父《アベ》らしいね。『一つの力は他の力を支配する。しかし、いかなる力も他の力を創出することはできない。すべての素質のうちにのみ、自己を完成する力がある。他を教化し、影響をおよぼそうとする人でも、これを理解している人は少ない』」――「それもぼくにはよくわかりません」――「この文章については、これからもたびたび神父《アベ》から聞かされるだろう。だからぼくたちは、ぼくたちになにがそなわっているのか、ぼくたちのなにを育て上げてゆくことができるのか、つねに、あくまではっきりと見、心にとめておくことにしようではないか。そして他人にたいして公正であるように努めよう。われわれは、他人を尊重するかぎりにおいてのみ、尊重されるのだからね」――「お願いです。箴言《しんげん》なんかもう結構です。傷ついた心には箴言なんか場違いだと思いますよ。それよりも、お得意の冷酷な明敏さで、ぼくになにを期待しているのか、どうやって、どんなふうに、ぼくを槍玉《やりだま》にあげるつもりなのか言ってください」――「断言してもいいが、君はそのうちに、ぼくたちを疑ったことを詫《わ》びなければならなくなるよ。

吟味し選ぶのは君の仕事だ。われわれの仕事は、君を手助けすることだ。人間は、いかに努力してみても自ずから限界があるものだと悟るまでは、幸福にはなれない。ぼくなんか頼りにしないで、神父《アベ》を頼りにしなさい。自分のことでなく、周りにあるもののことを考えなさい。例えば、ロターリオさんの優秀さを見抜くことを学びなさい。あの人の洞察力と活動とは分かち難く一つに結ばれている。あの人は絶えず前進し、自己を広げ、すべての人を引っぱって行く。どこにいようと、あの人は一つの世界を引き連れ、あの人がいることで、人を活気づけ、鼓舞する。それに反して、あのすぐれた医者を見てごらんなさい。まるで真反対のように見えるではないか。ロターリオさんは全体にたいして、また遠方にたいして働きかける。医者はその明敏な目を、身近なものにのみ向ける。活動を生み出し、人を活気づけるよりは、活動のための手立てを作り出すのだ。あの人のすることは、上手な家計の切り盛りにそっくりだ。あの人の活動は人目に立たず、周りにいるすべての人の手助けをしている。あの人が知っているのは、絶えず集めては分配し、受け取っては細かく分かちあたえることなのだ。ひょっとしたらロターリオさんは、医者が何年もかかって築き上げたものを、一日で破壊することができるかもしれない。ロターリオさんは、破壊されたものを、百倍にもして再建する力を、他のひとびとに一瞬のうちにあたえるかもしれない」――「自分が支離滅裂になっている時に、他人の長所ばかり考えなければならないというのは、辛い話ですね。そういう考察は、平静な人には似つかわしいでしょうが、情熱と、なにもわからないために動転している人間にふさわしいことではありません」――「冷静に理性的に考察するのは、いかなる時にあっても害にはならない。他人の長所について考えることに慣れると、知らぬ間《ま》に自分の長所も明らかになるものだ。そうなると、空想に誘われて犯す愚行も、進んで捨てられるようになる。できるかぎり君の精神を、あらゆる邪推や不安から解き放つことだね。おや、神父《アベ》がいらした。神父《アベ》に愛想よくしなければいけませんよ。そのうち、神父《アベ》にどれほど感謝しなければならないか、もっとよくわかるだろうからね。あれでなかなかのいたずら者でね。ほら、ナターリエさんとテレーゼさんにはさまれてやってくる。賭けてもいいが、またなにか企《たくら》んでいるんだよ。大体からしてあの人は、ちょっとばかり運命の神を演ずるのが好きでね。時折《ときおり》縁結びをする道楽がやめられないんだ」

ヴィルヘルムの激情的な腹立たしい気分は、ヤルノの賢明で親切な言葉によってもやわらげられていなかったが、選《よ》りに選《よ》ってこんな時に、ヤルノが縁結びなどと言い出すのを、ひどく無神経なことだと思って、笑いながらではあるが、辛辣《しんらつ》な口調で、「縁結びなんて道楽は、好《す》いた者同士に任せておけばいいことだと思いますがね」と言った。

第 六 章

一同また顔をそろえたので、二人は話を中断せざるをえなかった。まもなく飛脚の到来が告げられたが、飛脚は手紙をロターリオに直接手渡したいと言った。案内されてきた男は、頑丈な、有能そうな男で、仕着せもひどく立派な上品なものであった。ヴィルヘルムはその男を、どこかで見たことがあるような気がしたが、やはり思い違いではなかった。フィリーネと、マリアーネだとばかり思いこんだ女のあとを追わせたが、そのまま帰ってこなかったあの男だった。ヴィルヘルムが話しかけようとしたとき、手紙を読み終えたロターリオが、生真面目《きまじめ》な腹立しそうな様子で、「君のご主人のお名前は？」とたずねた。

「それだけは申し上げかねます」と、飛脚はつつましげに答えた。「必要なことは手紙に書いてあると存じます。口頭《こうとう》で申し上げることはなにも仰せつかっておりません」

「じゃあ、お好きなように」と、ロターリオは笑いながら言った。「君のご主人は、こんなふざけた手紙を書くほど私を信頼しておられるのだから、私の方も喜んでお迎えしますよ」――「まもなくお着きになると存じます」と飛脚は答え、一礼して立ち去った。

「まあ聞いてくれ給え。馬鹿げた品の悪い手紙だ」とロターリオは言った。「知らない人からなんだが、こう書いてある。『上機嫌という御仁《ごじん》は、訪れる客中もっとも愉快な客と申します。手前はこの御仁を旅の道連れとしてつねに連れ回っておりますゆえ、こたび貴台《きだい》さまに奉る訪問も、快くお受けいただけるものと確信いたしております。あまつさえ、参上のうえは、御尊家《ごそんか》皆々さまの大満足をいただけるものと期待いたしております。なお、折を見て早々《そうそう》に退散いたす所存でございます。草々不尽《そうそうふじん》。伯爵フォン・シュネッケンフース*』」

「こんな伯爵家は聞いたことがありませんな」と神父《アベ》が言った。

「代理伯*かなんかなんでしょう」とヤルノが答えた。

「その謎は簡単に解けますわ」とナターリエが言った。「それはきっと弟のフリードリヒですわ。大叔父が亡くなってから、すぐにも来るようなことをまえから言ってましたから」

「当り。美しいお利口なお姉さん」と、近くの茂みから叫ぶ声がして、感じのいい、快活な青年が現れた。ヴィルヘルムはあやうく大声を上げるところであった。「なんてことだ。あのブロンドのいたずら者が、こんなところにまで現れるとは」フリードリヒも気がついて、ヴィルヘルムを見て叫んだ。「ひえー。こりゃ魂消《たまげ》た。エジプトにどっかり腰をすえているピラミッドや、もう消え失《う》せたと誰もが思っているマウソーロス王*の墓を、大叔父のこの庭で見ても、昔馴染みの、大変お世話になったあなたにお会いするほど驚きはしなかったでしょう。心をこめてご挨拶申し上げます」

彼は、周りの人に挨拶をしキスをすると、またヴィルヘルムのところへとんできて、

「この人を大切にしてあげてください。この英雄、司令官、演劇哲学者を。ぼくはこの人と初めて知り合った時ひどいことをしたんです。麻のすき櫛《ぐし》で頭をすくようなことをしたんです。それなのにあとで、ぼくがしこたま鞭《むち》をくらうところを助けてくれたんです。この人はスキピオ*のように寛大で、アレクサンドロス*のように気前のいい人です。時には女に溺れることもありますが、恋仇《こいがたき》を憎むようなことはしません。敵の頭に炭火を積む*ようなことはしません。こいつは誰でもよくやる、いわゆる赤恥をかかせるってやつですね。いや、いや、この人はむしろ、恋人を奪って逃げた友人が、石につまずかないように*、善良で忠実な召使にあとを追わせるような人ですよ」と言った。

彼がこういう調子でひっきりなしにまくし立てるので、誰も彼を止めることができなかった。また、こういう調子で彼に応酬できる者はいなかったので、彼は一人で喋りたてた。「聖俗にわたる駄本のぼくの多読ぶりに、驚いていらっしゃるようですね。ぼくがどうやってこんな知識をもつに至ったかをお聞かせしましょう」一同、彼がどうしていたのか、どこからきたのか知りたがった。しかし彼は金言《きんげん》や故事を並べたてるばかりで、はっきりしたことはついに言わなかった。

ナターリエはそっとテレーゼに、「あの子の浮かれた様子を見ていると悲しくなってきますわ。あんなことを言ってますけど、きっと仕合せじゃないのね」と言った。

ヤルノが二、三冗談を言っただけで、彼の悪ふざけに反応を示す者が一座のうちに一人もいないので、彼は、「こんな無粋《ぶすい》な方々と一緒にいると、こっちまで気が滅入《めい》って、たちまちぼくのありとあらゆる罪の重荷が心にのしかかってきますよ。ひと思いに総白といきますか。ただし、あなた方、紳士淑女のみなさんにはお聞かせしません。すでにぼくの生活や行状《ぎょうじょう》のなにがしかをご存知の、ここにおられる高貴なる友人お一人に聞いていただくことにいたします。この人だけは、それを聞き出す理由を少々お持ちでしょうからなおさらのことです。どうです、あなた、聞きたいんじゃありませんか」と、ヴィルヘルムの方に向いて言った。「誰が、いつ、どこで、なにを、どのように、ってやつですよ。ギリシア語の動詞、フィレオー、フィロー*の変化はどうなっているか、世にも愛すべきこの動詞の派生語はどうなっているか、知りたかありませんか」

そう言うと、ヴィルヘルムの腕をとり、やたらと抱いたりキスしたりしながら彼を連れ出した。

フリードリヒはヴィルヘルムの部屋へ入るや否や、「わたしを忘れないで」と彫りこんである髪粉ナイフが窓辺に置いてあるのを見つけた。「あなたは大事なものは大切にしまっておくんですね。そうだ。これは、ぼくがあなたの髪をしごいた日に、フィリーネがあなたに贈った髪粉ナイフですね。あなたはこれを見ちゃあ、あのかわいい娘《こ》のことをせっせと思っていらっしゃるんですね。断言してもよろしいが、あの娘もあなたのことを忘れちゃいませんよ。ぼくは嫉妬《しっと》なんてものはもうとっくに心のなかから追い出したからいいようなものの、そうでなけりゃあ、あなたを見てると、またぞろ嫉妬するところですよ」

「あの娘の話はもうやめにしましょう。あの娘がそばにいた時の楽しい思い出が、長いあいだ忘れられなかったのは確かです。しかしもうみんなすんだことですよ」

「ちぇっ。なんてことを。恋人を忘れるなんて。あなたは、あらんかぎりあの娘に首ったけでしたよ。くる日もくる日も、あなたはあの娘に贈物をしてましたよ。ドイツ人が贈物をするのは、惚れたってことですよ。とどのつまりは、あの娘をかっさらって行くしか手はありませんでした。赤い服の士官には結局うまく行きましたがね」

「なんだって。フィリーネのところで出会った士官は、フィリーネをさらって行った士官は、君だったのか」

「そうですよ。あなたはマリアーネだとばかり思っていましたがね。ぼくらはあなたの思い違いに大笑いしたものです」

「なんてひどいことを。なんにも知らせずにぼくをほったらかしにしておいて」

「おまけに、あなたがぼくらのあとを追わせた飛脚も、早速《さっそく》雇い入れましたよ。あれは役に立つ男でしてね。いまでもぼくらの手元にいてくれます。ぼくは相変らず夢中になってあの娘を愛していますよ。ぼくはあの娘にすっかり参っちゃって、なんだか神話の世界にでもいるような気分で、そのうち変身*させられるんじゃないかと、毎日びくびくしていますよ」

「いったい君はどこでそんな博識を仕入れたんだね。君が身につけた、しょっちゅう故事やら昔話を引合いに出す奇妙な話しっぷりにぼくは魂消《たまげ》てるんだ」

「至極《しごく》楽しいやり方で、ぼくはもの知りに、それもたいへんなもの知りになったんです。フィリーネはいまぼくのところにいましてね、ぼくらは騎士領にある古い館《やかた》をまた借《が》りして、コボルト*みたいに大いに楽しく暮らしていますよ。そこには、数は少ないが選り抜きの蔵書がありましてね、そのなかには、二つ折の聖書や、ゴットフリート*の『年代記』や、二巻本の『ヨーロッパ大観』や、『古代詞華集』や、グリューフィウスの作品集や、そのほかにもあまり重要でない本もいくつかあるんです。ところで、ひと暴れしたあとで、退屈することがあるものですから、本を読むことにしたんです。ところが、たちまち余計に退屈しましてね。そのうちフィリーネが素敵なことを思いついたんです。ありったけの本を大きな机の上に広げておいて、向い合せに坐って、代り番こに読むんです。あっちの本から少し、こっちの本から少しという具合にね。これがえらく面白いんです。上流の社交界にいるような気分ですね。なにしろそういうところでは、野暮《やぼ》となにか一つの話題を長々とつづけたり、ましてや徹底的に議論したりするのは、野暮とされていますからね。互いに相手の口を封じようと躍起《やっき》になっている、騒々しい社交の席にいるような気になりましたよ。毎日この楽しみを規則正しくつづけているうちに、いつの間《ま》にか、われながら呆れるほどのもの知りになったんです。もう太陽のもとに新しいものはなにもありません。どんなことにも、ぼくらの知識が典拠をあたえてくれます。この勉強法をいろいろ変えてみました。実にいろんなやり方をしてみました。二、三分で流れ落ちる壊れた砂時計を使ってみたこともあります。一人が素早く時計をひっくり返して読み始める。砂が下に落ちてしまうと、すぐさまもう一人が読み始めるというわけです。こういう具合に、ぼくらは本当に大学生みたいに勉強したんです。もっとも、時間が足りないし、ぼくらの勉強は実に雑多なものではありますがね」

「呆れた話だね。しかし、愉快な二人が集まってるんだから、わからんでもないがね。だけど、でたらめな二人がどうしてそんなに長く一緒にいられるのか、こいつはぼくにもそう容易にはのみこめないね」

「それがぼくらの幸でもあり不幸でもあるんです。フィリーネは人前に出られる恰好じゃないし、自分でも自分が見たくないんです。いまおめでたなんですよ。世の中にあれほど不細工で滑稽なものはありませんね。ぼくが出かけるちょっと前にも、あれはたまたま鏡を見て、『あら、嫌だ』と言って顔をそむけ、『メリーナ夫人にそっくりじゃないの。嫌な恰好。見られたもんじゃないわね』と言ってましたよ」

ヴィルヘルムは笑いながら、「正直なところ、君たち二人を父親と母親として眺めるのは、いささか滑稽なことだろうね」と言った。

「挙句《あげく》の果てに、ぼくを父親にしてしまうなんて、冗談も度がすぎますよ。あれがそうだと言うし、日にちも合うんですけどね。『ハムレット』のあとで、あれがあなたのところへ押しかけて行ったあのいまいましい一件のあとだけに、初めはぼくも少々迷いましたよ」

「押しかけたって?」

「まさかあのことをすっかり忘れたってんじゃないでしょうね。あなた知らないんですか。あの夜のえらくかわいい生身《なまみ》の幽霊はフィリーネだったんですよ。もちろんあの一件はぼくには辛い持参金でした。しかしそんなことが辛抱できないようじゃあ、恋をする資格はありません。そもそも、父親であるかどうかってのは、もっぱら確信の問題なんです。われ信ず、ゆえにわれ父親なり、ってとこですな。どうです。論理学だってぼくはちゃんと使えるんです。ぼくの子供は、生まれてすぐ笑い死でもしないかぎり、有能なとまではゆかなくても、愉快な市民になるでしょう」

二人がたわいもないことを楽しく話し合っているあいだに、ほかの連中は真面目《まじめ》な話を始めていた。フリードリヒとヴィルヘルムが出て行くとすぐに、神父《アベ》は皆をいつの間《ま》にか庭に面した広間に導き、一同席《いちどう》につくと、つぎのような話を始めた。

「私たちは、テレーゼさんはあのお母さんの子ではないとおおまかなことを言ってきましたが、いまそれについて詳しいことを説明しておかなければなりません。事情は以下に申し上げるとおりですが、これについては今後も、あらゆる手をつくして、それが真実であることを証明しようと思っております。

フォン・××夫人は、結婚の当初何年間かは、ご主人と至って仲睦《むつ》まじく暮らしておられました。ただ不幸なことに、二、三度身《み》ごもられたのですが流産されました。そして三度目の流産のとき、危うく死ぬところであったと医者たちに言われ、また流産するようなことがあれば、死をまぬかれることは難しいと告げられたのです。ご夫妻は決心を迫られたわけですが、離婚しようとはされませんでした。世間の目には至って睦まじい夫婦と見られていました。フォン・××夫人は、精神修養や、ある種の名士気取りや、虚栄の喜びのうちに、自分に拒まれた母の喜びのいわば償いを求めておられたのです。ご主人がある女性に好意をもたれた時も、至極鷹揚《おうよう》に見逃しておられました。この女性は、家事全般をとりしきっていましたが、美しい、非常にしっかりした性格の人でした。

そのうちフォン・××夫人は、自ら手はずを整え、それにしたがってその女性は、テレーゼさんの父上に身を任されたのです。その女性はその後も家政の処理をつづけ、夫人にたいしても、前以上に献身的に従順に仕《つか》えました。

しばらくしてその女性は妊娠を打ち明けました。そのとき夫妻は、動機はまったく違いますが、同じことを考えつきました。フォン・××氏は愛人の子を嫡子《ちゃくし》として家に入れたいと考え、口の軽い医者のおかげで、自分の体のことが近所の噂になろうとしていたのに腹を立てていたフォン・××夫人は、その子を自分の子にすることによって名誉を挽回し、また、寛大さを示すことによって、場合によっては失いかねない家庭内の優位を保とうと考えました。夫人はご主人よりも慎重でした。ご主人の意中を読みとっていましたが、おくびにも出さず、ご主人が言い出しやすいようにしてやりました。ご主人が申し出ると、夫人は条件を持ち出し、要求のほとんどすべてを手に入れました。こうして遺言書が作られましたが、子供のためにはほとんどなにも配慮されていないようでした。老医師は亡くなっていたので、やり手でぬかりのない若い医者に話を持ちこみました。彼は報酬もたっぷり貰えたし、亡くなった同業者の不手際と早計を明らかにし、訂正すれば、自分の名誉になると考えたのです。本当の母親も喜んで同意しました。こうしてすり替えは非常に巧みに行われました。テレーゼさんが生まれ、養母のものになりました。しかし実母の方はこのすり替えの犠牲になったのでした。床《とこ》離れが早すぎたために亡くなり、悲しみにくれるご主人をあとに残したのです。

フォン・××夫人には、こうしてすべてが思いどおりになったわけです。世間の目にはかわいい子供に恵まれたことになりました。子供をさんざんに見せびらかし、同時に恋仇《こいがたき》を厄介払いできたのでした。なんといっても、ご主人とその女性との関係を、夫人は嫉妬の目で見ていましたし、少なくとも将来は、その女性の勢力が大きくなるのではないかと、ひそかに恐れていたのです。夫人はその子を猫かわいがりにかわいがり、ご主人にたいしては、うちとけた時など、恋人を失ったことにしきりに同情を示して、ご主人を自分にひきつけるようにしました。その結果、ご主人は夫人に、いわば、完全に膝を屈して、自分の幸福も子供の幸福も夫人の手にゆだねたのでした。そして、亡くなる前ほんの少しのあいだ、それも成長した娘のおかげで、どうにかまた主人の地位を回復したのでした。テレーゼさん、多分これが、病床のお父上《ちちうえ》があなたに、ぜひとも打ち明けようとされた秘密なのです。そしてこれが、世にも不思議な縁《えにし》であなたの許婚《いいなずけ》となられたヴィルヘルム君が、ちょうど席をはずしておられるいま、あなたに詳しくお話ししておこうと思ったことなのです。私が申し上げたことを厳密に証明する書類がここにあります。これをお読みになれば、あなたは、私がずっと前からこの発見の糸口をつかんでいたことも、私がいまになってやっと確信できるようになったことも、また、私がロターリオさんに、幸福の可能性を匂わすこともしなかったのは、この希望がまたしても壊れれば、ロターリオさんを深く傷つけるだろうと思ったからだということも、おわかりいただけるでしょう。また、リューディエさんの私たちにたいする猜疑心《さいぎ》もおわかりになるでしょう。と言いますのは、率直に申し上げて、ロターリオさんとテレーゼさんとの結婚の可能性が見えてきてからは、リューディエさんにたいするロターリオさんの愛情に肩入れするようなことは、私は一切《いっさい》しなかったからです」

この話にたいしては、誰もが一言《ひとこと》もいわなかった。婦人たちは二、三日してその書類を返したが、それにはまったくふれなかった。

皆が集まっている時には、手近なところに楽しむ手段はいくらでもあった。辺りに魅力に富んだところが多かったので、一人で、あるいは一同揃って、馬や馬車や徒歩で見物に出かけた。そうした機会にヤルノは、託された用件をヴィルヘルムに明かし、例の書類を差し出した。しかしさらに立ち入って、ヴィルヘルムの決意を求める様子はなかった。

「いまぼくはまったく奇妙な状態に置かれていますが」とヴィルヘルムは言った。「ぼくは、ナターリエさんの前で、最初にすぐ心をこめて言ったことを繰り返しさえすればいいのです。ロターリオさんとその友人たちは、なにもかも諦《あきら》めるようにぼくに要求できるのです。いまぼくは、テレーゼさんにたいするぼくのすべての要求を、あなた方の手にゆだねます。その代りにあなた方は、正式にぼくを放免してください。そうなんです、ヤルノさん、ぼくがこう決心するには、なにもあれこれ考える必要はないのです。もうこの二、三日ぼくは、テレーゼさんはここでぼくに最初に挨拶した時の快活さを、うわべだけ保とうと骨折っていることを感じています。ぼくはあの人の愛を失ったのです。いや、むしろ、ぼくはあの人の愛をかちとったことは一度もなかったのです」

「こういう問題は、黙って待っていれば、しだいにはっきりしてくるものなんだ。あまり喋ると、つねに、当惑したり混乱したりすることになりがちなものなのだ」とヤルノは答えた。

「むしろぼくは、こういう場合こそ、もっとも冷静な、もっとも純粋な決断が必要なんだと思います。あなた方はたびたび、ぼくが躊躇《ちゅうちょ》したり、曖昧な態度をとると言って非難してきました。どうしてあなた方は、ぼくが決心しているいま、あなた方が非難してきた欠点を、ぼく自身にたいして犯そうとするのですか。あなた方は、自分は自己形成なんかしたくないんだということを、ぼくらにわからせるためにだけ、ぼくらの自己形成にあんなに骨折っているのですか。そうです、ぼくが世にも純粋な考えをもっていたために巻きこまれた混乱からぼくを解放して、すぐにでも晴れ晴れした気持になれるようにしてください」

この願いにもかかわらず、このたびの件についてはなにも聞かされないままに数日が過ぎた。友人たちにも変化は見られなかった。会話はむしろ、ありきたりの、どうでもいいようなことばかりであった。

第七章

ある日、ナターリエとヤルノとヴィルヘルムが集まっていた。ナターリエが口を切ってこう言った。「ヤルノさん、なにか考えごとがおありのようですね。少し前から気づいていましたけど」

「そうなんです。ある重要な計画がありましてね。われわれはすでに長いあいだ準備してきたのですが、いよいよ是非《ぜひ》とも実行しなければならなくなったのです。あなたも大体のことはもうご存知ですし、この若い友人の前で話してもいいでしょう。ヴィルヘルム君にそれに加わる気があるかどうか、確かめてみなければなりませんのでね。あなたにはしばらくお会いできないでしょう。私は近くアメリカへ行きますから」

「アメリカへですって」と、ヴィルヘルムは微笑《ほほえ》みながら言った。「あなたがそんな冒険をなさるなんて思ってもみませんでした。ましてや、ぼくを仲間に選ぶなんて」

「君がわれわれの計画を詳しく知ったら、別の目で見るだろうし、ひょっとしたら夢中になるかもしれないよ。まあお聞きなさい。世界の動きをほんの少しでも知れば、大変革が目前に迫っていることや、もはや私有財産がどこでも安全でないということがわかるはずだ」

「世界の動きなんてぼくにはわかりませんし、自分の財産を気にかけるようになったのも最近のことなのです」とヴィルヘルムは言った。「自分の財産のことなどいつまでも気にかけない方がよかったのかもしれません。財産の維持を心配していると憂鬱症になりそうな気がしますからね」

「おしまいまでお聞きなさい。心配は老人のすることで、おかげで若い者は、しばらくのあいだは気楽に過ごせるのだ。人間の行動における均衡は、残念ながら、対立によってのみ成り立つのだ。現在では、一つの土地にのみ財産を持ったり、一つのところにだけ投資するのは得策ではない。かといって、いろんなところの財産を管理するのも容易ではない。そこでわれわれは別のことを考え出したのだ。われわれの古い「塔」を起点にし、世界中に広がる結社を作って、世界各地の人に入ってもらうのだ。そして万一どこかの国に革命が起こって、誰かが財産をすっかり失うような場合には、互いに生活を保証し合うのだ。ぼくはアメリカへ行って、ロターリオさんが向こうにおられたとき作られた有利な環境を利用するつもりだ。神父《アベ》はロシアへ行くつもりだ。君がわれわれに加わる気があるなら、ロターリオさんと一緒にドイツに留まるか、ぼくと一緒に行くかは、君が選んでくれ給え。君は後の方を選ぶだろうと思うがね。大旅行をするのは、若い人にはきわめて有益だからね」

ヴィルヘルムは気を取り直してこう答えた。「あなたの提案はよく考えてみる値打ちがあります。というのは、最近のぼくは、『遠ければ遠いほどよい』というのをモットーにしたいような心境ですから。あなたの計画をもっと詳しく説明していただけませんか。

ぼくが世間をよく知らないせいかもしれませんが、そういう結びつきは克服できない困難にぶつかるような気がするのです」

「そういう困難の大部分は、これまでのところぼくたちが小人数だということだけでも解消されるだろう」とヤルノは言った。「われわれの仲間は皆、誠実で、賢明で、確固たる人たちで、ある種の普遍的な感覚をもっている。そしてこの感覚からのみ、社交的な感覚は生じうるのだ」

それまで黙って聞いていたフリードリヒが、「ぼくも誘ってもらえるんなら、ぼくも一緒に行きたいですね」と言った。

ヤルノは頭を振った。

「へえー。ぼくのどこが気に入らないんですか。新しい植民地には若い植民者も要《い》るでしょう。若い連中ならすぐにも集めてきますよ。愉快な連中もね。間違いなしです。それに、ここではもう身の置き場のない気立てのいい娘さんも知ってますよ。ほら、あの愛らしいチャーミングなリューディエさんですよ。かわいそうなあの人は、苦しみや悲しみを抱えて、どうすればいいのかわからないのです。折を見て悲しみを海の底へ投げ捨てるか、しっかりした人に引き取ってもらうしかないのです。ねえ、ヴィルヘルムさん。あなたも捨てられた人を慰めようとしているんですから、決心なさいよ。それぞれ自分の好きな人を引き連れて、このお年寄について行きましょうよ」

この提案にはヴィルヘルムもむっとしたが、平静をよそおって、「あの人が自由の身なのかどうか、ぼくはまったく知りませんし、大体からしてぼくは、求愛という点では恵まれていないらしいので、そんなことはしたくありません」と答えた。

するとナターリエが、「フリードリヒ、あなたは自分がふわふわしてるものだから、ほかの人にも自分の考え方があてはまると思ってるのね。ヴィルヘルムさんにふさわしいのは、すべてを捧げて、そばにいながらほかの人の思い出に心を動かされたりしない、女らしい心の持主なの。テレーゼさんのような、本当に理性的な純粋な方だからこそ、あんな冒険をなさったんだわ」

「冒険だって？　恋はすべて冒険ですよ。東屋《あずまや》でこおろぎの鳴き音《ね》を聞きながら抱き合おうと、祭壇の前で、笛や太鼓《たいこ》にはやされて、金《きん》の指輪をかわそうと、なにもかも冒険なんですよ。すべてが偶然の仕業です」

「わたしたちの主義というのは、わたしたちの存在を支えるための補足物にすぎないんだと、わたしはいつも考えてるわ」とナターリエは答えた。「わたしたちは自分の欠点に、都合のいい原則という衣装をまとわせるのが大好きなのよ。気をつけなきゃ駄目よ。あなたが首ったけになってしがみついている美人は、あなたをどこへ引っぱって行くかわかりゃしないわよ」

「彼女はちゃんとした道を歩いていますよ。聖への道をね。もちろん廻り道ですが、それだけに愉快な確実な道です。マグダラのマリア*だってこの道を歩いたんです。そのほか多くの人もね。大体お姉《ねえ》さん、お姉さんが恋の話に口をはさむのは変ですよ。お姉さんは、いつか、どこかに、花嫁の欠員ができるまでは結婚しないだろうし、結婚したら結婚したで、持前の気立てのよさから、どこかの旦那さまの付属物みたいになって献身するんでしょうからね。だから、ここはひとつ、ここにおいでの人買いと契約を結んで、渡航団の話をまとめさしてくださいよ」

「君の提案は手遅れだ。リューディエのことは心配ご無用だ」とヤルノが言った。

「そりゃあまたなぜ」

「ぼくが結婚を申し込んだんだ」

「先輩、やりましたね。こいつは、名詞だと見ればいろんな形容詞がつけられるし、主語だと見ればいろんな動詞がつけられますね」

「率直に言いますけど」とナターリエが言った。「一人の女性が、ほかの人にたいする愛に絶望している時に、その人を自分のものにしようとするのは危険なことですわ」

「それを敢えてやったのです。あの人は特定の条件のもとでぼくのものになるのです。ぼくの言うことを信じてください。愛し、情熱を燃やすことのできる心ほど尊いものはこの世にありません。恋をしたことがあるとか、いまも恋をしているとかいうのは、どうでもいいことです。ほかの男を愛している恋の方が、ぼくが愛されている恋よりも魅力があると言ってもいいくらいです。自惚《うぬぼ》れで純粋な目をくもらされることなく、美しい心の力を見ることができるからです」

「リューディエさんと話したのは最近のことなのですか」とナターリエがたずねた。

ヤルノは笑いを浮かべながらうなずいた。ナターリエは頭を振り、立ち上がりながら、「あなた方をどう考えればいいのか、わたしはわからなくなりそうですわ。でもわたしははけっしてごまかされはしませんよ」と言った。

彼女が出て行こうとしているとき、神父《アベ》が一通の手紙を持って入ってきて、彼女に言った。「行かないでください。ここに、あなたのお知恵を借りたい提案があるのです。私どもが先日来お待ちしている、亡くなられた大叔父さまの友人であられる侯爵が、近くここへ来られるのです。手紙によると、ドイツ語が思ったほど流暢《りゅうちょう》に話せないので、ドイツ語のほかに二、三カ国語完璧に話せる道連れが欲しいと言われるのです。政界の人よりは学界の人と交《まじ》わってみたいので、どうしてもそういう通訳が欲しいのだそうです。それにはわれわれの若い友人ヴィルヘルム君が最適です。ヴィルヘルム君は言葉に通じているうえに、いろんな知識をお持ちです。また、こんな立派な人と一緒に、恵まれた条件のもとで、ドイツを見て回るのは、ヴィルヘルム君にもたいへん役に立つのではないでしょうか。祖国を知らない者は、他国をはかる物差しを持たないことになりますからね。みなさん、どうお考えですか。ナターリエさん、いかがでしょう」

この提案に異論をはさむ者はなかった。ヤルノは、もともとすぐ出発する気はなかったので、これが自分のアメリカ行きの提案の障害になるとは考えていないようであった。ナターリエはなにも言わなかった。フリードリヒは、旅行の利益に関するさまざまな格言を並べたてた。

ヴィルヘルムは、この提案に心中ひどく腹が立ち、それを隠すことができないほどであった。彼には、自分をできるだけ早く追い払おうとする皆の申合せが、あまりにも明らかに見えるような気がした。もっとも悪いのは、皆がそれを露骨に、容赦なく示していることであった。リューディエが彼にかき立てた疑念や、自分がこれまでに経験してきたすべてのことが、また新たにまざまざと思い出された。ヤルノが彼にすべてを説明した時のなにげない様子も、ひどくわざとらしいものに思えてきた。

彼は気を取り直して、「もちろんそれはじっくり考えてみる値打がありますね」と答えた。

「急いできめてもらいたいんですがね」と神父《アベ》が言った。

「そう急にというわけにはいきません。侯爵の到着を待って、気が合うかどうか見てからでもいいじゃありませんか。その前に、ぜひ認めてもらいたい条件があります。フェーリクスを連れて行き、どこでも連れ回っていいということです」

「その条件を認めてもらうのは難しいでしょうな」

「わかりませんね。なんだって誰かに条件をつけられなきゃならないんですか。祖国は見たいですよ。だけど、なんだってイタリア人と一緒に行く必要があるんですか」

「若い者はつねに誰かと結びつく必要があるのです」と、神父《アベ》はなんとなく勿体《もったい》ぶった真面目《まじめ》な調子で言った。

ヴィルヘルムは、ナターリエがそばにいるので、いくらか気持がなごめられはしたものの、もうこれ以上自分を抑えていられないのを感じた。そのため、いくらかせきこんで、「もう少し考える時間をください。これからも誰かにくっついていなけりゃならないのか、それとも、むしろ心と分別の断乎たる命令に従って、いつまでも惨めな捕われた状態におかれる恐れのある、さまざまな絆《きずな》を解き放つか、その決着はすぐにもつくと思います」と言った。

彼はひどく気を高ぶらせてそう言った。ナターリエに目をやるといくらか気がなごんだ。この激情的な瞬間にあって、彼女の姿と彼女の価値がいっそう深く彼の心に刻まれた。

一人になったとき、彼は自分に向かってこう言った。「そうだ、白状するがいい。おまえはあの人を愛しているのだ。人間が全力をもって愛することができるとはどういうことなのかを、おまえはまた感じている。そのようにおれはマリアーネを愛した。しかしひどく疑った。おれはフィリーネを愛した。しかし軽蔑せずにはいられなかった。おれはアウレーリエを尊敬した。しかし愛することはできなかった。おれはテレーゼを尊敬した。そして彼女にたいする愛情の形をとったのは、父親のような愛だった。この胸のなかに、人間を仕合せにしてくれるあらゆる感情が寄り集まっているいま、逃げ出さなければならないのか。ああ、なぜこうした感情には、こうした認識には、わがものにしたいという止《や》み難い欲望が伴うのか。そして、わがものにしないかぎり、こうした感情、こうした確信が、他のあらゆる幸福をすっかり打ち壊してしまうのはなぜなのか。これから先おれは、太陽や世界や社交や、そのほかなにかの幸福を楽しむことがあるのだろうか。おまえはいつも『ナターリエはいない』と自分に言うのではあるまいか。そのくせ悲しいことに、ナターリエはいつもおまえの目の前に浮かんでいるのだ。目を閉《と》じれば、あの人の姿が現れる。目を開《あ》ければ、まぶしい像が目に残るあの現象のように、あの人の姿があらゆる物の前に漂うのだ。以前にも、たちまち消え失《う》せた女騎士《アマツォーネ》の姿が、いつもおまえの空想の前に浮かんでいたではないか。そしておまえは、あの人を見ただけで知ってはいなかった。いまおまえはあの人を知り、あの人の身近にいる。あの人はおまえに多くの関心を寄せてくれている。いまおまえの胸にはあの人の人柄が、かつてあの人の姿がおまえの心に刻まれていたのと同じように、深く刻みこまれている。たえず探し求めるのは辛いことだ。しかし見つけたものをまた捨て去らなければならないのは、それよりもはるかに辛いことだ。これから先おれは、この世になにを尋ね、なにを求めればいいのか。これにひとしい宝が、どの地方に、どの町に埋められているのか。

そしておれは、もっとつまらない宝を見つけるために、いつまでも旅をつづけなければならないのか。人生は、端まで行き着いたら、すぐにまたかけ戻らなければならない競走路のようなものに過ぎないのであろうか。いいもの、すぐれたものは、固定された動かすことのできない目標のようなものに過ぎなくて、行き着いたと思ったら、たちまち馬を急がせてまた遠ざからなければならないのであろうか。世俗の商品を求める人は、天《あめ》が下至《いた》る所で、見本市や、年の市でさえ、それを手に入れることができるというのに」

ちょうどその時かけこんできた息子に呼びかけた。「おいで、坊や。いつまでもぼくのすべてであっておくれ。おまえはお母さんの身代りとしてあたえられた。今度はおまえは、ぼくが選んだ二番目のお母さんの身代りをつとめなければならないのだ。今度はおまえに、もっと大きな隙間《すきま》を埋めてもらわなくてはならない。おまえの美しさと、おまえの愛らしさと、おまえの知識欲と、おまえの能力とで、ぼくの心とぼくの精神を働かしておくれ」

少年は新しい玩具《おもちゃ》で遊んでいた。父親はそれをもっときちんと遊びやすいように直してやろうとした。しかし子供はたちまち興味を失ってしまった。「おまえは本当の人間だ！」とヴィルヘルムは叫んだ。「おいで、坊や。おいで、フェーリクス。できるかぎり当てもなくぶらぶらと世の中を渡り歩こうではないか」

ここを立ち去ろう、子供を連れて、世の中のさまざまな物を見て気をまぎらそうという彼の決意は動かし難いものとなった。彼はヴェルナーに手紙を書き、金《かね》と信用状を頼んだ。そして、大急ぎで帰ってくるようにときびしく言いつけて、フリードリヒの召使を使いに出した。ほかの友人たちには彼は不機嫌であったけれども、ナターリエにたいする関係は前と変わるところはなかった。彼は自分の意図を彼女に打ち明けた。彼女も彼が立ち去るかもしれないし、立ち去らざるをえないことを、当然のことのように受け取った。この一見冷淡な態度は彼には悲しかった。しかし、彼女のそばにいてそのやさしい振舞いを見ていると、言いようもなく気が安らいだ。彼女は、いろんな町を訪れて、何人かの彼女の知人と近づきになるようにすすめた。使いの者が帰ってきて、ヴィルヘルムが頼んだものを持ってきた。しかしヴェルナーは今度の新しい旅立ちには不満なようであった。「君が分別を持ってくれるだろうというぼくの希望は、またしばらくおあずけだね」と彼は書いていた。「君たちは皆どこをうろついているんだね。君が経営上の手助けをぼくに期待させた女性は、いったいどこへ行ったのかね。ほかの友人諸君もここにいないので、領主裁判所長とぼくとで、あらゆる仕事を背負いこんでいるよ。有難いことに、彼は優秀な法律家だし、ぼくは財務家だ。どうにかことを片づけるには二人とも慣れている。では、さようなら。君の脱線は許すことにしよう。そのおかげでこちらの関係はうまく運んでいるのだからね」

外的な事情から言えば、これで彼はいつでも出発できるようになったわけであるが、彼の気持は二つの障害によってなお引き止められていた。ミニョンの遺体は葬儀までどうしても見せてもらえなかった。その葬儀は神父《アベ》がとり行うつもりになっていたが、準備がすべて整っているわけではなかった。それに、例の地方牧師から奇妙な手紙がきて、医者がそちらへ出向いていた。それは、ヴィルヘルムがその身の上をもっと詳しく知りたいと思っていた竪琴弾きに関することだった。

こうした状態にあって彼は、昼も夜も、心も体も安らぐことがなかった。皆が寝静まると、彼は家のなかを歩き回った。昔の見覚えのある美術品を見ていると、惹《ひ》きつけられるとともに反撥《はんぱつ》を覚えた。周りにあるすべてが、なにひとつ理解できず、かといって無視することもできなかった。すべてがすべてを思い出させた。これまでの人生の輪を残りなく見るような気がした。しかし、悲しいかな、その輪はちぎれちぎれで、永遠に一つにまとまろうとはしないように思えた。父が売り払ったこれらの美術品は、彼もまた、この世の願わしいものの静かなゆるぎない所有から締め出され、また、自分の、あるいは他人の罪によって、それを奪い取られるであろうことの象徴であるように思えた。こうした奇妙な、もの悲しい思いに沈んでいると、ふと自分が亡霊のように思え、周りのものを感じ触れる時でさえ、自分が本当に生きてここにいるのかという疑問をまぬかれることができなかった。

自分が見出したすべてのもの、再び見出したすべてのものを、かくも恥ずかしげもなく、しかし余儀なく捨て去らなければならないという、時としてとらえられる深い悲しみと、それに伴う涙のみが、自分が生きているという感情を呼び戻した。空《むな》しく彼は、自分が味わった真に幸福な状態を思い返してみた。「そうだ。人間にとって他のすべてに価するようなただ一つのものが欠ければ、すべてが無なのだ」と彼は叫んだ。

神父《アベ》が一同に侯爵の到着を知らせた。そしてヴィルヘルムに、「あなたは坊やと二人だけで旅に出ると決めておられるようだが、侯爵には会うだけは会っておかれるといいですよ。旅中《りょちゅう》お会いするようなことがあれば必ず役に立ちますからね」と言った。侯爵が現れた。まださほどの年ではなく、恰幅《かっぷく》がよく、気持のいい、いかにもロンバルディア人といった容姿の人であった。彼は若いとき、だいぶ年上の大叔父と軍隊で知り合い、ついで仕事の上で親交を深めたのであった。のちに二人でイタリアの大部分を旅して回った。そして、侯爵がここで再会した美術品の大部分が、彼の立会いのもとで、また、彼がいまでもよく覚えているいくつかの幸運な事情のもとで、買い入れ、ものにされたのであった。

一般にイタリア人は他の国民よりも、芸術の高い価値にたいして深い感情をもっている。そしてなにかをなすほどの者は皆、芸術家とか名人とか教授とか呼ばれたがるが、この称号欲によってイタリア人は、少なくとも、たんに伝統に従ってなにかを手早く修得したり、修練によってなにかの熟練をものにしたりするだけでは十分ではないということを認め、あるいはむしろ、誰もが、自分のなすことについて考えたり、原則を立てたり、なぜあれこれのことをしなければならないかの理由を、自分にも他人にも明らかにしたりする能力をもっていなければならない、ということを表明しているのである。

侯爵は、その所有者はもはやこの世にいないものの、かくも見事な美術品に再会したことに感動し、亡き友の精神が、素晴らしい遺品から語りかけてくるのを喜んだ。一同、さまざまな作品を見てまわり、意見の一致するのを大いに快《かい》とした。話を主導するのは侯爵と神父《アベ》であった。再び大叔父の前にいるような気持になっていたナターリエには、二人の意見や考え方が非常によく理解できた。ヴィルヘルムは、二人の話をいくらかでも理解しようと思うと、それを芝居用語に置き換えてみなければならなかった。一同、フリードリヒの軽口《かるくち》を抑えるのに苦労した。ヤルノはあまり顔を見せなかった。

近年すぐれた芸術作品が非常に少なくなったということが話題になったとき、侯爵は、「環境が芸術家にとっていかに大事なものであるかは、容易には考えることも見通すこともできません」と言った。「もっとも偉大な天才にあっても、もっともすぐれた才能にあっても、自分に課する要求は依然として限りないものですし、自分の素質を伸ばすのに必要な努力は言葉につくせないほどです。環境が芸術家にとって不利で、世間を満足させることはきわめて容易であり、世間が軽い、気楽な、快適な外見だけを求めていることに気づくと、芸術家が、怠惰と利己心から、凡庸なものにしがみついたとしても、驚くにはあたらないでしょう。大なり小なり惨めな殉教に通じる正しい道を選ぶよりは、流行の品を作って、金《かね》と名声を得ようとするのは、珍しいことではないのです。つまり現代の芸術家は、けっして提供するのではなく、売りに出すのです。けっして満足させるのではなく、つねに刺激しようとするのです。すべてが模糊《もこ》としているだけで、基礎や完成はどこにも見られません。ほんのしばらくでも画廊に足をとめて、大衆がどんな作品に惹かれ、どんな作品をほめ、どんな作品を無視するかを見ていると、われわれは現代に興味を失い、将来に希望がもてなくなります」

「そのとおりです。そして芸術家と愛好家とは互いに力を貸し合っているのです」と神父《アベ》は言った。「愛好家はありきたりの曖昧な満足しか求めていません。芸術作品は、まるで自然の産物のように快適なものでなくてはならないと考えています。そしてひとびとは、芸術作品を享受する器官は、舌や顎《あご》と同じように、自然に作られるものと思い、芸術作品を料理と同じように考えているのです。真の芸術享受の域に達するには、まったく別の訓練が必要だということがわかっていないのです。そもそも人間が自己を形成しようと思うからには、こうした違いがあることを悟らなければならないのですが、これがいちばん難しいことのようですね。そのために、非常に多くの一面的な教養が生じ、そのどれもが、厚顔にも全体を非難するのです」

「あなたが仰しゃることはどうもよくわかりませんね」と、ちょうどそのとき入ってきたヤルノが言った。

「それについて簡潔に、的確に説明するのは困難です」と神父《アベ》が答えた。「しかし、これだけは言えると思います。人間がさまざまな活動をしたり、さまざまなものを享受しようと思うならば、いわばそれぞれ別のさまざまな器官を作り上げなければなりません。すべてを自分の全人格で行い楽しもうと思う人、自分の外にあるすべてのものを、そうした楽しみに結びつけようとする人、そういう人は、永久に満たされない努力をつづけながら、一生を過ごすことになるでしょう。立派な彫像やすぐれた絵画をそれ自体として眺め、歌を歌そのものとして聞き、俳優を俳優として称讃し、建築物をそれ自身の調和と永続のために喜ぶのは、ごく当り前のことのように思えますが、実はたいへん難しいことなのです。そして、たいていの人が、完全に出来上がった芸術作品を、まるでやわらかい粘土かなにかのように扱うのは、ごらんのとおりです。自分の好みや意見や気まぐれに従って、出来上がった大理石像をまたすぐに作り変えろとか、しっかりと築き上げられた建物を広げろとか縮めろとか、絵画は教訓的でなければならないとか、演劇は教化的でなければならないとか言うのです。つまり、すべてが変更できると思っているのです。しかし実際は、たいていの人間が、自分自身、形がなく、自分や自分の本質に形をあたえることができないので、対象から形を奪い取って、自分もそうであるように、すべてをたるんだ、しまりのない素材にしてしまうのです。そして結局は、すべてをいわゆる効果に還元してしまいます。すべてが相対的なのです。こうして実際また、全体を絶対的に支配している無意味と無趣味を別にすれば、すべてが相対的ということになるのです」

「わかりました。というよりはむしろ、あなたの仰しゃることが、あなたが固く守っておられる原則と一致していることがよくわかりました」とヤルノが言った。「しかし私は、人間という哀れな代物をそんなに厳密に扱うことはできません。もちろん私は、芸術や自然の最高の作品を見ても、すぐさま自分の惨めな欲求を思い出したり、自分の良心やモラルをオペラに持ちこんだり、大寺院の柱廊の前に立っても、自分の愛や憎しみを捨てられなかったり、外部からもたらされる最善最高のものを、自分の貧弱な本質になんとか結びつけられるように、自分のイメージのなかで、できる限り矮小化せずにいられないような連中、こういう連中をいやというほど知っていますが」

第八章

その晩、神父《アベ》は皆をミニヨンの埋葬ミサに招いた。一同「過去の広間」に赴《おもむ》いた。広間にはきわめて奇妙な照明と装飾が施してあった。壁はほとんど全部、空色の掛毛氈《かけもうせん》で覆われ、わずかに壁の腰と、上部の帯状装飾が見えるだけであった。四隅に置かれた燭《しょく》台《だい》には大きな蠟燭《ろうそく》が燃え、中央の石棺《せっかん》を囲んで、それにふさわしく小ぶりな四つの燭台に小さめな蠟燭が灯《とも》されていた。石棺のわきに、銀の縫取《ぬいと》りのある空色の服を着た四人の少年が立ち、駝鳥《だちょう》の羽の大きなうちわで、石棺の上に安置された遺体をあおいでいるようであった。一同が席に着くと、姿の見えない二つの合唱隊が、かわいい声で歌い始めた。「われらのひそやかなまどいに、おんみらのともないしは、たれ人なるや」四人の少年が愛らしい声で答えた。「われらのともないしは、疲れたるわがともがら。しばしおんみらのもとに憩わせたもれ。み空なるはらからの歌声に、また目ざむるまで」

合唱隊

われらがつどいにきたりし初の若き者よ、心こめなれを迎えん、悲しみもてなれを迎えん。なれにつづくわらべ、おとめのなからんことを。みずから、心安らかに、静かなる広間に近づくは、老いし人のみにあれ。されば、いとしき幼な子よ、きびしき、わがつどいに安らえ。

少年たち

あわれ、心ならずも、われらがともないしは、おみななり。おみなここにとどまり、われらまたここにとどまり、おみながために泣かん。柩《ひつぎ》のかたえにて泣かん。

合唱隊

見よ、強き翼を。見よ、軽き聖《きよ》き衣を。頭《こうべ》なる黄金《こがね》なす紐の、いかに輝けるかを。見よ、美わしき、気高き、この安らぎを。

少年たち

あわれ、はや、翼は翔《と》ばず、軽きたわむれに、衣はひるがえるなし。おみながために、薔薇《ばら》もて冠《かむり》をあみしとき、おみなは、やさしく、われらを見しものを。

合唱隊

心の目もて、遠く見よ。たぎらせよ、おんみらのうちに。美わしきもの、気高きもの、命を。星のかなたに、にないゆく、強き力を。

少年たち

あわれ、あわれ、おみなはやここにいまさず。庭うちを歩み、野の花をつむこともなし。おみなを、ここに置き、おみながために、われらの泣くを許せ。われらをして、泣かしめよ。おみながもとに、われらを、とどまらせ給え。

合唱隊

子らよ、生命《いのち》に帰れ。おんみらが涙を、ざわめく流れにそよぐ、さわやかな風にぬぐえ。夜をのがれよ。真昼、喜び、永き命は、生くる者の、定めなれば。

少年たち

さらば、われら、生命に帰らん。日よ、われらに、仕事と喜びをあたえよ。夕べがわれらに、憩いをあたえ、夜の眠りが、われらのうちに、力をよみがえらすまで。

合唱隊

子らよ、いそぎ、生命に帰れ。美の聖き衣をまとい、天上の瞳をそなえ、不死の冠《かむり》をかずきたる、愛に、めぐり合わんことを。

少年らは立ち去った。神父《アベ》は椅子から立ち、柩のうしろに歩み寄った。「新たにここに納められる者はすべて、荘重に迎えられねばならぬというのが、この静かな住まいを建てられた方の定められたきまりなのです。この館《やかた》を建てられた人、この広間を作られた人のあとに、われわれは初めてここに、他国の若い人を納めました。こうしてこの小さな空間は、厳しく、容赦なく、仮借《かしゃく》なき死の女神の、まったく異なる二つの犠牲者を納めることになりました。一定の法則に従ってわれわれはこの世に生まれ出ます。われわれが光を見るまでに育つ日にちは定められています。しかし生の持続にたいする法則はありません。もっとも弱い生命の糸が、思いもかけず長くつづくこともあれば、もっとも強靭《きょうじん》な糸が、気まぐれな運命の女神の鋏《はさみ》によって、むりやりたち切られることもあります。ここに葬られる子について、われわれはほとんどなにも知りません。どこの生まれなのか、両親が誰なのか、われわれは知りません。年齢も推量してみるだけなのです。この子の深くとざされた心は、心の底に秘められたものをほとんど洩《も》らしませんでした。この子のことはなに一つわかっていないのです。ただ一つわかっているのは、この子を野蛮な男の手から救った人にたいする愛です。このやさしい思慕の念、この感謝の熱い思いが、この子の命の油を舐《な》めつくした炎《ほのお》であったように思えます。医師の練達の腕もこの子の命を保つことはできず、友人たちのゆきとどいた心くばりもそれを長びかせることはできませんでした。しかし、医術も去り行く霊をつなぎとめることはできませんでしたが、その業《わざ》のすべてをつくして、肉体を保ち、肉体をその移ろいやすさからのがれさせたのです。大量の香油《こうゆ》が血管のすみずみにまで行きわたって、血液の代りをなし、かくも若くして色褪《あ》せた頰の色をよみがえらせました。みなさん、近く寄って、技術と配慮のこの奇跡を見てください」

神父《アベ》が覆いをあげた。ミニヨンはあの天使の衣装をまとい、いかにも心地よげな姿勢で、眠るがごとくに横たわっていた。一同そこに歩み寄り、このまるで生きているような様子に目を見張った。ヴィルヘルムだけが、椅子に坐ったまま呆然《ぼうぜん》としていた。自分の感じていることさえ考えることができなかった。なにか考えれば、感じたことを打ち壊してしまいそうな気がした。

神父《アベ》は、侯爵のために、フランス語で話していた。侯爵は他のひとびとと共に歩み寄り、ミニョンの姿を目をこらして見つめた。神父《アベ》が話をつづけた。「人間には固く心をとざしていましたが、この子の善良な心は、聖なる信頼をこめて、たえず神に向けられていました。謙遜《けんそん》、いや、そと見には、自らを卑下しようとする傾きは、この子の生まれついてのもののようでした。この子がそのなかに生まれ育ったカトリック教に、この子は熱心に身を捧げていました。しばしばこの子は、聖《きよ》められた土の上に安らいたいというひそかな願いを洩《も》らしていました。われわれは教会の仕来りに従って、この大理石の柩《ひつぎ》と、枕に入れた少量の土を聖別しました。この子は臨終の近づいたとき、そのやわらかな両の腕に、無数の点によってまことに優美に彫りつけられた十字架上のキリスト像に、熱意をこめて口づけしました」彼はそう言いながら、右腕の袖《そで》をまくった。すると、さまざまな文字や記号を配した十字架上のキリスト像が、白い肌の上に薄青く見えた。

侯爵はかがみこんでこの刺青《いれずみ》をじっと見つめていた。「おお、神よ!」と、彼は背を伸ばし、両手を差し上げて叫んだ。「哀れな子よ。不幸な姪《めい》よ。こんなところでおまえに会おうとは。なんという悲しい喜びだ。とっくに諦《あきら》めていたおまえを、湖の底で魚の餌食《えじき》になったと思っていたおまえの体をここでまた見ようとは。死んで、こんなに美しく保たれて。私はおまえの葬儀に立ち会っている。壮麗な葬儀に。立派な方々のご参会によってさらに素晴らしいものになったおまえの葬儀に。落ち着いて話せるようになったら」と彼は声をとぎらせながら言った。「おまえに代って、私から厚くお礼を申し上げよう」

涙につまってそれ以上は言葉にならなかった。神父《アベ》はバネを押してミニョンの体を柩の底に沈めた。あの少年たちと同じ服装の四人の若者が掛毛氈《かけもうせん》のかげから現れて、美しい装飾の施された重い蓋で柩を覆い、そして歌い始めた。

青年たち

過ぎし日の宝、過ぎし日の美わしき姿は、ここに安らい、大理が石なかに、朽ちるなく、憩《いこ》えり。そは、汝《な》が胸《むな》うちにも、生き、働かん。生命《いのち》に帰れ。この聖にして、厳なるものを、たずさえ行け。生命を、永遠《とわ》ならしむるは、厳なるもの、聖きものなれば。

姿の見えない合唱が最後の句に唱和した。しかしその場の誰もこの力づけの言葉を聞いてはいなかった。誰もがこの不思議な発見と奇妙な感動に心を奪われていた。神父《アベ》とナターリエが侯爵を伴って立ち去った。ヴィルヘルムを連れてテレーゼとロターリオが出て行った。歌声が完全に消えたとき、悲しみと省察ともの思いと好奇心とが、また皆の心を激しくとらえ、いま一度、先ほどの気分に立ち帰りたいと思わせた。

第九章

侯爵はことの次第を話すのを避けていたが、神父《アベ》とは二人だけでひそかに長く話しこんでいた。一同が集まった席では、侯爵はよく音楽を所望《しよもう》したが、その願いは喜んで満たされた。誰もが会話を避けたいと思っていたからである。こうして何日かが過ぎたが、そのうち、侯爵が出発の用意をしていることがわかった。ある日、彼はヴィルヘルムにこう言った。「あの子の亡骸《なきがら》を騒がそうとは思いません。あの子が愛し悩んだ土地に残しておこうと思います。しかし、あの子の友人であるみなさんには、あの子の祖国に私を訪ね、あのかわいそうな子が生まれ育った所を見てくださるように、ぜひお約束いただきたいのです。あの子もぼんやりと覚えていたと思いますが、あの円柱や彫像を見ていただきたいのです。

あの子がよく小石を集めていた入江に、あなたをお連れしたいのです。愛する若いお方、あなたにたいへんお世話になった家族の感謝の気持を無にはなさらないでしょうね。私は明日《あした》出発いたします。ことの次第はすべて神父《アベ》に申し上げてあります。神父《アベ》がみなさまに話してくださいますでしょう。神父《アベ》は悲しみのために私の話がとぎれるのを我慢して聞いてくださいました。神父《アベ》は第三者として、私よりもまとまりよく事件を話してくださるでしょう。ところで、神父《アベ》が提案されたように、私のドイツ旅行にご同行願えれば有難いのですが。お子さんをお連れくださって結構です。お子さんが引き起こされるどんな些細《ささい》な面倒でも、それを見るたびに、あなたがあのかわいそうな姪のためにつくしてくださったお心遣いを思い出そうではありませんか」

その夜のうちに皆は、伯爵夫人の到着によって驚かされた。夫人が入ってくるとヴィルヘルムは全身がふるえた。夫人は、覚悟はしていたものの、姉にすがって身を支え、ナターリエはすぐ椅子を引き寄せた。夫人の服装は奇妙なほど地味で、容姿もすっかり変わっていた。ヴィルヘルムはほとんど正視しかねるほどだった。夫人はヴィルヘルムに親しく挨拶したが、そのちょっとした言葉のはしばしにも、彼女の考えていることや気持が現れていた。侯爵は早く床《とこ》についたが、皆はまだ別れる気になれなかった。神父《アベ》が原稿を取り出した。「私は、打ち明けられた不思議な話をすぐ紙に書きとめておきました。インクとペンを惜しんではならないというのは、珍しい出来事の子細を書きとめておく時のことです」伯爵夫人はなんの話かを教えてもらった。神父《アベ》が読み始めた。

「私はずいぶん世間を見てきましたが、私はいつも、私の父はこの世でもっとも不思議な人物の一人だと思わずにはいられません。父の性格は高潔で率直で、彼の考えは広く、偉大と言ってもいいほどでした。自分に厳しく、どんな計画でも、なにものにも左右されることなくそれをつらぬきました。彼の行動はすべて変わることなく規則正しいものでした。そのため、一面では、彼は非常につき合いやすい人であり、彼と仕事をするのは楽でした。しかし、これらの性質のために、彼は世間と折り合うことができませんでした。彼は、自分に課しているあらゆる規則を守ることを、国家にも、隣人にも、子供にも、召使にも求めたからです。彼のきわめて穏当な要求も、このような厳しさのために過当なものになりました。こうして、何事も自分の考えるようには行かないものですから、ついに彼は人生を楽しむという境地には至りませんでした。豪華な館《やかた》を建てたり、庭園をしつらえたり、きわめて美しい所に新たに大きな地所を手に入れた時でさえ、内心本気になって腹を立て、自分はつつましく暮らし、耐え忍ぶように、運命の呪いをうけているのだと固く信じているのを私は見たものです。外見は非常な威厳を保って、冗談を言う時でも、知性のまさっていることばかりが目につきました。他人に非難されるのは我慢できませんでした。彼の作った施設がなにか滑稽なもののように言われるのを耳にしたとき、彼がすっかり自制を失うのを、私はこれまでに一度だけ見たことがあります。この精神で彼は、自分の子供たちも財産も処理しました。兄は、将来大きな財産を相続する人間として育てられました。私は僧職につくことに、弟は軍人になることになっていました。私は活発で、激しく、活動的で、敏捷《びんしょう》で、あらゆる肉体的訓練が巧みでした。弟は、一種夢想的な静寂を好み、学問や音楽や文学にうちこんでいるようでした。激しく言い争い、自分の考えが実現できないことを完全に納得すると、父はしぶしぶ、弟と私とが職を替えることを承知しました。父はわれわれ二人に満足はしていたのですが、職を替えるのを認める気にはなれず、こんなことをしていたのではろくなことにはならないと断言しました。父は年をとるとともに、自分が社会全体から切り離されているように感じていました。しまいにはほとんどまったく一人で暮らしていました。彼が交友をつづけたのは古くからの友人一人だけでした。この人はドイツで軍務に服し、出征中奥《おく》さんを亡くしたあと、近くにこぎれいな土地を買い、十歳くらいの娘と移ってきていました。週に何回か日と時間をきめ、時には娘も連れて父を訪ねました。この人はけっして父に逆らわなかったので、父もしまいにはすっかり親しくなり、我慢のできる唯一の話し相手として受け入れていました。父の死後、この人はかなりの遺産を貰い、時間を無駄に使っていたのではないことがわれわれにもよくわかりました。彼は地所を広げ、娘は相当な持参金が期待できました。娘さんは大きくなり、驚くほど美しくなりました。兄は私に、この娘さんに結婚を申し込むがいいと言って、よくからかいました。

一方、弟のアウグスティーンは、修道院でまことに奇妙な状態のうちに何年かを過ごしていました。弟は、聖なる熱狂の喜びに完全に身をゆだねていました。しばらく第三の天*に高められたかと思うと、たちまち、無力と空虚の悲惨な奈落に落ちこむという、あの半ば精神的、半ば肉体的感情です。父の存命中は還俗《げんぞく》などは考えられもしないことでした。そういうことを願ったり申し出たりするのはとんでもないことでした。父の死後、彼はしばしばわれわれを訪れてきました。初めのうちわれわれがかわいそうに思っていた彼の状態も、しだいにずっとよくなっていました。理性が勝ちをおさめたからです。しかし、理性に立ち返り、自然の正しい道を歩んで、満足と健康が得られることが明らかになるにつれ、彼はますます熱心に、自分を神への誓願から解き放って欲しいと頼むようになりました。そして彼の目当てが、近くに住むスペラータであることをそれとなく匂わせました。

兄は父の厳しさにたいへん苦しめられてきただけに、弟の状態に心を動かされずにはいませんでした。われわれは私たち一家の聴罪師である気品高い老神父に、弟の二つの願いを打ち明け、うまく運び、話を進めてくれるように頼みました。神父はいつになくためらっていました。そして結局、弟がせき立てるので、われわれも神父に、解決をさらに熱心に頼んだとき、神父は腹をきめて、奇妙な話を打ち明けたのでした。

スペラータは私たちの妹だったのです。しかも、父も母も同じ妹だったのです。父は、良人《おっと》の権利がとっくに消滅したと思える晩年になって、もう一度愛情と情欲に打ち負かされたのでした。少し前にその地方に同じようなことがあって、もの笑いの種《たね》になったのですが、父は同じようにもの笑いにされるのを避けようとして、愛情のもたらす若い時の偶然の実りを隠そうとするのと同様、晩年の合法的な愛の実りを、注意深く隠そうと決心したのです。母はひそかに分娩《ぶんべん》し、子供は里子に出されました。そして、神父のほかにただ一人秘密を知っていた例の古い友人は、その子を自分の娘とすることをあっさり承知しました。神父は、万一の場合は秘密を洩《も》らしてもよいという条件だけは留保しました。父は死に、その幼い少女はある老婦人に見守られて育ちました。われわれは、弟が歌や音楽に導かれて、すでに彼女のもとに出入りしていることを知りました。そして弟が、新しい絆《きずな》を結ぶために古い絆を断ち切って欲しいとしきりに頼むので、弟がおちいっている危険をできるだけ早く教えてやる必要にせまられました。

弟は荒々しい軽蔑の目でわれわれを見つめ、『ありもしない作り話はやめてください』と叫びました。『そんな話は、子供か、すぐ騙《だま》される馬鹿者にしてやるがいいのです。スペラータをぼくの心から引き離すことはできませんよ。スペラータはぼくのものです。そんな恐ろしいお化け話などさっさとやめにしてください。ぼくはそんなものを怖がったりはしませんよ。スペラータは妹ではありません。ぼくの妻です』――弟は恍惚《こうこつ》として述べたてました。あの天使のような乙女《おとめ》が、人間から隔離された不自然な状態から、自分を真の人生へ導いてくれた。二人の心は二部合唱の二つの喉《のど》のように諧和《かいわ》している。自分はこれまでのあらゆる悩みや過《あやま》ちを祝福したい。なぜなら、そのために、あらゆる女性から遠ざかることができ、いま、世にも愛すべき乙女に自分のすべてを捧げることができる。われわれはこれを聞いて驚いてしまいました。弟がかわいそうになりましたが、どうすることもできませんでした。弟は激しい口調で、スペラータは自分の子を身ごもっていると断言しました。神父は自分に義務として課されているすべてのことをしてくれましたが、災いはいっそうひどくなるばかりでした。弟は、自然と宗教との関係、人倫的な権利と市民的法則との関係を、全力をつくして自分に有利なように論じたてました。弟にはスペラータとの関係ほど聖なるものはなく、父と妻という名ほど尊いものはないようでした。『これだけが自然にふさわしいのです。ほかのものはすべて妄想かただの意見なのです』と彼は叫びました。『すぐれた民族は皆、姉妹との結婚を認めていたではありませんか。あなた方の神々を持ち出すのはやめてください。あなた方はわれわれを惑《まど》わし、自然の道からそらし、きわめて崇高な欲望を、恥ずべき強制によって、犯罪におとしいれるためにのみ、神々の名を利用するのです。あなた方は、精神を混乱させ、肉体の恥ずべき濫用をおかしたと言って、生きながら埋められるいけにえを求めるのです。

ぼくはこう言ってもいいのです。なぜなら、熱狂の最高の、もっとも甘美な充実から、無力と空虚と否定と絶望の恐ろしい荒野まで、超地上的な存在の最高の予感から、もっとも完全な不信、自分自身にたいする不信に至るまで、ぼくは誰よりも深く悩んできたからです。ぼくは、なみなみと注《そそ》がれたこの惑わしの杯《さかずき》を、その澱《おり》まで残りなく味わいつくしたのです。ぼくの存在全体が骨の髄まで毒されていました。ところが、いま、慈悲深い自然が、その最高の贈物、愛によって、再びぼくを癒《いや》してくれました。天使のような乙女の胸に抱かれて、ぼくはまた、ぼくの存在を、彼女の存在を、われわれが一つであることを、そしてこの生命の結合から第三の者が生まれ、われわれに微笑《ほほえ》みかけてくるのを感じているのです。そのいまになって、あなた方は、地獄の火を、煉獄《れんごく》の火を開いて、それを清らかな愛の熱い、真実の、不壊の喜びに向けるのです。そんな火に焼かれるのは、病的な空想力くらいのものですよ。ぼくに会おうと思うなら、その梢《こずえ》を厳かに天に掲げているあの糸杉のところへおいでなさい。ぼくたちを訪ねようと思うなら、レモンやオレンジが花開き、やさしいミルテが可憐《かれん》な花を差し伸べているあの生垣のところへおいでなさい。そして、あなた方の暗い、灰色の、人間によってつむがれた網でぼくたちを脅してごらんなさい』

弟は長いあいだわれわれの言うことを頑固に信じようとしませんでした。ついにわれわれが、われわれわれの言うことが真実であると誓い、神父自身それを保証しても、弟は考えを変えようとしませんでした。かえって彼はこう叫びました。『あなた方の修道院の回廊の反響や、かびくさい羊皮紙や、ややこしい気まぐれや法令にたずねないで、自然やあなた方の心にたずねてごらんなさい。自然はあなた方に、あなた方がなにを恐れなければならないかを教えてくれるでしょう。自然はあなた方に、自然はなにに永遠の最終的な呪いを言い渡すかを、厳しい指で示してくれるでしょう。百合《ゆり》を見てごらんなさい。雄蕊《おしべ》と雌蕊《めしべ》が同じ茎に生《は》えているではありませんか。二つを生んだ花が、二つを結びつけているではありませんか。百合は無垢の象徴ではありませんか。そして兄妹の結びつきが実をもたらすではありませんか。自然がそれを厭《いと》うのなら、自然ははっきりとそう言うはずです。存在してならない創造物が生ずるはずがありません。誤って生きる創造物は早く死滅するでしょう。不毛、細々《ほそぼそ》と咲き、早く落花《らっか》します。これが自然の呪いです。自然の厳しさの証《あかし》です。直接の結果によってのみ自然は罰するのです。さあ、周りを見てごらんなさい。なにが禁じられ、なにが呪われているか見えるでしょう。修道院の静寂のなかでも、世間の喧噪《けんそう》のなかでも、自然に呪われている多数の行為が、聖とされ、敬われています。安逸な怠惰、過度な労働、恣意と過剰、困窮と窮乏を、自然は悲しみの目で見下ろし、節度を呼びかけています。自然のすべての関係が真実であり、自然のすべての作用が平静です。ぼくほど苦しんできた者は自由になる権利があります。スペラータはぼくのものです。彼女からぼくを別《わか》つのは死だけです。どうしたら彼女をぼくのものにできるか、どうしたらぼくが幸福になれるか、それを心配してください。ぼくはすぐスペラータのところへ行きます。二度と離れはしません』

彼はスペラータのところへ渡る舟の方へ行こうとしました。われわれは彼を引き止め、世にも恐ろしい結果を招くようなことをしないでくれと頼みました。おまえは、おまえが考え想像しているような自由な世界に生きているのではない、その法則や関係が自然の法則と同じように曲げることのできない制度のなかに生きているのだということをよく考えてくれと言いました。われわれは神父に、弟から目を離さない、ましてや館《やかた》から出すようなことはしないと約束させられました。神父は二、三日したらまたくると言って帰って行きました。われわれが恐れていたことが起こりました。理性は弟を強くしていましたが、彼の心は弱かったのです。宗教の以前の印象がよみがえって、恐ろしい懐疑にとらえられたのです。彼は二日間、恐ろしい昼と夜を過ごしました。神父がまた助けにきましたが、役には立ちませんでした。とらわれない自由な理性は彼を赦《ゆる》しましたが、彼の感情、彼の宗教、彼に馴染《なじ》みのあらゆる観念が、彼に有罪を宣告したのでした。

ある朝われわれは彼の部屋が空《から》っぽなのに気づきました。紙きれが机の上に残され、こう書いてありました。あなた方は力ずくでぼくを監禁したのだから、ぼくには自分の自由を求める権利があります。ぼくは逃げて、スペラータのところへ行きます。二人で駆落ちするつもりです。二人を引き離そうとするなら、ぼくにはすべての覚悟ができています。

われわれはたいへん驚きましたが、神父は落ち着くようにと言いました。かわいそうな弟は十分に監視されていたのです。船頭たちは川を渡さないで、弟を修道院へ連れて行ったのです。四十時間も眠らず疲れはてていた弟は、月の光を浴びて小舟にゆられ始めるや否や眠りこんで、目が覚めた時はすでに修道士たちの手のうちにあり、うしろに修道院の門が閉められるのを聞いて、やっとわれに返ったのでした。

われわれは弟の運命を哀れに思って神父を激しく責めました。しかしこの尊敬すべき人は、同情はかえってかわいそうな病人の死を早めるという外科医の論法を用いて、たちまちわれわれを説き伏せました。彼は、自分は自分勝手に行動しているのではなく、これは司教と長老会議の命令なのだと言いました。その意図は、世間のあらゆる憤懣《ふんまん》を避け、この悲しい事件を内密の教会規律のヴェールで覆うことにありました。スペラータは大事に扱われ、恋人が兄であることも教えられませんでした。彼女は、前から自分の事情を打ち明けていたある神父に預けられました。彼女の妊娠も分娩《ぶんべん》も隠しおおせられました。彼女は母親として、生まれてきたわが子に夢中になりました。彼女は、たいていの娘たちがそうであったように、読み書きができませんでした。そこで彼女は、自分が恋人に伝えたいことを神父に頼みました。神父は、乳飲《ちの》み子を抱えた母親を欺くのを、神聖な義務と考えました。見たこともない弟の近況を彼女に伝え、弟の名で、落ち着いて暮らすようにさとし、自分と子供に気をつけ、将来のことは神にゆだねるように頼みました。

スペラータは生まれつき信仰心のあつい女でしたが、彼女の境遇と孤独とがこの傾向を強めました。神父も、弟と永久に別れるようにしだいに心の準備をさせるために、この傾向をあおりました。乳離れがすみ、きわめて恐ろしい魂の苦悩にも耐えられるほど体力も回復したと思うとすぐに、彼女の過《あやま》ちを恐ろしい色で描いてみせました。聖職者に身を任せた行為を、自然にたいする一種の罪、近親相姦《そうかん》として扱ったのでした。というのは、彼は、彼女の悔恨を、彼女が自分の過ちの真の関係を知った場合に、彼女が感じたであろう悔恨にひとしいものにしてやろうという、奇妙な考えの持主であったからです。これによって彼は、非常な悲しみと苦悩を彼女の心にもたらし、教会と教会の首長であるキリストの観念をいやが上にも高めたのでした。また彼は、こういう場合に譲歩し、それどころか、罰せらるべき者を正規な結婚によって報いようとする場合に、魂の救済にもたらされる恐ろしい結果を説き、こうした過ちを早く悔い改め、そうすることによっていつの日か天上の栄冠をかち得ようとすることの方が、はるかに救いになると教えたのでした。その結果ついに彼女は、哀れな罪人《つみびと》のように、進んで首を斧《おの》の下に差し伸べ、永遠に弟から遠ざけて欲しいと真剣に頼んだのでした。ここまで成功すると、ひとびとは、もちろん一定の監視つきですが、彼女の望むままに、自分の家《うち》にいても僧院にいてもいいということにしました。

子供は大きくなり、まもなく一風変わった性質を示すようになりました。ごく幼い頃からかけ回ったり、ひどく身軽に動き回ったりしましたが、そのうちいわばひとりでに、非常に巧みに歌をうたったり、ツィターを弾《ひ》いたりするようになりました。ただ、言葉で自分を表現することはできませんでした。そしてこの障害は、言語器官にあるよりは、むしろこの子の考え方にあるように思えました。一方哀れな母親は、自分の子供にたいする悲しい関係を感じていました。神父の扱いによって考え方をひどく混乱させられ、狂気ではないまでも、きわめて奇妙な状態におちいっていました。彼女には自分の過ちがますます恐ろしい罪深いものに思えてくるようでした。神父が何度も繰り返す近親相姦との類似は、彼女の心に深く刻みこまれて、本当の関係を知ったような嫌悪を感じたのでした。神父は、不幸な女の心を引き裂いた自分の巧みさを、少なからず得意に思っていました。子供の存在を心から喜ぼうとする母の愛の、この子は生まれるべきではなかったのだという恐ろしい考えとの争いは、見る目にも哀れでした。ある時は二つの感情が拮抗《きっこう》し、あるときは嫌悪が愛に打ち勝ちました。

子供は早くから母親と引き離され、下の湖畔に住む善良な夫婦に預けられました。前より自由になった子供は、まもなく木登りが大変好きなことがわかりました。木のてっぺんまで登ったり、舟の縁《ふち》をかけたり、ときどき村へやってくる綱渡りの奇妙な芸当の真似《まね》をするのが、この子の生まれつきの本能でした。

すべてが身軽にできるように、この子はよく男の子と服を取り替えました。養い親たちは、それをひどく行儀の悪い、許されないことのように思っていましたが、われわれはできるだけ大目に見るようにさせました。その子はときどき不思議なほど遠くまで出歩いたりとびまわったりしました。道に迷って戻ってこないこともありましたが、いつもまた帰ってきました。帰ってくるとたいてい、近くにある別荘の表玄関の円柱のところに坐っていました。ひとびとはもう探さなくなり、帰ってくるのを待っていました。そこの石段の上で一休みするらしいのですが、それから大広間にかけこんで立像を眺め、とくに引き止められでもしなければ、急いで帰ってくるのでした。

しかしとうとうわたしたちの期待は裏切られ、われわれの寛大さが罰せられることになったのでした。子供が帰ってこず、帽子が水に浮かんでいるのが発見されました。急流が湖に注いでいる場所から遠くないところでした。岩を登っていて落ちたのだろうと考えられました。いくら探しても遺体は見つかりませんでした。

周りにいる女たちの不注意なお喋りによって、まもなくスペラータは子供の死を知りました。彼女は落ち着いた明るい様子で、神がかわいそうな子を手元に召され、もっと大きな不幸にあったり、引き起こすのを防いでくれたのを喜んでいるということを、あからさまにほのめかしました。

この機会に、湖について語られているいろんな言い伝えが話題にのぼりました。例えば、この湖は毎年一人罪のない子を呑みこむ。しかし死体を嫌って、おそかれ早かれ、それを岸辺に打ち上げる。それどころか、死体が湖底に沈んだ場合でも、最後の骨片《こっぺん》に至るまで岸辺に打ち上げる、と言うのです。また、子供が湖で溺れ死んで悲しみにくれる母親の話があります。彼女は、埋葬のためにせめて骨だけでも返して欲しいと、神と聖者たちに祈りました。すると、つぎの嵐のとき頭蓋骨が、さらにつぎの嵐のとき胴体の骨が岸辺に打ち上げられました。すべての骨が揃うと、彼女はそれを布に包んで教会へ持って行きました。すると不思議なことに、彼女が教会に入ると、包みがしだいに重くなり、しまいに祭壇の階段にそれを置くと、子供が泣き始め、包みを破って出てきて、皆がすっかり驚いた、と言うのです。ただ右手の小指の骨だけがありませんでした。母親はその後も熱心に探し、それも見つけました。その小骨は記念として他の聖遺物とともに教会に保存されているということです。

これらの話は哀れな母親に大きな印象をあたえました。彼女の空想力は新たな高揚をあたえられ、感情は高められました。あの子はいま自分と両親のための償いをした、これまで自分らに課せられていた呪いと罰は、これで完全にぬぐい去られた、と彼女は考えました。あとは子供の骨を見つけて、ローマへ持って行くだけだ。そうすればあの子は、聖ペテロ寺院の大きな祭壇の階段の上で、美しい新しい皮膚に包まれて会衆《かいしゅう》の前に立つだろう。あの子はまた自分の目で父と母を見、法王さまは、神と聖者たちの同意を確信して、ひとびとの歓呼のうちに、両親の罪を許し、赦免《しゃめん》して、二人を結び合わしてくださるだろう、と思ったのでした。

こうして彼女の目と注意は、たえず湖と岸辺に向けられるようになりました。夜、月光のなかで波がきらめくと、その一つ一つのきらめく波頭が、わが子を運んでいるのだと思いました。そのため誰かがそれを拾いに、岸辺にかけ下りるふりをしなければなりませんでした。

昼間は彼女も、小石の岸辺を飽くことなく歩き回り、見つけた骨はすべて小籠に拾い集めました。それらが動物の骨だとは誰も言う気になれませんでした。大きな骨は土に埋め、小さな骨だけ集めました。こうしたことをくる日もくる日もつづけました。やむをえない義務とはいえ、それを果たすことによって、彼女をこうした状態におとしいれた神父は、いまは全力をつくして彼女の面倒を見ました。神父の影響で、土地の人は、彼女を気の違った女とは見ず、ただ夢中になっている女とばかり考えていました。行き合うひとびとは彼女に手を合わせ、子供たちは彼女の手に接吻しました。

彼女の老いたる友であり、保護者でもあった婦人は、弟との結びつきに罪がなかったとは言えないのですが、われわれの聴罪師は、これからの全生涯、この不幸な女の面倒をたえず忠実に見るという条件で、この罪を赦しました。この老婦人は最後まで、驚くべき忍耐と誠意をもってこの義務を果たしました。

そのあいだもわれわれは、弟から目を離したわけではありません。医師たちも修道士たちも、彼の前に姿を見せることは許しませんでしたが、弟がそれなりに元気にしていることを納得させるために、われわれが望みさえすれば、庭や回廊で、時には弟の部屋の天窓から、弟の様子を見ることができました。

いまはしょらせていただきますが、いろんな恐ろしい奇妙な状態を経《へ》たあと、弟は、精神は落ち着いているが、肉体は落ち着かないという不思議な状態におちいっていました。竪琴をとって弾き、たいていはそれに合わして歌をうたうのですが、それ以外の時は、じっと坐っていることはほとんどなく、いつも動き回っていました。それでいて、なにごとにつけ、従順で言いなりになっていました。というのは、彼のあらゆる情熱は、死という唯一の恐怖に溶けこみ、危険な病気や死で脅しさえすれば、どんなことでもさせることができたからです。

飽きもせず僧院のなかを歩き回ったり、山や谷をこんなふうに歩き回ったらもっと素晴らしいだろうとあからさまに匂わせたりする奇妙な振舞いのほかに、絶えず彼を脅《おび》やかしている現象をも口にしました。つまり、夜、目を覚ますごとに、美しい少年がベッドの足もとに立ち、きらめく刃で彼を脅すと言い張ったのです。別の部屋へ移してやったのですが、そこでも同じで、しまいには僧院中どこでも少年が待ち伏せしていると言うようになりました。ますます落ち着きなく歩き回りましたが、あとで思い返してみると、彼はそのころ前よりもしげしげと窓辺に立ち、湖の方を見ていました。

一方、哀れな妹は、一つのことを思いつめ、骨集めばかりしているので、しだいに衰えてゆくように見えました。われわれの医師は、彼女の集めた骨に、少しずつ死んだ子供の骨をまぜ、それによって彼女の希望を満たしてやっては、と提案しました。この試みは怪しげなものではありましたが、少なくとも、体全体の骨が揃えば、果てしない骨集めをやめさせ、ローマへ行く希望をもたせるくらいの効果はあるように思われました。

この提案は実行されました。彼女の世話をしている老婦人は、預けられている子供の骨を、妹の集めた骨と取り替えました。そして、いろんな部分がしだいに集まり、足りない部分はこれこれと教えることができるようになったとき、信じられないほどの喜びが哀れな病人の体じゅうに広がりました。彼女は、しかるべき部分を糸とリボンで非常に注意深くつなぎ合わせ、欠けているところは、聖者の遺骨にするように、絹と刺繍《ししゅう》布で埋めました。

　こうしてほとんどすべての部分が集められ、足りないのは末端のごくわずかだけになりました。ある朝、妹がまだ寝ているとき、妹の様子を見に医師がきました。老婦人は、病人がどんなことをしているかを医師に見せるために、寝室に置いてある箱から大切な骨を持ってきました。すぐそのあと妹がベッドからとび起きるのが聞こえました。妹は布をとりのけ、箱が空《から》っぽなのを見ました。妹はがばと跪《ひざまず》きました。行ってみると、妹は喜ばしげに一心に祈っていました。『本当だった』と妹は叫びました。『夢じゃなかった。本当だったんだ。あなたたちも一緒に喜んでちょうだい。あの子が生き返ったのを見たんです。あの子は立ち上がってヴェールを投げ捨てました。あの子の輝きで部屋が明るくなりました。あの子の美しさは神々《こうごう》しいほどでした。床の上を歩こうとするのですができませんでした。ふわふわと浮いて、手を出してもわたしに届かないのです。あの子はついてくるように呼びかけ、わたしの行くべき道を教えました。ついて行きます。すぐついて行きます。わたしにはそれが感じられます。胸のあたりが軽くなったような気がします。悲しみは消えました。よみがえったあの子を見ただけで、天国の喜びを味わったような気がします』

そのとき以来、妹の胸は天上への希望で一杯になり、地上のものにはもう注意を向けなくなりました。食事もほんの少ししかとらず、彼女の精神はしだいに肉体の絆《きずな》から解き放たれて行きました。最後には不意に青ざめ、感覚もなくなりました。目を再び開くことなく、われわれが死と呼ぶものになったのでした。

まもなく、彼女の幻視の噂はひとびとのあいだに広がり、彼女が生前受けていた尊敬の念は、彼女の死後急速に、彼女を浄福の人、聖女として扱わねばならないという考えに変わりました。

埋葬の日になると、信じられないほどの勢いで多数の人が押し寄せ、彼女の手に、せめて衣服になり触れようとしました。この熱狂的な高揚のなかで、さまざまの病人が、それまで悩んでいた苦しみを感じなくなりました。彼らは治ったと思いこみ、そう言いふらしました。そして、神と新たな聖女を称《たた》えました。教会の人たちも遺体を礼拝堂に移さざるをえなくなりました。大衆が礼拝を行う機会を求めたからです。押し寄せる人の数は信じられないくらいでした。もともと信仰心のあつい山地のひとびとが、谷々から押し寄せました。礼拝と奇跡と賛美の勢いは日ましに高まりました。このような新たな礼拝は制限し、できるだけ抑圧せよという司教の指示も実行されませんでした。圧迫が加えられるたびに民衆は激昂《げっこう》し、不信者にたいして暴力に訴えかねまじき勢いでした。『聖ボロメーウス＊さまだって、われわれの先祖のあいだで生きておられたではないか』と彼らは叫びました。『あの方の母上《ははうえ》さまは、息子が聖者とされる喜びを味わわれたではないか。ひとびとはアローナの近くの岩の上にあの大きな像を建て、あの方の精神的な偉大さをわれわれの目に見えるようにしたではないか。あの方の一族がまだわれわれのあいだに生きていないだろうか。神は、信心深い人たちのあいだに、あの方の奇跡をつねに新たにすると約束されなかったか』

遺体は数日たっても腐敗のしるしを現さず、むしろいっそう白くなり、いわば透き通ったようになったとき、ひとびとの信心はいよいよ高まり、多くの人のあいだにいろんな病気の治癒が見られ、注意深い観察者でもそれは説明できず、さりとてあからさまに欺瞞《ぎまん》だときめつけることもできませんでした。その地方全体が興奮にまきこまれ、自分で見にこなかったものは、少なくともしばらくはほかの話は一切《いっさい》聞かせてもらえませんでした。

弟のいた僧院でも外の世間と同じように、この奇跡の話でもちきりでした。弟は日頃何事にも無頓着でしたし、この事件と弟とのかかわりは誰も知らなかったので、修道士たちは少しも気づかいなく、弟の目の前でその話をしました。しかし弟は、今度ばかりは非常に注意して聞いていたようです。弟は、どうやって僧院を抜け出したのか誰にもわからないほど巧みに脱走しました。あとでわかったのですが、弟は、数人の巡礼者と一緒に渡してもらい、舟が転覆しないように慎重にやってくれと船頭に頼んだだけで、ほかには不審なところはまったく見られませんでした。夜がふけてから弟は、不幸な恋人が苦しみからまぬかれて安らっている礼拝堂へやってきました。少数の信者が隅の方に跪いているだけで、例の老婦人は妹の枕もとに坐っていました。彼は歩み寄り、挨拶をしてから、あなたのご主人はどういう様子ですかとたずねました。『ごらんのとおりでございます』と老婦人は当惑しながら答えました。弟は脇から遺体を眺め、少しためらってからその手を取りましたが、その冷たさに驚いてすぐに放しました。弟は落ち着かなげにあたりを見回していましたが、老婦人に、『ぼくはいまここにいるわけにはいかない。ぼくは非常に遠い所へ行かなければならない。しかしそのうちきっとまた帰ってくる。この人が目を覚ましたらそう言ってください』と言いました。

こうして弟は立ち去りました。われわれはずっと後になってこの出来事を知らされました。弟がどこへ行ったのか探しまわりましたが無駄でした。どうやって弟が山や谷を越えて行ったのかわかりません。結局、ずっとあとになってグラウビュンデン*で弟の手がかりをつかみましたが、手遅れでした。まもなく手がかりは消えました。ドイツへ行ったのだろうと思っていますが、戦争のためにそんな頼りない足跡などすっかり消えてしまいました」

第十章

神父《アベ》は読むのをやめた。誰も涙なしには聞いていられなかった。伯爵夫人はハンカチを目から離さず、そのうち立ち上がって、ナターリエと一緒に部屋を出て行った。ほかの者は黙っていた。神父《アベ》は、「ところで、侯爵に私たちの秘密を打ち明けないまま出発していただいていいものかという問題が生じます。というのは、アウグスティーンとあの竪琴弾きが同一人物であることにはなんの疑いもないからです。あの不幸な男のためにも御家族のためにも、なにをすればいいのかよく考えてみなければなりません。私の考えでは、何事も急がず、まもなく帰ってくる医者が、どういう知らせを持ってくるか待つことです」と言った。

誰もが同じ意見だった。そして神父《アベ》はつづけてこう言った。「これと同時にもう一つ問題が生じますが、この問題はおそらくもっと簡単に片がつくでしょう。侯爵は、かわいそうな姪《めい》が私たちのところで、とくにヴィルヘルム君に受けた親切に、信じられないほど感動しておられます。私はことの次第を残らず、詳しく、しかも繰り返しお話ししなければなりませんでした。そして侯爵は非常な感謝を示され、こう言われました。『ヴィルヘルム君は私と旅に出ることを断られましたが、それは、私たちのあいだにある関係をご存知ないうちのことでした。いまでは私はもう、その生き方も気分もあまりよくわからない赤の他人ではありません。私はヴィルヘルム君に深い恩義があります。もう、家族の一員と言ってもいいくらいです。初めは、息子さんを残して行きたくないというのが、私と旅に出るのを引き止める障害であったのですが、いまではそのお子さんに、私たちをいっそう固く結びつける美しい絆になってもらいたいのです。これまでにも私はあの方のお世話になりましたが、さらにその上に、私の旅で力になってもらいたいのです。また、帰りには、一緒にイタリアへ来ていただきたいのです。兄も喜んでお迎えするでしょう。兄は、ヴィルヘルム君の養い子であった姪の遺産も惜しみはしないでしょう。と言いますのは、父と例の友人との秘密の申合せに従って、スペラータに贈られていた財産が私どもに返されたからです。私たちは姪の恩人に、当然受け取ってもらうべきものを惜しみはしません』」

テレーゼはヴィルヘルムの手を取って、こう言った。「わたしたちはここでも、無私の善行が最高の、もっとも素晴らしい利子を生むものだという美しい例を見ました。この不思議なお招きをお受けなさい。そして、侯爵のために二重に役立つように、あの美しい国へいらっしゃい。いつもあなたの空想力と心をひきつけていた国なのですもの」

「なにもかも、みなさんと、みなさんのお指図にお任せします」とヴィルヘルムは言った。「この世では、自分の意志に従って努力するのは無駄なことです。しっかりとつかまえていたいと思うものは手放さなければなりませんし、受ける値打のない恩恵が向こうから押し寄せてくるのですから」

ヴィルヘルムは一度強く握り締めてから、テレーゼの手を放した。「なんでもあなたのおきめになるとおりにお任せします」と彼は神父《アベ》に言った。「フェーリクスを離さなくてもいいのなら、喜んでどこへでも行きますし、あなたがいいと思われることはなんでも致しましょう」

この申し出にたいして、神父《アベ》は直ちに一つの計画を立てた。侯爵には出発してもらう。ヴィルヘルムは医者の報告を待った上で、なにをすればいいかをよく考えてから、フェーリクスを連れてあとを追う、というのである。そこで彼は、ヴィルヘルムの出発の準備が整うまで引き止めておくのは申し訳ないという口実を設けて、その間町《かん》の名所でも見物してくれるように侯爵に勧めた。侯爵は繰り返し熱い感謝の気持を述べて出発した。彼が残した、宝石や彫刻や刺繡織物からなる贈物はその気持を余すところなく証明していた。

いよいよヴィルヘルムの出発の用意はすっかり整った。それだけに、医者からなんの知らせもこないのにいっそう当惑した。哀れな竪琴弾きを、完全にもっといい状態に移してやれる希望の見えてきたいまになって、彼になにか不幸が起こったのではないかと皆が心配した。使者を送ることになったが、彼が馬で出かけるのと入れ違いに、夕方、医者が見知らぬ男を連れて入ってきた。その男は、容姿も物腰も重々しく生真面目《きまじめ》で人目をひいた。誰もその男を知らなかった。やってきた二人の客はしばらく黙っていたが、やがてその未知の男はヴィルヘルムの方へ歩み寄り、手を差し出しながら、「古い友人をもうお忘れですか」と言った。それは竪琴弾きの声だった。しかし彼の容姿には昔の面影はまったく残っていないように思えた。旅行者の普通の衣服をこざっぱりと品《ひん》よく着こなし、髯《ひげ》はなくなり、巻毛にもいくらか手を加えてあった。そしてなによりもまず彼をすっかり見違えさせたのは、その重々しい顔に老人じみたところがもう見られなくなっていることであった。ヴィルヘルムは心からの喜びをこめて彼を抱きしめた。彼はほかのひとびとに紹介されたが、彼の挙措《きよそ》は非常に落ち着いたものであった。もっとも彼は、一同にその素姓《すじよう》がつい先程どのようにして知られたかは、知る由《よし》もなかった。

「いっぱし大人の恰好は致しておりますが」と彼は落ち着き払って言った。「長いわずらいのあとで、なにも知らない子供としてこの世に足を踏み入れたばかりの人間をどうかご辛抱願います。こうしてまた人前に出られるようになったのも、この立派な方のおかげなのです」

誰もが口々に歓迎の言葉を述べた。医者はすぐ彼を散歩に行かせたので、対話は途切れ、とりとめない話に移った。

彼が出て行くと医者はつぎのように説明した。「あの人が治ったのはきわめて奇妙な偶然のおかげなのです。私たちは長いあいだ私たちの確信に従って、彼を精神的にも肉体的にも治療してきました。ある程度まではまったくうまく行ったのですが、相変らず死の恐怖は大きく、髯も長衣《ちようい》もやめようとはしませんでした。そのほかの点では、前よりも世間のことに関心をもつようになり、彼の歌も考え方も生に近づくように思えました。ご存知のように、牧師の奇妙な手紙に呼ばれて出かけましたが、行ってみるとあの人はすっかり変わっていました。進んで髯をそり、巻毛も普通の形に切ってもらい、衣服も普通のものを着たがって、突然別人になったように思えました。私たちは変化の原因を知りたいと思いましたが、直接本人にたずねることはしませんでした。そのうち偶然のことから、その奇妙な事情がわかりました。牧師の常備薬の箱から、阿片《あへん》液の瓶《びん》がなくなっていました。厳しく取り調べなければならぬと思ったのですが、誰もが自分ではないと言い張り、家《うち》じゅうの者が激しく言い争いました。とうとうあの人が名乗り出て、阿片液は自分が持っていると白状しました。飲んだのかとたずねると、『飲みません』と答えてからつぎのように言いました。『私がまた理性を取り戻したのはこれを持っているおかげです。この瓶を取り上げるのはご自由ですが、そうすれば、私はまた希望を失ってもとの状態に帰るでしょう。死によってこの世の苦しみを終わらせることができればどんなにいいだろうと考えたのが、私が回復する最初の糸口だったのです。そのうちまもなく、自殺によってこの苦しみを終わらすことを考えるようになり、そのつもりでこの瓶を盗みました。ところが、いつでも大きな苦しみから逃れることができるのだと思うと、逆に、苦しみに耐える力が湧《わ》いてきました。このお守りを持っていて、死の近くにいると思うことによって、私は生に押し戻されたのです。私がこれを飲むだろうなどと心配しないでください。人間の心の識者として、私に生の絶縁を認めることによって、逆に私に生に執着させるようにしてください』よく考えたすえ、私どもはそれ以上彼を追及しないことにしました。いま彼は、この毒を固いカットグラスの小瓶に入れて、まことに奇妙な解毒剤として持ち歩いているのです」

皆は、その間《かん》に明らかになったすべてのことを医者に教え、アウグスティーンには絶対に秘密にしておこうと申し合わせた。神父《アベ》は彼をそばから離さず、彼が歩み始めた回復の道をひきつづき歩ませることにした。

そのあいだには、侯爵とのヴィルヘルムのドイツ旅行は終わるであろう。そして、アウグスティーンにまた祖国へ帰りたいという気にならせることができるようなら、一族の者に彼の状態を打ち明け、ヴィルヘルムに家族のもとへ連れて行ってもらおう、ということになった。

ヴィルヘルムの旅行の準備はすべて整った。そして初めのうちは不思議に思えたが、アウグスティーンは、彼の古い友人であり恩人でもあるヴィルヘルムが、またすぐ旅に出ると聞いて喜んだ。しかしすぐに神父《アベ》がこの奇妙な心の動きの原因をつきとめた。アウグスティーンは、フェーリクスにたいする以前からの恐怖が克服できず、少年ができるだけ早く遠ざかってくれることを願っていたのである。

ところで、しだいに多くの人が集まってきて、本館にも別館にも、すべての人を泊めることがほとんどできないほどになった。初めは、こんなに多くの客を迎える用意がしてなかっただけに、なおさらのことであった。一同朝食を共にし、昼食を共にした。そして、時には一人で食事したいと心のなかでは思いながらも、こうしてうちとけ合って大いに満足しているというふりをしていた。テレーゼは、時にはロターリオと、たいていは一人で馬で出かけ、早くも近隣のあらゆる男や女の農民と知合いになっていた。これが彼女の家政の原則であり、近隣の男や女とできるだけ仲よくし、つねに変わらぬ好意を持ち合うことが是非《ぜひ》とも必要なことだと考えていた。彼女とロターリオとの結婚はまったく話題になっていないようであった。ナターリエと伯爵夫人は話の種《たね》がつきなかった。神父《アベ》は竪琴弾きとのつき合いにつとめているようであった。ヤルノはしばしば医者と話しこんでいた。フリードリヒはヴィルヘルムにつきまとい、フェーリクスは、たいて気に入った所があればどこへでもとび出した。座が解けて散歩に出かける時も、たいていこういう組合せになった。皆が集まらなければならない時には、皆を結びつけながらも、各自が自分を取り戻せるように、早速《さっそく》音楽に逃げ場が求められた。

思いもかけず伯爵がやってきて、また人数が増えた。夫人を迎えにきたのであるが、どうやらそれは、世俗の身内の人たちに改まって別れを告げるためのようであった。ヤルノは急いで馬車まで出迎えた。伯爵が、どんな人がきているのかとたずねると、ヤルノは、伯爵の前に出るといつもおちいる馬鹿げた気まぐれにとらえられて、「世界中の貴族が残らず集まっておられます。公爵、侯爵、子爵、男爵、欠けているのは伯爵だけです」と言った。こうして二人は階段を上がって行った。広間で伯爵を最初に出迎えたのはヴィルヘルムだった。「閣下《ミロール》*」と、伯爵はヴィルヘルムを一目見るなり、フランス語で話しかけた。「思いもかけず旧交をあたためることができるのはうれしいことです。思い違いでなければ、あなたには侯爵の随員として私どもの館《やかた》でお会いしましたね」

——「あのとき私は閣下に伺候《しこう》する栄に浴しました。しかし、私をイギリス人とお考えになり、しかも貴族とお思いになるのは、光栄に過ぎます。私はドイツ人で、そして」——「すこぶる有能な若者でございます」と、すかさずヤルノが口をはさんだ。伯爵は笑いながらヴィルヘルムを見、なにか言おうとしたが、その時ほかの人たちが入ってきて、心をこめて伯爵に挨拶した。そして、いますぐ伯爵を適当な部屋に案内できないことを詫《わ》び、即刻《そっこく》必要な部屋を用意すると言った。

「おや、おや」と伯爵は笑いながら言った。「どうやら部屋割りを偶然にまかせたようですな。よく考えて手配すればたいていのことはできるものですよ。ところで、スリッパ一足も動かさないように願いますよ。さもないと、大混乱が起こって、誰もが嫌な思いをしかねませんからね。誰一人、私の不手際で、たとえ一時間でもそんな思いをさせてはなりません。君が証人だ」と彼はヤルノに言い、「そしてミスター、あなたもね」とヴィルヘルムの方に向いて言った。「あの時どれほど多くの人を快適に私の館にお泊めしたか見たでしょう。お客と従者のリストを見せてください。それから、みなさんがいまどういうふうに泊まっておられるか教えてください。みなさんがほんのちょっとした骨折りで、広い部屋に泊まれるような部屋替えのプランを作って上げます。不意にやってくるかもしれないお客のためにも一つ部屋を残しておきましょう」

早速ヤルノが伯爵の副官になり、あらゆる必要なメモを作り、彼流に、ときどき伯爵をまごつかせては大喜びをしていた。しかしまもなく伯爵が大勝利をおさめた。部屋割りは完了し、伯爵が自ら立ち会って各部屋のドアに名前を書かせた。わずかな手数と変更によって、完全に目的が達せられたことを認めないわけにはいかなかった。またヤルノはとくに、目下《もっか》のところ互いに関心をもっている者同士が相部屋になるように手配した。

すべての手配が終わると、伯爵はヤルノに、「本人はドイツ人だと言っているが、君がマイスターと呼んでいるあの若い男の手がかりを教えてくれないかね」と言った。ヤルノは答えなかった。彼は伯爵が、たずねながら実は教えてやろうと思っている人の一人であることをよく知っていたからである。果たせるかな伯爵は、答を待たずに話をつづけた。「あのとき君はあの男をぼくに紹介して、侯爵の名でよろしく頼むと言っていたね。母親はドイツ人かも知らんが、父親はイギリス人、それも身分あるイギリス人だってことは保証するね。もっとも、三十年もドイツ人の血管のなかを流れているイギリス人の血なんか、誰も問題にしやしないがね。これ以上言うのはやめておこう。君たちはいつでもこういう血縁上の秘密をお持ちだからね。しかしこういう問題じゃなに一つぼくの目をくらますことはできないよ」そう言ってから伯爵は、あのとき館で、ヴィルヘルムに起こったいろんなことを話した。伯爵はすっかり勘違いして、ヴィルヘルムと、侯爵の随員の若いイギリス人とを何度も取り違えたけれども、それにたいしてもヤルノは、同じようになにも言わなかった。伯爵は若い頃は素晴らしい記憶力をもっていて、いまでも、若い頃のどんな些細《ささい》なことでも覚えていると自慢していた。記憶力が衰えるにつれて、空想の描き出す奇妙な連想や絵空事まで本当だと、同じような確信をもってきめつけた。いずれにしても、彼は非常に穏やかになり、人ざわりがよくなっていたので、彼が加わるとほかの人にたいへん好ましい印象をあたえた。なにか役に立つものを一緒に読もうと提案したり、時には、いろんなちょっとした遊びを持ち出して、自分が加わらない場合には、念入りにその遊び方を教えたりした。皆が彼の腰の低いのに感心すると、彼は、世間の主要事から身を引いた者は、せめてどうでもいいようなことで、世間の人に遅れをとらぬようにするのが義務なんですよ、と言った。

こうして遊んでいる時ヴィルヘルムは、何度となく不安な嫌な思いをさせられることがあった。軽薄なフリードリヒが、折あるごとに、ヴィルヘルムのナターリエにたいする愛をあてこすったからである。どうして気がついたのだろう。なにを根拠にそんなことを言うのだろう。皆は、二人がいつも一緒にいるものだから、まずいことについうっかり自分が秘密を洩《も》らしたに違いないと思うだろう、と彼は思った。

ある日、彼らがこうして冗談を言い合い、いつもより陽気に騒いでいるとき、突然アウグスティーンがドアを突き開《あ》け、恐ろしい形相《ぎょうそう》でおどりこんできた。真っ青な顔で、目は血走り、なにか言おうとするのだが言葉にならなかった。皆がぞっとした。狂気がぶり返したのだと思ったロターリオとヤルノが彼におどりかかり、抱きとめた。彼はどもりどもり、なにかもぐもぐ言っていたが、そのうち激しい勢いで喋り始め、叫んだ。

「私をとめないで。急いで。助けて。子供を助けて。フェーリクスが毒を飲んだんです」

二人が離すと、彼はドアからとび出した。びっくり仰天して皆はあとを追った。医者が呼ばれた。アウグスティーンは神父《アベ》の部屋に向かってかけて行った。そこに子供がいた。彼は、皆が遠くの方から「なにをやったんだ」と叫びながらかけてくるのを見て、驚き戸惑っているようであった。

「お父さん、ぼく瓶から飲まなかったよ。コップから飲んだんだ。とっても喉《のど》が渇いてたんだ」とフェーリクスは叫んだ。

アウグスティーンは両手を打ち合わせ、「もう駄目だ」と叫ぶと、周りの人を押し分けてかけ去った。

テーブルにはアーモンドミルクの入ったコップがあり、その横には、半分以上空《から》になった小瓶があった。医者がきて事情を教えられた。そして、液体阿片《あへん》の入っていた、よく知っている小瓶が空になって置いてあるのを見て驚いた。酢を持ってこさせ、彼の医術のあらゆる手段をつくした。

ナターリエは少年を一室に連れて行かせ、心配そうに介抱した。神父《アベ》はアウグスティーンを探しに行かせ、事情を聞きただすためにかけ去った。不幸な父親もアウグスティーンを探しに行ったが見つからなかった。帰ってみると、誰の顔にも不安と心配の色が浮かんでいた。そのあいだに医者は、コップのアーモンドミルクを調べていたが、大量の阿片が混入されていることがわかった。子供は寝椅子に寝かされ、ひどく悪いように見えた。そして父親に、もうなにも飲まさないで、もう苦しめないでと頼んだ。ロタールオは召使たちに、逃げたアウグスティーンを探しに行かせ、自分も馬で出かけた。ナターリエは子供のそばに坐っていた。子供はその膝にすがり、甘えながら、酢がひどくすっぱかったので、少し砂糖が欲しいと言った。医者はそれを許可し、この子はひどく興奮しているから少し安静にしておかなければならない、必要な手はすべて打ってあるし、できるだけのことをするつもりだと言った。伯爵はなにか不機嫌そうに歩み寄ったが、その様子は、真剣な、というよりは厳かなものであった。両手を子供の頭に置き、天を仰いで、しばらくその姿勢をつづけていた。しょんぼりと安楽椅子に坐っていたヴィルヘルムはおどり上がり、絶望に満ちた視線をナターリエに投げ、ドアから出て行った。

まもなく伯爵も出て行った。

「どうもよくわかりませんね」としばらくして医者が言った。「危険な症状の徴候がまったく現れません。一口飲んだだけで大量の阿片を飲んだことになるはずなんですがね。脈拍にしても、私のあたえた薬と、先ほどの騒ぎで子供の感じた不安による変化くらいしか見られません」

すぐそのあと、ヤルノがかけこんできて、アウグスティーンが屋根裏部屋で血まみれになっているのが見つかった。そばに剃刀《かみそり》があった。おそらくそれで喉《のど》をかき切ったのだろうと知らせた。医者は急いで出て行ったが、何人かの人がアウグスティーンを抱えて階段を下《お》りてくるところであった。ベッドに寝かされ、詳しく調べられた。切口は気管にまで達し、大量の出血のために気を失っていたが、まもなく助かる見込みのあることがわかった。医者は体の位置を直し、傷口を縫合《ほうごう》し、包帯した。その夜はみな一睡もせず、不安な夜を過ごした。子供はナターリエから離れようとしなかった。ヴィルヘルムは彼女の前の椅子に坐り、少年の足を膝に乗せていた。頭と胸は彼女の膝の上に置かれていた。こうして二人は、快い重みと辛い不安を分ち合い、夜の明けるまで、窮屈な悲しい姿勢をつづけていた。ナターリエは片手をヴィルヘルムにあずけていた。一言も口をきかず、子供を見、互いの顔を見つめ合った。ロターリオとヤルノは、部屋の別の片隅に坐り、なにか非常に重要な話をつづけていた。事態がこれほど切迫しているのでなければ、それをここで読者にお伝えしたいところである。少年は安らかに眠っていたが、朝早く元気一杯に目を覚まし、とび起きて、バターパンが食べたいと言った。

アウグスティーンがいくらか元気になるとすぐに、皆は多少なりとも事情を聞こうとした。散々骨折ったすえ、ようやく聞き出したところによると、伯爵の不幸な部屋替えによって、神父《アベ》と同室にされ、あの原稿を読み、自分の身の上を知ったというのである。彼の驚きは並々ならぬものであった。もう生きてはいられないと思いつめ、すぐさま阿片にいつもの逃げ道を求めた。アーモンドミルクのコップに阿片を注いだが、それを口に当てた時ぞっとして、コップをそこに置き、もう一度庭を歩いて、この世を見ようとした。帰ってみると子供がそこにいて、飲んだばかりのコップに瓶から注いで一杯にしようとしていた、というのである。

不幸な人を落ち着かせようとしたが、彼はもの狂おしげにヴィルヘルムの手を摑《つか》み、「ああ、私は、もうとっくにあなたから離れるべきだったのです。私があの少年を殺すか、あの少年が私を殺すことは、よくわかっていたのです」と言った。――「あの子は生きていますよ」とヴィルヘルムは言った。注意深く聞いていた医者はアウグスティーンに、「飲物全部に毒を入れたのですか」とたずねた。「いいえ、コップだけです」とアウグスティーンは答えた。――「そうすれば、非常に幸運な偶然によって、子供は瓶から飲んだのです」と医者は叫んだ。「親切な守護神が、すぐそばに待ち構えていた死に、あの子が手を伸ばさないように導いてくださったのです」――「とんでもない」とヴィルヘルムは両手で目を覆い、金切り声をあげて叫んだ。「なんてことを言うんです。あの子は瓶じゃなくてコップから飲んだとはっきり言っているのです。あの子が元気そうにしてるのは見かけだけです。あの子はぼくたちに抱かれて死ぬのです」ヴィルヘルムは急いで出て行った。医者も下におり、子供を撫でながら、「フェーリクス、瓶から飲んだんだね。コップからじゃないね」と聞いた。子供は泣き出した。医者はナターリエに小声で事情を説明し、ナターリエも子供から本当のことを聞き出そうとした。子供はますます激しく泣き、いつまでも泣きやまず、そのうち泣き寝入りに寝てしまった。ヴィルヘルムは夜通し子供につき添っていた。夜は静かにふけて行った。翌朝アウグスティーンがベッドで死んでいるのが見つかった。平静をよそおって看護人の目をあざむき、そっと包帯をとき、出血で死んだのである。ナタ―リエは子供を連れて散歩に行った。子供はなにもなかったように元気だった。「おばちゃんはやさしいんだね」とフェーリクスは言った。「おばちゃんは叱ったり、ぶったりしないね。おばちゃんにだけ言う。ぼく瓶から飲んだんだ。アウレーリエお母さんは、ぼくが瓶に手を出すと、いつも指をぶったんだ。お父さんはこわい顔をしてたから、ぶたれると思ったんだ」

ナタ―リエは羽が生《は》えたように館《やかた》へとんで帰った。相変らず憂鬱な顔つきでヴィルヘルムがやってきた。「仕合せなお父さん」とナタ―リエは子供を抱き上げ、ヴィルヘルムの腕に投げ出すようにしながら、大声を上げて叫んだ。「ほら、坊やを取り戻したのよ。瓶から飲んだのよ。お行儀が悪くて助かったのよ」

この幸運な結末は伯爵にも告げられた。伯爵は、善良なひとびとの誤りは見逃してあげましょうと言わんばかりに、確信ありげに、微笑を浮かべ、なにも言わず、つつましげに聞いていた。何事にも気のつくヤルノも、今度ばかりはこの勿体《もったい》ぶった自己満足の説明はできなかった。遠まわしにいろいろと探りを入れてみた結果、ようやくつぎのようなことがわかった。伯爵は、子供が本当に毒を飲んだと確信していたが、自分の祈りと、子供の頭に手を置くことによって、奇跡的に命をとりとめた、というのである。伯爵は直ちに出発することにし、いつものように、あっと言う間《ま》に荷作りをした。別れに際して美しい伯爵夫人は、姉の手に支えられながら、ヴィルヘルムの手を取った。四つの手が握り合わされたかと思うと、夫人は素早く身をひるがえして馬車に乗りこんだ。

多くの恐ろしい、奇妙な事件があいついで起こったために、いつもと違う生活様式を強いられ、なにもかも秩序を失い、混乱してしまったために、館じゅう一種熱病じみた動揺におちいった。寝る時間も起きる時間も、食事の時間もお茶の時間も団欒《だんらん》の時間も、狂ってしまいあべこべになってしまった。テレーゼのほかは誰も自分の軌道を守っていなかった。男たちはアルコールによって、上機嫌を作り出そうとしたが、人工的な気分はかえって、それのみが真の快活さと活動性をあたえてくれる自然な気分を遠ざけた。

ヴィルヘルムは激しい情熱によってゆり動かされ、錯乱させられ、数々の思いもよらない恐ろしい出来事によって、彼の内奥は根底から、すっかり落ち着きを失っていたので、彼の心を強力にとらえていた一つの情熱に抵抗できなくなっていた。フェーリクスは取り返された。しかし彼にはすべてが欠けているような気がした。ヴェルナーの手紙も為替《かわせ》も届いていた。旅に出るのに欠けているのは、ここを離れる勇気だけだった。すべてが彼の旅立ちを求めていた。ロターリオとテレーゼが、二人の結婚のために、彼の出発を待っていることは十分に想像できた。ヤルノはいつもの例に反して黙りこみ、通常の彼の快活さをいくらか失ったと言えるほどであった。ヴィルヘルムは、医者が彼は病気だと言って薬をくれたので、辛うじて当惑をまぬかれることができた。

夜にはいつも皆が集まった。剽軽者《ひょうきんもの》のフリードリヒは、いつも葡萄酒《ぶどうしゅ》の度を過ごし、話題を独占して、例のごとく数多《あまた》の引用や、ふざけたあてこすりによって一同を笑わせ、時には、自分の考えを露骨に述べて、皆を当惑させた。

彼はヴィルヘルムの病気をまったく信用していなかった。ある夜、皆が集まっているとき、彼は大声でこう言った。「ドクター、ヴィルヘルムさんがかかっている病気はなんというんですか。あなたの無知を糊塗《こと》している何千という名前のどれも当てはまらないんじゃありませんか。少なくとも、似たような症例にはこと欠きませんね。こういう病状は」と語調を強めてつづけた。「エジプトかバビロニアの歴史に現れてきますね」

皆は顔を見合せ、微笑した。

「あの王はなんという名前でしたか」と彼は叫び、ちょっと間《ま》を置いてからつづけた。「あなた方が教えてくれないなら、自分で思い出すことにしましょう」彼はドアをさっと開いて、控えの間《ま》の例の大きな絵*を指さした。「ベッドの足もとに立って、病める息子を思い煩っている、王冠をかむった山羊鬚《やぎひげ》の男はなんといいましたか。そのしとやかめかした怪しげな目に、毒と解毒剤とを同時に漂わせながらそこに入ってくる美女はなんといいましたか。この時やっと目から鱗《うろこ》が落ち、生涯で初めてまともな処方箋《しょほうせん》を書き、病気を根治させる、美味でもあれば効き目もある薬を飲ませる機会を得た、あのやぶ医者はなんといいましたか」

こういう調子で彼は喋りつづけた。ほかの人たちはできる限り自制して、当惑を作り笑いのかげに隠した。薄い赤みがナターリエの頬をかすめ、彼女の心の動きを現した。運よく彼女は、ヤルノと一緒に部屋のなかを歩き回っていた。ドアのところへ来たとき彼女は、巧みな身さばきで外へ出た。控えの間《ま》を二、三度行き来したのち、自分の部屋へ帰った。

誰もが黙りこんでいた。フリードリヒは踊りながら歌い始めた。

さあさ、みなさん、奇跡をごらんあれ
起こったことは、起こったこと
言ったことは、言ったこと

夜のひき明けまえに
奇跡をごらんにいれましょう

テレーゼはナターリエのあとを追った。フリードリヒは医者を大きな絵の前へ引っぱって行き、医術にたいする愚にもつかぬ賛辞を並べた挙句《あげく》どこかへ行ってしまった。

これまでロターリオは窓のくぼみのところに立ち、身じろぎもせず庭を見下ろしていた。ヴィルヘルムは恐ろしい状態に落ちこんでいた。こうしてロターリオと二人だけになってからも、依然として黙りこんでいた。これまで自分の身に起こったことを素早く振り返り、最後にいまの状態に目を向けてぞっとした。ついに彼はおどり上がって、こう叫んだ。「いま起こっていること、あなたとぼくに起こっていることがぼくに責任があるのでしたら、ぼくを罰してください。ぼくからあなたの愛を引き上げて、苦しみを存分に味わわせてください。そして情け容赦なくぼくを広い世間に放り出してください。もうとっくにぼくは、世間に姿を消しているはずだったのです。ぼくを、恐ろしい偶然のもつれにまきこまれ、抜け出ることのできない犠牲者だと思ってくださるのでしたら、あなたの愛、あなたの友情の保証を、餞別《せんべつ》としてあたえてください。これ以上出発をのばすわけには行きません。この数日、ぼくのうちに起こったことを、あなたに申し上げることのできる時がそのうちくるでしょう。もっとずっと早く、ぼくの気持をあなたに打ち明けなかったために、ぼくがどう思っているかを、すっかりあなたに打ち明けるのをためらっていたために、おそらくぼくはいま、その罰を受けているのです。そうでなかったら、あなたはぼくに力を貸してくださり、手遅れにならないうちにぼくを助け出してくださったでしょう。これまで何度もぼくは目を自分自身に向けましたが、いつもそれは遅すぎたり、無駄だったりしました。ヤルノさんにお説教を食ったのも当然のことでした。ぼくはそれを理解したつもりで、新しい生活を始めるのにそれを利用しようとしました。ぼくにそれができたでしょうか。ぼくはそうすべきなのでしょうか。われわれ人間は自分自身を嘆いたり、運命を呪ったりしますが、無駄なことです。われわれは惨めなのです。惨めになるように定められているのです。われわれを破滅させるのが、自分の罪であろうと、より高い力の影響であろうと、偶然であろうと、美徳であろうと、悪徳であろうと、英知であろうと、狂気であろうと、まったくどうでもいいことではないでしょうか。ではご機嫌よろしゅう。ぼくはこれ以上一時《いっとき》もこの家に留まるわけには行きません。この家で受けたご好意をぼくは心ならずもひどく傷つけてしまいました。

弟さんの無遠慮を許すことはできません。それがぼくの不幸を限界まで追いやり、ぼくを絶望させるのです」

「ところで」とロターリオはヴィルヘルムの手を取りながら言った。「テレーゼがぼくに手をあたえる決心をするための内密の条件として、君がぼくの妹と結婚することをあげたとしたら、君はどうしますか。あの高貴な女性は、君への償いとしてこんなことを考えているのです。二つの組が同じ日に祭壇の前へ行くべきだと彼女は誓っているのです。『あの人の知性はわたしを選びましたが』と彼女は言いました。『あの人の心はナターリエさんを求めているのです。だからわたしの知性はあの人の心を助けてあげるのです』ぼくたちは、ナターリエと君を観察することで一致しました。神父《アベ》にも打ち明けました。神父は、この結びつきのためには一歩も動かない、すべてを成行きにまかせるという約束をさせました。ぼくたちはそのとおりにしました。自然の力が働きました。愚かな弟は熟れた果実をゆすり落しただけのことです。不思議な縁で知り合ったのですから、つまらない生活は送らないようにしましょう。力を合わせて立派な仕事をしようではありませんか。支配しようなどと思わず、多くの人の後見人になり、その人たちがしたいと思っていることを、適当な時に実行できるように指導したり、目標は非常によくわかってはいるが、そこへ行く道がわからない人たちを、その目標に連れて行ったりする。教養ある人たちがそういう気持になりさえすれば、自分のためにも世間のためにも、なにができるかは信じられないほどです。そのために手を取り合おうではありませんか。これは夢想ではありません。十分に実行可能な理念なのです。必ずしもはっきり意識されているわけではありませんが、しばしば秀《すぐ》れた人たちによって実行されている理念なのです。妹のナタ－リエはそのことの生きた実例です。自然がこの美しい魂に命じた行動の仕方は、いつまでも及び難いものとして残るでしょう。そうです。ナタ－リエは、ほかの誰よりも、敢えて言えば、あの高貴な伯母よりも、美しい魂と呼ばれるに価します。あの立派な医者があの草稿に『美わしき魂の告白』という標題をつけた頃は、伯母がぼくたちの仲間のうちで、もっとも美しい魂でした。その後ナタ－リエが成長しました。人類はナタ－リエのような人をその喜びとするでしょう」

ロタ－リオはさらに話をつづけようとしたが、フリ－ドリヒが大声をあげながらとびこんできた。「どんな冠が貰えますか。どんなご褒美がいただけますか。ミルテでも月桂樹でもきづたでも槲《かしわ》でも、見つかるかぎりのいちばんみずみずしい葉っぱで、冠を編んでください。それだけの功績がぼくにはあるんです。ナタ－リエお姉さんはあなたのものです。ぼくはこの宝物を掘り出した魔法使いなんです」

「またひと騒ぎやろうっていうんですか。ぼくは失礼します」とヴィルヘルムは言った。

「誰に頼まれたんだ」と、ロターリオはヴィルヘルムを引き止めながら言った。

「ぼくの力でですよ。なんなら神の恵みでと言ってもいいです。前は縁結びの神、今度は特命大使です。ドアのところで聞いていますと、お姉さんが神父《アベ》にみんな打ち明けたんです」とフリードリヒは言った。

「恥知らずめ、誰が立ち聞きしろと言った」とロターリオが言った。

「それじゃあ、誰が二人に閉じこもれと言ったんですか。ぼくはなにもかも、はっきりと聞きました。姉はたいへん興奮していました。あの子がひどく悪いように思われ、体の半分を姉の膝にあずけ、あなたがしょんぼりと姉の前に坐って、かわいいお荷物を二人で分ち合っていたあの夜、姉は、この子が死ぬようなことがあったら、あなたに愛を告白し、自分から結婚を申し込もうと誓ったのです。いまあの子は生きています。だからといって気持を変えなきゃならぬわけがありますか。一度きめたことは、条件が変わっても守らなきゃなりませんよ。そろそろ神父《アベ》さんが、とびきりのニュースを聞かせようと思ってやってくるころですよ」

神父《アベ》が部屋に入ってきた。「ぼくたちはもうみんな知っているんです」とフリードリヒは神父《アベ》に向かって叫んだ。「簡単にやってください。あなたがこられたのも形式のためですし、皆の立会いを求めるのも形式のためでしょうからね」

「弟が立ち聞きしてたんです」とロターリオが言った。――「そりゃあひどい」と神父《アベ》が叫んだ。

「さあ、手っ取り早くやりましょう」とフリードリヒが答えた。「式の方はどうなるんですか。当然のことながらあなたたちは旅に出なければなりません。侯爵のご招待があるとは実に有難いことですね。アルプスさえ越えてしまえば、万事がお手のものです。なにか変わったことをやってやれば、みんな大喜びしてくれますよ。木戸銭の要《い》らない娯楽を提供するんですからね。無料の仮装舞踏会ってところで、どんな身分の人でも参加できるんです」

「もちろんあなたは、そういうどんちゃん騒ぎで、これまでにもわれわれ見物人を、大いに楽しませてくれました。どうやら今日のところは、私が口を出す余地はなさそうですね」と神父《アベ》が言った。

「なにもかも、ぼくの言ったとおりでしょう。間違ったことがあったら教えてください。さあ、行きましょう、行きましょう。お姉さんに会って、お祝いを言いましょう」

ロターリオはヴィルヘルムを抱きしめ、妹のところへ連れて行った。ナターリエはテレーゼとともに彼を出迎えた。誰も一言《ひとこと》も口をきかなかった。

「なにをぐずぐずしてるんですか」とフリードリヒが叫んだ。「二日もあれば旅の支度はできます。ところであなた」と彼はヴィルヘルムの方を向いてつづけた。「ぼくたちが知り合ったとき、ぼくはあなたに美しい花束をおねだりしましたが、あの時あなたは、ぼくの手からこんな花を受け取ろうとは思いもしなかったでしょう」

「この最高の幸福の瞬間に、あの頃のことを思い出させないでください」

「あの頃のことを恥ずかしく思う必要はありませんよ。素姓《すじょう》を恥じる必要がないのと同じです。あの頃も楽しかったじゃありませんか。あなたを見ていると、つい笑えてくるのです。あなたが、父のろばを探しに出かけて、王国を見つけた、キシュの息子のサウルのように思えますのでね*」

「王国の価値は知りませんが、ぼくが身に余る、この世の何物にも替えたくない幸運を手に入れたことはよくわかっています」

訳　注

頁行

九 7　ロターリオ——第四巻第十六章ではロータルと呼ばれている。ロターリオが正式名。

二〇 8　こいつは不思議だ、実に不思議だ——この言葉はのちに明らかになる。

四六 6　自由地——領主にたいする忠誠義務と課税をまぬかれている土地。

一三三 9　小世界——ヤルノたちの属する結社のこと。

一四四 11　ロンブル——三人でするトランプ遊びの一種。

一五七 8　封土——主君から臣下に奉仕義務の代償としてあたえられた土地。納税の義務はないが、自由に売買することは許されなかった。

一五七 15　自分で選ぶ——世襲農民は領主の許可がなければ結婚することができなかった。

一六五 15　バロネッセ——バロネッセ(Baronesse)には男爵令嬢と男爵夫人の両義がある。ヴィルヘルムは男爵令嬢を男爵夫人と取り違えたのである。

一六八 6　ミニヨンの歌——第三巻冒頭の歌。

一九五 4　亡くなられた伯爵——ツィンツェンドルフ伯爵は一七六〇年に死んだ。

二二三 14　男の子——男装した自分のこと。

二三四 10　過去の広間——別館の名。

二七 2　生を思え――中世キリスト教の禁欲的格言「死を思え」に対応する。

二四二 9　シュネッケンフース――かたつむりの足の意。

二四二 11　代理伯――皇帝が職務を行えなくなったり、皇帝の死によって空位が生ずると代理職(帝国執政)が置かれ代行した。この代理職によって任命された伯爵は代理伯と呼ばれた。

二四三 5　マウソーロス王――前四世紀の人。前三七七―前三五三年、当時ペルシア帝国の属州であった小アジアのカーリア地方の大守。その壮大な墓は当時から世界七不思議の一つとされた。地震により壊滅。

二四三 11　スキピオ――古代ローマの将軍、政治家。(前二三六頃―前一八三)

二四三 11　アレクサンドロス――マケドニア王。(前三五六―前三二三)

二四三 13　……炭火を積む――『ローマ人への手紙』12・20「敵が飢えているなら食べさせよ、渇いているなら、飲ませよ、そのようにすることで、あなたは敵の頭に燃える炭火を積むからである。」

二四三 15　石につまずかないように――『詩篇』91・12「彼らは両掌にあなたを載せる、あなたの足が石につまずかぬよう。」

二四五 2　フィレオー、フィロー――ギリシア語。フィレオー(Philēo)、フィロー(Philoh)はともに「私は愛する」の意。Philoh は Philēo の縮小形。フィリーネ(Philine)はその派生語。

二四六 13　変身――オウィディウスの『変身物語』のこと。これは幼い頃のゲーテの愛読書であった。

二四七 4　コボルト――ドイツの俗信で、いたずら好きの小妖精。

二四七 5　二つ折の聖書――大型の聖書。当時広く愛用された。『年代記』、ヨーハン・ルートヴィヒ・ゴットフリートによる『歴史年代記』のこと。広く読まれた。『ヨーロッパ大観』(一六三三―一七〇八)、ヨーハン・フィーリップ・アーベリン(一六〇〇―一六三四)の書いた同時代史にほかの著者が書きついだもの。二巻本の新版が一七三八年に出ている。『古代詞華集』、ペーター・ラウレンベルクがギリシア、ローマの著作家のものから編集した二〇〇篇の物語、逸話などからなる(一六三三、ロストック)。『グリューフィウスの作品集成』、アンドレーアス・グリューフィウス(一六一六―一六六四)はドイツ・バロックを代表する詩人、劇作家。一六五〇年以来多くの作品集が出、一六九八年には全集が出た。

二六〇 5　マグダラのマリア――マグダラはガリラヤ湖西岸、テベリアの北西数キロの地点にあった町。この町出身のマリアはイエスに忠実に従った女性の一人で、イエスの処刑、埋葬に立ち合い、天使からイエスの復活を最初に知らされた。

二六六 11　第三の天――雲の天、鳥の天(第一の天)の上に天の大空があり、それは透明な丸天井で、そこに日、月、星などの天体が座を占めている(第二の天)、その上に神が居住し、顕現する天がある(第三の天)。そこには天使も住んでおり、贖《あがな》われた者たちが最後に至るところでもある、とされている。

三〇四 2　聖ボロメーウス――カルロ・ボロメオ(一五三八―一五八四)。司教枢機卿。アローナ生まれ。祝祭日は十一月四日。一五六〇年に伯父の教皇ピウス四世からミラノの枢機卿に任命される。トリエント公会議(一五四五―一五六三)の成功のために尽力し、有名なローマ公教要理(一五六六)の作成の中心人物であった。宗教界の規律の維持に決然として努めたことや、一五七〇年の飢饉や一五七六年のペスト流行の際の貧者救済で知られている。のちに聖アンブロジオ献身会として知られる共同体を創始した。一六一〇年に列聖された。

三〇六1　グラウビュンデン――スイス東部、イタリアに隣接する州。

三四9　ミロール――身分の高いイギリス人にたいする呼びかけ。

三五15　例の大きな絵――第一巻第十七章に出てくる「病める王子」の絵のこと。この絵の物語はプルタルコス(四六頃―一二〇以後)の『対比列伝』(『英雄伝』)にある物語で、多くの文学、絵画の題材となった。シリア王国(セレウコス朝)の建設者セレウコス一世ニカトルが息子アンティオコス一世ソテルの病気を見舞う。医者が脈をとっているとき、父王の後妻である美しい王妃ストラトニケが入ってくる。医者は直ちに王子の病《やまい》が、継母にたいする恋わずらいであることを見破る。

三三13　キシュの息子のサウルのように――『サムエル記上』第九章、第十章。キシュの息子サウルは、父の見失った雌ろば数頭を探しに行き、ツフの地で予言者サムエルに会い、主のお告げだとして油をそそがれ、イスラエル最初の王となった。

ヴィルヘルム・マイスターの修業時代《しゅぎょうじだい》（下）〔全3冊〕
ゲーテ作

2000年3月16日　第1刷発行
2007年1月25日　第5刷発行

訳　者　山崎章甫《やまさきしょうほ》

発行者　山口昭男

発行所　株式会社　岩波書店
〒101-8002　東京都千代田区一ツ橋2-5-5
案内 03-5210-4000　販売部 03-5210-4111
文庫編集部 03-5210-4051
http://www.iwanami.co.jp/

印刷・精興社　製本・中永製本

ISBN 4-00-324054-5　　Printed in Japan

読書子に寄す

――岩波文庫発刊に際して――

岩波茂雄

真理は万人によって求められることを自ら欲し、芸術は万人によって愛されることを自ら望む。かつては民を愚昧ならしめるために学芸が最も狭き堂宇に閉鎖されたことがあった。今や知識と美とを特権階級の独占より奪い返すことはつねに進取的なる民衆の切実なる要求である。岩波文庫はこの要求に応じそれに励まされて生まれた。それは生命ある不朽の書を少数者の書斎と研究室とより解放して街頭にくまなく立たしめ民衆に伍せしめるであろう。近時大量生産予約出版の流行を見る。その広告宣伝の狂態はしばらくおくも、後代にのこすと誇称する全集がその編集に万全の用意をなしたるか。千古の典籍の翻訳企図に敬虔の態度を欠かざりしか。さらに分売を許さず読者を繋縛して数十冊を強うるがごとき、はたしてその揚言する学芸解放のゆえんなりや。吾人は天下の名士の声に和してこれを推挙するに躊躇するものである。このときにあたって、岩波書店は自己の責務のいよいよ重大なるを思い、従来の方針の徹底を期するため、すでに十数年以前より志して来た計画を慎重審議この際断然実行することにした。吾人は範をかのレクラム文庫にとり、古今東西にわたって文芸・哲学・社会科学・自然科学等種類のいかんを問わず、いやしくも万人の必読すべき真に古典的価値ある書をきわめて簡易なる形式において逐次刊行し、あらゆる人間に須要なる生活向上の資料、生活批判の原理を提供せんと欲する。この文庫は予約出版の方法を排したるがゆえに、読者は自己の欲する時に自己の欲する書物を各個に自由に選択することができる。携帯に便にして価格の低きを最主とするがゆえに、外観を顧みざるも内容に至っては厳選最も力を尽くし、従来の岩波出版物の特色をますます発揮せしめようとする。この計画たるや世間の一時の投機的なるものと異なり、永遠の事業として吾人は微力を傾倒し、あらゆる犠牲を忍んで今後永久に継続発展せしめ、もって文庫の使命を遺憾なく果たさしめることを期する。芸術を愛し知識を求むる士の自ら進んでこの挙に参加し、希望と忠言とを寄せられることは吾人の熱望するところである。その性質上経済的には最も困難多きこの事業にあえて当たらんとする吾人の志を諒として、その達成のため世の読書子とのうるわしき共同を期待する。

昭和二年七月

《東洋文学》

- 杜詩 全八冊 — 鈴木虎雄訳註
- 杜甫詩選 — 黒川洋一編
- 李白詩選 — 松浦友久編訳
- 蘇東坡詩選 — 小川環樹・山本和義選訳
- 陶淵明全集 全二冊 — 松枝茂夫・和田武司訳注
- 唐詩選 全三冊 — 前野直彬注解
- 唐詩概説 — 小川環樹
- 完訳 三国志 全八冊 — 小川環樹・金田純一郎訳
- 金瓶梅 全十冊 — 小野忍・千田九一訳
- 完訳 水滸伝 全十冊 — 吉川幸次郎・清水茂訳
- 西遊記 全十冊 — 中野美代子訳
- 杜牧詩選 — 松浦友久・植木久行編訳
- 菜根譚 — 今井宇三郎訳注
- 阿Q正伝・狂人日記 他十二篇 — 魯迅 竹内好訳
- 朝花夕拾 — 魯迅 松枝茂夫訳
- 魯迅評論集 — 竹内好編訳
- 結婚狂詩曲（囲城） 全二冊 — 銭鍾書 荒井・中島訳
- 中国名詩選 全三冊 — 松枝茂夫編
- 聊斎志異 全二冊 — 蒲松齢 立間祥介編訳
- 公女マーラヴィカーとアグニミトラ王 他一篇 — カーリダーサ 大地原豊訳
- バガヴァッド・ギーター — 上村勝彦訳
- アイヌ神謡集 — 知里幸恵編訳
- サキャ格言集 — 今枝由郎訳

《ギリシア・ラテン文学》

- ホメロス イリアス 全二冊 — 松平千秋訳
- ホメロス オデュッセイア 全二冊 — 松平千秋訳
- イソップ寓話集 — 中務哲郎訳
- アイスキュロス アガメムノーン — 久保正彰訳
- アンティゴネー — ソポクレース 呉茂一訳
- ソポクレス オイディプス王 — 藤沢令夫訳
- タウリケーのイーピゲネイア — エウリーピデース 久保田忠利訳
- アポロドーロス ギリシア神話 — 高津春繁訳
- アエネーイス 全二冊 — ウェルギリウス 泉井久之助訳
- アベラールとエロイーズ —愛と修道の手紙 — 畠中尚志訳
- オウィディウス 変身物語 — 中村善也訳
- サテュリコン —古代ローマの風刺小説 — ペトロニウス 国原吉之助訳
- ギリシア・ローマ神話 — ブルフィンチ 野上弥生子訳
- ギリシア・ローマ名言集 — 柳沼重剛編
- ギリシア恋愛小曲集 — 中務哲郎訳
- ギリシア・ローマ古典文学案内 — 高津春繁・斎藤忍随

《イギリス文学》

- ユートピア — トマス・モア 平井正穂訳
- 完訳カンタベリー物語 全三冊 — チョーサー 桝井迪夫訳
- ヴェニスの商人 — シェイクスピア 中野好夫訳
- ジュリアス・シーザー — シェイクスピア 中野好夫訳
- お気に召すまま — シェイクスピア 阿部知二訳
- 十二夜 — シェイクスピア 小津次郎訳

ハムレット　シェイクスピア　野島秀勝訳
オセロウ　シェイクスピア　菅泰男訳
リア王　シェイクスピア　野島秀勝訳
マクベス　シェイクスピア　木下順二訳
ソネット集　シェイクスピア　高松雄一訳
ロミオとジューリエット　シェイクスピア　平井正穂訳
リチャード三世　シェイクスピア　木下順二訳
対訳シェイクスピア詩集 —イギリス詩人選(1)　柴田稔彦編
失楽園　全二冊　ミルトン　平井正穂訳
ロビンソン・クルーソー　全二冊　デフォー　平井正穂訳
モル・フランダーズ　全二冊　デフォー　伊澤龍雄訳
桶物語・書物戦争　他一篇　スウィフト　深町弘三訳
ガリヴァー旅行記　スウィフト　平井正穂訳
墓畔の哀歌　グレイ　福原麟太郎訳
対訳ブレイク詩集 —イギリス詩人選(4)　松島正一編
ワーズワース詩集　田部重治選訳

対訳ワーズワス詩集 —イギリス詩人選(3)　山内久明編
高慢と偏見　全二冊　ジェーン・オースティン　富田彬訳
説きふせられて　ジェーン・オースティン　富田彬訳
エマ　全二冊　ジェーン・オースティン　工藤政司訳
ジェイン・オースティンの手紙　新井潤美編訳
イノック・アーデン　テニスン　入江直祐訳
対訳テニスン詩集 —イギリス詩人選(5)　西前美巳編
虚栄の市　全五冊　サッカリー　中島賢二訳
デイヴィッド・コパフィールド　全五冊　ディケンズ　石塚裕子訳
ディケンズ短篇集　小池滋　石塚裕子訳
ボズのスケッチ　短篇小説篇　全二冊　ディケンズ　藤岡啓介訳
鎖を解かれたプロメテウス　シェリー　石川重俊訳
ジェイン・エア　全二冊　シャーロット・ブロンテ　遠藤寿子訳
嵐が丘　全二冊　エミリー・ブロンテ　河島弘美訳
エゴイスト　全二冊　メレディス　朱牟田夏雄訳
サイラス・マーナー　G・エリオット　土井治訳

アルプス登攀記　全二冊　ウィンパー　浦松佐美太郎訳
アンデス登攀記　全二冊　ウィンパー　大貫良夫訳
テス　全二冊　ハーディ　井上・石田訳
ハーディ短篇集　井出弘之編訳
宝島　スティーヴンスン　阿部知二訳
ジーキル博士とハイド氏　スティーヴンスン　海保眞夫訳
怪談 —不思議なことの物語と研究　ラフカディオ・ハーン　平井呈一訳
心 —日本の内面生活の暗示と影響　ラフカディオ・ハーン　平井呈一訳
サロメ　ワイルド　福田恆存訳
ヘンリ・ライクロフトの私記　ギッシング　平井正穂訳
闇の奥　コンラッド　中野好夫訳
密偵　コンラッド　土岐恒二訳
西欧人の眼に　全二冊　コンラッド　中島賢二訳
コンラッド短篇集　中島賢二訳
月と六ペンス　モーム　行方昭夫訳
読書案内　モーム　西川正身訳

世界の十大小説 全二冊	モーム 西川正身訳
人間の絆 全三冊	モーム 行方昭夫訳
ダブリンの市民	ジョイス 結城英雄訳
マンスフィールド短篇集 幸福・園遊会 他十七篇	崎山正毅 伊澤龍雄 訳
恋愛対位法 全二冊	ハックスリ 朱牟田夏雄訳
悪口学校	シェリダン 菅泰男訳
オーウェル評論集	小野寺健編訳
カタロニア讃歌	ジョージ・オーウェル 都築忠七訳
対訳キーツ詩集 —イギリス詩人選(10)	宮崎雄行編
ギャスケル短篇集	松岡光治編訳
20世紀イギリス短篇集	小野寺健編訳
オルノーコ 美しい浮気女	アフラ・ベイン 土井治訳
ローソン短篇集	伊澤龍雄編訳
イギリス名詩選	平井正穂編
タイム・マシン 他九篇	H・G・ウェルズ 橋本槇矩訳
透明人間	H・G・ウェルズ 橋本槇矩訳

解放された世界	H・G・ウェルズ 浜野輝訳
さらば古きものよ 全二冊	ロバート・グレーヴズ 工藤政司訳
完訳ナンセンスの絵本	エドワード・リア 柳瀬尚紀訳
灯台へ	ヴァージニア・ウルフ 御輿哲也訳
世の習い	コングリーヴ 笹山隆訳
中世騎士物語	ブルフィンチ 野上弥生子訳

《アメリカ文学》

フランクリン自伝	松本慎一 西川正身 訳
アルハンブラ物語 全二冊	アーヴィング 平沼孝之訳
完訳緋文字	ホーソーン 八木敏雄訳
ホーソーン短篇小説集	坂下昇編訳
黒猫・モルグ街の殺人事件 他五篇	ポオ 中野好夫訳
対訳ポー詩集 —アメリカ詩人選(1)	加島祥造編
森の生活(ウォールデン) 全二冊	H・D・ソロー 飯田実訳
白鯨 全三冊	メルヴィル 八木敏雄訳
ビリー・バッド	メルヴィル 坂下昇訳
幽霊船 他一篇	メルヴィル 坂下昇訳
草の葉 全三冊	ホイットマン 酒本雅之訳
対訳ホイットマン詩集 —アメリカ詩人選(2)	木島始編
対訳ディキンソン詩集 —アメリカ詩人選(3)	亀井俊介編
不思議な少年	マーク・トウェイン 中野好夫訳
王子と乞食	マーク・トウェイン 村岡花子訳
人間とは何か	マーク・トウェイン 中野好夫訳
ハックルベリー・フィンの冒険 全二冊	マーク・トウェイン 西田実訳
新編悪魔の辞典	ビアス 西川正身編訳
ビアス短篇集	大津栄一郎編訳
ねじの回転 デイジー・ミラー	ヘンリー・ジェイムズ 行方昭夫訳
赤い武功章 他三編	クレイン 西田実訳
本町通り 全三冊	シンクレア・ルイス 斎藤忠利訳
熊 他三篇	フォークナー 加島祥造訳
日はまた昇る	ヘミングウェイ 谷口陸男訳
ヘミングウェイ短篇集 全二冊	谷口陸男編訳

オー・ヘンリー傑作選　大津栄一郎訳
フィッツジェラルド短篇集　佐伯泰樹編訳
アメリカ名詩選　亀井俊介・川本皓嗣編
20世紀アメリカ短篇選　全二冊　大津栄一郎編訳
開拓者たち　全二冊　クーパー　村山淳彦訳

《南北欧文学その他》

ダンテ　神曲　全三冊　山川丙三郎訳
パロマー　カルヴィーノ　和田忠彦訳
愛神の戯れ　—牧歌劇「アミンタ」　トルクァート・タッソ　鷲平京子訳
故郷　パヴェーゼ　河島英昭訳
シチリアでの会話　ヴィットリーニ　鷲平京子訳
ドン・キホーテ　全六冊　セルバンテス　牛島信明訳
人の世は夢／サラメアの村長　カルデロン　高橋正武訳
緑の瞳・月影　他十二篇　ベッケル　高橋正武訳
エスピノーサ　スペイン民話集　三原幸久編訳
エル・シードの歌　長南実訳

プラテーロとわたし　J.R.ヒメーネス　長南実訳
完訳アンデルセン童話集　全七冊　大畑末吉訳
即興詩人　全二冊　アンデルセン　大畑末吉訳
絵のない絵本　アンデルセン　大畑末吉訳
アンデルセン自伝　—わが生涯の物語　大畑末吉訳
イプセン　人形の家　原千代海訳
ポルトガリヤの皇帝さん　ラーゲルレーヴ　イシガオサム訳
巫女《みこ》　ラーゲルクヴィスト　山下泰文訳
クオ・ワディス　全三冊　シェンキェーヴィチ　木村彰一訳
ロボット(R・U・R)　チャペック　千野栄一訳
オルトゥタイ　ハンガリー民話集　徳永・石本・岩崎・粂編訳
尼僧ヨアンナ　イヴァシュキェヴィッチ　関口時正訳
完訳千一夜物語　全十三冊　豊島・渡辺・佐藤・岡部訳
ルバイヤート　オマル・ハイヤーム　小川亮作訳
アブー・ヌワース　アラブ飲酒詩選　塙治夫編訳
ペドロ・パラモ　ファン・ルルフォ　杉山・増田訳

伝奇集　J.L.ボルヘス　鼓直訳
フエンテス短篇集　アウラ・純な魂　他四篇　木村榮一訳

《ドイツ文学》

ニーベルンゲンの歌 全二冊　相良守峯訳
若きウェルテルの悩み　ゲーテ　竹山道雄訳
ヴィルヘルム・マイスターの修業時代 全三冊　ゲーテ　山崎章甫訳
ヴィルヘルム・マイスターの遍歴時代 全三冊　ゲーテ　山崎章甫訳
イタリア紀行 全三冊　ゲーテ　相良守峯訳
ファウスト 全二冊　ゲーテ　相良守峯訳
ゲーテとの対話 全三冊　エッカーマン　山下肇訳
美と芸術の理論 ―カリアス書簡　シラー　草薙正夫訳
ヴァレンシュタイン　シラー　濱川祥枝訳
ヘルダーリン詩集　川村二郎訳
青い花　ノヴァーリス　青山隆夫訳
完訳 グリム童話集 全五冊　金田鬼一訳
影をなくした男　シャミッソー　池内紀訳
ドイツ古典哲学の本質　ハイネ　伊東勉訳
森の小道・二人の姉妹　シュティフター　山崎章甫訳
みずうみ 他四篇　シュトルム　関泰祐訳
地霊・パンドラの箱 ―ルル二部作　F・ヴェデキント　岩淵達治訳
ブッデンブローク家の人びと 全三冊　トーマス・マン　望月市恵訳
トオマス・マン短篇集　実吉捷郎訳
魔の山 全二冊　トーマス・マン　関・望月訳
トニオ・クレエゲル　トオマス・マン　実吉捷郎訳
ヴェニスに死す　トオマス・マン　実吉捷郎訳
講演集 ドイツとドイツ人 他五篇　トーマス・マン　青木順三訳
青春彷徨　ヘルマン・ヘッセ　関泰祐訳
車輪の下　ヘルマン・ヘッセ　実吉捷郎訳
青春はうるわし 他三篇　ヘッセ　関泰祐訳
デミアン　ヘルマン・ヘッセ　実吉捷郎訳
マリー・アントワネット 全二冊　シュテファン・ツワイク　高橋禎二・秋山英夫訳
ジョゼフ・フーシェ　シュテファン・ツワイク　高橋禎二・秋山英夫訳
変身・断食芸人　カフカ　山下肇・山下萬里訳
審判　カフカ　辻瑆訳
カフカ短篇集　池内紀編訳
カフカ寓話集　池内紀編訳
ガリレイの生涯　ブレヒト　岩淵達治訳
肝っ玉おっ母とその子どもたち　ブレヒト　岩淵達治訳
ドイツ炉辺ばなし集　ヘーベル　木下康光編訳
短篇集 死神とのインタヴュー　ノサック　神品芳夫訳
ドイツ名詩選　生野幸吉・檜山哲彦編
蝶の生活　シュナック　岡田朝雄訳
暴力批判論 他十篇 ―ベンヤミンの仕事1　ヴァルター・ベンヤミン　野村修編訳
ボードレール 他五篇 ―ベンヤミンの仕事2　ヴァルター・ベンヤミン　野村修編訳
黒い蜘蛛　ゴットヘルフ　山崎章甫訳
メルヒェン集 盗賊の森の一夜　ハウフ　池田香代子訳
増補 ドイツ文学案内　手塚富雄・神品芳夫

《フランス文学》

トリスタン・イズー物語　ベディエ編　佐藤輝夫訳

日月《じつげつ》両世界旅行記	シラノ・ド・ベルジュラック	赤木昭三訳
嘘つき男・舞台は夢	コルネイユ	岩瀬・井村訳
ラ・ロシュフコー箴言集		二宮フサ訳
フェードル アンドロマック	ラシーヌ	渡辺守章訳
ドン・ジュアン	モリエール	鈴木力衛訳
タルチュフ	モリエール	鈴木力衛訳
孤客(ミザントロオプ)	モリエール	辰野隆訳
完訳 ペロー童話集		新倉朗子訳
クレーヴの奥方 他二篇	ラファイエット夫人	生島遼一訳
カンディード 他五篇	ヴォルテール	植田祐次訳
哲学書簡	ヴォルテール	林達夫訳
マノン・レスコー	アベ・プレヴォ	河盛好蔵訳
孤独な散歩者の夢想	ルソー	今野一雄訳
危険な関係 全二冊	ラクロ	伊吹武彦訳
美味礼讃 全二冊	ブリア-サヴァラン	関根・戸部訳
赤と黒 全二冊	スタンダール	桑原・生島訳

パルムの僧院 全二冊	スタンダール	生島遼一訳
知られざる傑作 他五篇	バルザック	水野亮訳
谷間のゆり	バルザック	宮崎嶺雄訳
ゴリオ爺さん 全二冊	バルザック	高山鉄男訳
レ・ミゼラブル 全四冊	ユーゴー	豊島与志雄訳
死刑囚最後の日	ユーゴー	豊島与志雄訳
モンテ・クリスト伯 全七冊	デュマ	山内義雄訳
三銃士 全二冊	デュマ	生島遼一訳
カルメン	メリメ	杉捷夫訳
愛の妖精(プチット・ファデット)	ジョルジュ・サンド	宮崎嶺雄訳
戯れに恋はすまじ	ミュッセ	新道誠一訳
ボオドレール 悪の華		鈴木信太郎訳
ボヴァリー夫人 全二冊	フローベール	伊吹武彦訳
椿姫	デュマ・フィス	吉村正一郎訳
風車小屋だより	ドーデー	桜田佐訳
シルヴェストル・ボナールの罪	アナトール・フランス	伊吹武彦訳

氷島の漁夫	ピエール・ロチ	吉氷清訳
ノア・ノア —タヒチ紀行	ポール・ゴーガン	前川堅市訳
脂肪のかたまり	モーパッサン	高山鉄男訳
モーパッサン短篇選		高山鉄男編訳
地獄の季節	ランボオ	小林秀雄訳
にんじん	ルナアル	岸田国士訳
ジャン・クリストフ 全四冊	ロマン・ローラン	豊島与志雄訳
トルストイの生涯	ロマン・ロラン	蛯原徳夫訳
ベートーヴェンの生涯	ロマン・ロラン	片山敏彦訳
狭き門	アンドレ・ジイド	川口篤訳
レオナルド・ダ・ヴィンチの方法	ポール・ヴァレリー	山田九朗訳
ムッシュー・テスト	ポール・ヴァレリー	清水徹訳
シラノ・ド・ベルジュラック	ロスタン	辰野・鈴木訳
恐るべき子供たち	コクトー	鈴木力衛訳
地底旅行	ジュール・ヴェルヌ	朝比奈弘治訳
八十日間世界一周	ジュール・ヴェルヌ	鈴木啓二訳

プロヴァンスの少女　ミストラル　杉冨士雄訳
結婚十五の歓び　新倉俊一訳
知性の愁い　―アナトール・フランスとの対話　ニコラ・セギュール　大塚幸男訳
家なき娘　全二冊　エクトル・マロ　津田穣訳
オランダ・ベルギー絵画紀行　―昔日の巨匠たち　全二冊　フロマンタン　高橋裕子訳
牝猫　コレット　工藤庸子訳
シェリ　コレット　工藤庸子訳
フランス短篇傑作選　山田稔編訳
シュルレアリスム宣言・溶ける魚　アンドレ・ブルトン　巖谷國士訳
ナジャ　アンドレ・ブルトン　巖谷國士訳
フランス名詩選　安藤元雄・入沢康夫・渋沢孝輔編
グラン・モーヌ　アラン＝フルニエ　天沢退二郎訳
狐物語　鈴木・福本・原野訳
幼なごころ　ヴァレリー・ラルボー　岩崎力訳
増補フランス文学案内　渡辺一夫　鈴木力衛

《ロシア文学》

オネーギン　プーシキン　池田健太郎訳
スペードの女王・ベールキン物語　プーシキン　神西清訳
プーシキン詩集　金子幸彦訳
狂人日記　他二篇　ゴーゴリ　横田瑞穂訳
処女地　ツルゲーネフ　湯浅芳子訳
ロシヤは誰に住みよいか　ネクラーソフ　谷耕平訳
二重人格　ドストエフスキー　小沼文彦訳
罪と罰　全三冊　ドストエフスキー　江川卓訳
白痴　全二冊　ドストエーフスキイ　米川正夫訳
悪霊　全二冊　ドストエーフスキイ　米川正夫訳
カラマーゾフの兄弟　全四冊　ドストエーフスキイ　米川正夫訳
アンナ・カレーニナ　全三冊　トルストイ　中村融訳
民話集 人はなんで生きるか　他四篇　トルストイ　中村白葉訳
民話集 イワンのばか　他八篇　トルストイ　中村白葉訳
イワン・イリッチの死　トルストイ　米川正夫訳
復活　全二冊　トルストイ　中村白葉訳
ワーニャおじさん　チェーホフ　小野理子訳
可愛い女・犬を連れた奥さん　他一篇　チェーホフ　神西清訳
桜の園　チェーホフ　小野理子訳
ゴーリキー短篇集　上田進・横田瑞穂訳編
どん底　ゴーリキイ　中村白葉訳
静かなドン　全八冊　ショーロホフ　横田瑞穂訳
ゴロヴリョフ家の人々　全二冊　シチェードリン　湯浅芳子訳
何をなすべきか　全二冊　チェルヌィシェーフスキイ　金子幸彦訳
アファナーシエフ ロシア民話集　中村喜和編訳
シベリア民話集　斎藤君子編訳
プラトーノフ作品集　原卓也訳
悪魔物語・運命の卵　ブルガーコフ　水野忠夫訳
新版ロシア文学案内　藤沼貴・小野理子・安岡治子

《哲学・教育》

書名	著者	訳者
ソクラテスの弁明・クリトン	プラトン	久保勉訳
ゴルギアス	プラトン	加来彰俊訳
饗宴	プラトン	久保勉訳
テアイテトス	プラトン	田中美知太郎訳
パイドロス	プラトン	藤沢令夫訳
メノン	プラトン	藤沢令夫訳
国家 全二冊	プラトン	藤沢令夫訳
プロタゴラス	プラトン	藤沢令夫訳
パイドン —魂の不死について	プラトン	岩田靖夫訳
ソークラテースの思い出	クセノフォーン	佐々木理訳
ニコマコス倫理学 全二冊	アリストテレス	高田三郎訳
形而上学 全二冊	アリストテレス	出隆訳
弁論術	アリストテレス	戸塚七郎訳
詩学・詩論	アリストテレース ホラーティウス	松本仁助・岡道男訳
動物誌 全二冊	アリストテレース	島崎三郎訳
人生の短さについて 他二篇	セネカ	茂手木元蔵訳
怒りについて 他一篇	セネカ	茂手木元蔵訳
人さまざま	テオプラストス	森進一訳
老年について	キケロー	中務哲郎訳
友情について	キケロー	中務哲郎訳
弁論家について	キケロー	大西英文訳
キケロー弁論集		小川・谷・山沢訳
方法序説	デカルト	谷川多佳子訳
哲学原理	デカルト	桂寿一訳
精神指導の規則	デカルト	野田又夫訳
知性改善論	スピノザ	畠中尚志訳
エチカ(倫理学) 全二冊	スピノザ	畠中尚志訳
国家論	スピノザ	畠中尚志訳
デカルトの哲学原理 —附形而上学的思想	スピノザ	畠中尚志訳
ニュー・アトランティス	ベーコン	川西進訳
人知原理論	ジョージ・バークリ	大槻春彦訳
エミール 全三冊	ルソー	今野一雄訳
孤独な散歩者の夢想	ルソー	今野一雄訳
人間不平等起原論	ルソー	本田・平岡訳
社会契約論	ルソー	桑原・前川訳
ラモーの甥	ディドロ	本田・平岡訳
道徳形而上学原論	カント	篠田英雄訳
啓蒙とは何か 他四篇	カント	篠田英雄訳
純粋理性批判 全三冊	カント	篠田英雄訳
実践理性批判	カント	波多野・宮本・篠田訳
判断力批判 全二冊	カント	篠田英雄訳
永遠平和のために	カント	宇都宮芳明訳
プロレゴメナ	カント	篠田英雄訳
独白	シュライエルマッハー	木場深定訳
哲学入門	ヘーゲル	武市健人訳
ヘーゲル政治論文集 全二冊		金子武蔵・上妻精訳
歴史哲学講義 全二冊	ヘーゲル	長谷川宏訳

書名	著者	訳者
自殺について 他四篇	ショウペンハウエル	斎藤信治訳
読書について 他二篇	ショウペンハウエル	斎藤忍随訳
知性について 他四篇	ショウペンハウエル	細谷貞雄訳
将来の哲学の根本命題 他二篇	フォイエルバッハ	松村・和田訳
反復	キルケゴール	桝田啓三郎訳
死に至る病	キェルケゴール	斎藤信治訳
西洋哲学史 全二冊	シュヴェーグラー	谷川・松村訳
眠られぬ夜のために 全二冊	ヒルティ	草間・大和訳
幸福論 全三冊	ヒルティ	草間・大和訳
悲劇の誕生	ニーチェ	秋山英夫訳
ツァラトゥストラはこう言った 全二冊	ニーチェ	氷上英廣訳
道徳の系譜	ニーチェ	木場深定訳
善悪の彼岸	ニーチェ	木場深定訳
この人を見よ	ニーチェ	手塚富雄訳
プラグマティズム	W・ジェイムズ	桝田啓三郎訳
純粋経験の哲学	W・ジェイムズ	伊藤邦武編訳

書名	著者	訳者
デカルト的省察	フッサール	浜渦辰二訳
社会学の根本問題 —個人と社会	ジンメル	清水幾太郎訳
笑い	ベルクソン	林達夫訳
思想と動くもの	ベルクソン	河野与一訳
時間と自由	ベルクソン	中村文郎訳
人間認識起源論 全二冊	コンディヤック	古茂田宏訳
ラッセル幸福論		安藤貞雄訳
存在と時間 全三冊	ハイデガー	桑木務訳
哲学の改造	ジョン・デューウィ	清水幾太郎・禮子訳
学校と社会	デューイ	宮原誠一訳
民主主義と教育 全二冊	デューイ	松野安男訳
我と汝・対話	マルティン・ブーバー	植田重雄訳
アラン 幸福論		神谷幹夫訳
四季をめぐる51のプロポ	アラン	神谷幹夫訳
アラン 定義集		神谷幹夫訳
日本の弓術	オイゲン・ヘリゲル	柴田治三郎訳

書名	著者	訳者
天才の心理学	E・クレッチュマー	内村祐之訳
似て非なる友について 他三篇	プルタルコス	柳沼重剛訳
ヴィーコ 学問の方法		上村忠男 佐々木力訳
ことばのロマンス —英語の語源	ウィークリー	寺澤・出淵訳
ソクラテス以前以後	F・M・コーンフォード	山田道夫訳
ハリネズミと狐 —『戦争と平和』の歴史哲学	バーリン	河合秀和訳
言語 —ことばの研究序説	エドワード・サピア	安藤貞雄訳
連続性の哲学	パース	伊藤邦武編訳
論理哲学論考	ウィトゲンシュタイン	野矢茂樹訳
自由と社会的抑圧	シモーヌ・ヴェイユ	冨原眞弓訳
フランス革命期の公教育論	コンドルセ他	阪上孝編訳
隠者の夕暮 シュタンツだより	ペスタロッチー	長田新訳

《東洋思想》

易経 全二冊	高田真治 後藤基巳訳
論語	金谷治訳注
孟子 全二冊	小林勝人訳注

荘子 全四冊 金谷治訳注
新訂 孫子 金谷治訳注
韓非子 全四冊 金谷治訳注
史記列伝 全五冊 小川・今鷹・福島訳
千字文 小川環樹・木田章義注解
大学・中庸 金谷治訳注
仁学 —清末の社会変革論 譚嗣同 西・坂元訳注
章炳麟集 —清末の民族革命思想 西順蔵・近藤邦康編訳
意識と本質 —精神的東洋を索めて 井筒俊彦
真の独立への道 (ヒンド・スワラージ) M・K・ガーンディー 田中敏雄訳
ユトク伝 —チベット医学の教えと伝説 中川和也訳
インド思想史 J・ゴンダ 鎧淳訳

《経済・社会》

国富論 全四冊 アダム・スミス 水田洋監訳 杉山忠平訳
道徳感情論 全二冊 アダム・スミス 水田洋訳
法学講義 アダム・スミス 水田洋訳
帝国主義 レーニン 宇高基輔訳
改訳 婦人論 全二冊 ベーベル 草間平作訳
空想より科学へ エンゲルス 大内兵衛訳
トロツキー わが生涯 全二冊 森田成也・志田昇訳
ロシア革命史 全五冊 トロツキー 藤井一行訳
マルクス 資本論 全九冊 エンゲルス編 向坂逸郎訳
賃銀 価格および利潤 マルクス 長谷部文雄訳
賃労働と資本 マルクス 長谷部文雄訳
共産党宣言 マルクス エンゲルス 大内・向坂訳
新編輯版 ドイツ・イデオロギー マルクス・エンゲルス 廣松・小林訳
経済学・哲学草稿 マルクス 城塚・田中訳
ユダヤ人問題によせて ヘーゲル法哲学批判序説 カール・マルクス 城塚登訳
女性の解放 J・S・ミル 大内兵衛・大内節子訳
自由論 J・S・ミル 塩尻・木村訳
戦争論 全三冊 クラウゼヴィッツ 篠田英雄訳
コモン・センス 他三篇 トーマス・ペイン 小松春雄訳
シュムペーター 経済発展の理論 全二冊 塩野谷・中山・東畑訳
ロシヤにおける革命思想の発達について ゲルツェン 金子幸彦訳
古代社会 全二冊 L・H・モルガン 青山道夫訳
有閑階級の理論 ヴェブレン 小原敬士訳
理解社会学のカテゴリー マックス・ヴェーバー 林道義訳
社会科学と社会政策にかかわる認識の「客観性」 マックス・ヴェーバー 富永・立野・折原訳
プロテスタンティズムの倫理と資本主義の精神 マックス・ヴェーバー 大塚久雄訳
職業としての学問 マックス・ヴェーバー 尾高邦雄訳
社会学の根本概念 マックス・ヴェーバー 清水幾太郎訳
職業としての政治 マックス・ヴェーバー 脇圭平訳
古代ユダヤ教 全三冊 マックス・ヴェーバー 内田芳明訳
宗教生活の原初形態 全二冊 デュルケム 古野清人訳
金枝篇 全五冊 フレイザー 永橋卓介訳
マッカーシズム R・H・ローヴィア 宮地健次郎訳
世論 全二冊 リップマン 掛川トミ子訳
産業者の教理問答 他一編 サン＝シモン 森博訳

岩波文庫の最新刊

村井弦斎

酒道楽

明治期新聞小説の第一人者村井弦斎の「百道楽」シリーズ第二作。抱腹絶倒の滑稽小説の形をとって禁酒を説く、啓蒙家弦斎の面目躍如の作。（解説＝黒岩比佐子）

〔緑一七五-三〕 **定価九四五円**

レッシング／田邊玲子訳

エミーリア・ガロッティ　ミス・サラ・サンプソン

「薔薇の花が一つ、手折られました、嵐が花を散らすまえに」――純潔と情熱、権力と忠誠の間で引き裂かれる人々を描く「市民悲劇」。鷗外も訳した名編。

〔赤四〇四-四〕 **定価七九八円**

近藤恒一編訳

ペトラルカ＝ボッカッチョ往復書簡

ルネサンスの二大文豪の交友はユマニスム開花の道程と重なる。書物を贈り人生の危機を支えあう、稀有の友情をあかす折々の手紙。全書簡本邦初訳。

〔赤七一二-三〕 **定価九四五円**

高橋宏幸編

キケロー書簡集

古代ローマの政治家・弁論家キケロー（前一〇六-前四三）の書簡から計百十二通を精選。激動の時代に重要な役割を担った人物の証言として貴重な一級の歴史資料。

〔青六一一-七〕 **定価一二六〇円**

……今月の重版再開……

湯浅信之編

対訳 **ジョン・ダン詩集**

―イギリス詩人選(2)―

定価六九三円 〔赤二八二-一〕

バルザック／水野亮訳

「絶対」の探求

定価八四〇円 〔赤五三〇-六〕

レッシング／斎藤栄治訳

ラオコオン

―絵画と文学との限界について―

定価八四〇円 〔赤四〇四-一〕

近藤恒一編訳

ペトラルカ **ルネサンス書簡集**

定価七三五円 〔赤七一二-一〕

岩波文庫の最新刊

安藤元雄編
北原白秋詩集 (上)(下)
今も多くの人々に愛される北原白秋。上巻には青年白秋の異国情緒溢れる『邪宗門』と情感豊かな『思ひ出』、下巻には『水墨集』など円熟白秋の詩集を収める。
〔緑四八-五・六〕 定価各七三五円

木下杢太郎画／前川誠郎編
新編 百花譜百選
医師・作家の木下杢太郎(一八八五―一九四五)がその最晩年に夜ごと続けた植物写生。生命溢れる折枝画を百枚厳選。記念版アンソロジー。【オールカラー】
〔緑五三-二〕 定価一五七五円

フォークナー／平石貴樹・新納卓也訳
響きと怒り (上)(下)
内的独白、フラッシュバック等、斬新な語りの手法と構成で新しい文学の開拓に挑んだ若きフォークナー(一八九七―一九六二)の野心作。
〔赤三二三-四・五〕 定価八四〇・七九八円

和辻哲郎
倫理学 (一)
和辻哲郎の主著であり、近代日本最大の哲学的体系書。倫理学原理から共同体論にいたる一大構想を未曾有の規模で確立した。全四冊。(解説＝熊野純彦)
〔青一四四-九〕 定価九八七円

ホルクハイマー、アドルノ／徳永恂訳
啓蒙の弁証法 ―哲学的断想―
フランクフルト学派の名著。オデュッセイア論、サド論で西欧文明の根底を検証。アメリカ大衆文化や反ユダヤ主義批判で近代の傷口を暴き現代の課題を示す。
〔青六九二-一〕 定価一二六〇円

高橋和之編
新版 世界憲法集
統治体制の根本を定めた憲法。その最新の条文を以下九カ国につき収録。アメリカ、カナダ、ドイツ、フランス、韓国、スイス、ロシア、中国、日本。解説・索引を付す。
〔白二-一〕 定価九八七円

定価は消費税 5% 込です

2007. 1.